푸른 영혼

푸른 영혼

박영순 소설집

도화

올해도 어김없이 찾아온 결실의 계절

코스모스, 국화, 높고 파란 하늘, 노랗게 익은 벼이삭,

거기에 빨간 단풍이 화룡정점을 찍는다.

다정하고 고마운 가을 풍경들이다.

그 위에 소설책 한 권은 어떠한가

소설을 쓴 지 어언 13년의 세월이 흘렀다.

그간 4권의 장편소설과 두 권의 단편소설집을 냈다.

이것이 세 번째 단편소설집이다.

여기 실린 11편의 소설들은 모두 주제도 다르고 줄거리도 다르다.

우리의 주위에서 흔히 볼 수 있는 이야기도 있고, 그렇지 않은 것도

있다. 이번에도 탈북자와 해외입양인 얘기가 있다.

외면할 수도, 외면해서도 안되는 우리의 이웃이고 우리의 형제들이

아닌가.

이 글들은 어디엔가 한번 발표했던 글들이다.

여기에 실린 소설마다 죽음이 나온다.

인간의 힘으로 막지 못하는 것은 죽음이 아니겠는가?

우리는 살아가면서 내 가족이, 내 이웃이 세상을 떠나는 아픔을 겪는다.

인간의 힘이 미치지 않을 때 우리는 보통 기도한다.

의지할 수 있는 신이 있다는 건 큰 축복이다.

이 소설집에 기도하는 대목이 많은 이유다.

더러는 실화를 소설화한 것도 있고, 완전 허구적인 것도 있다.

각 작품의 등장인물들과 울고 웃은 시간들은 행복했다.

이제 다시 시작이다.

평설을 써주신 우한용 작가와 신승민 평론가에게 고마움을 표한다.

책을 예쁘게 꾸며준 출판사 도화에도 고마움을 전한다.

2023년 9월 5일

평창동 서재에서 박영순

목차

특별한 여행

알렉스 밀러는 주말에는 그림을 그린다. 그림 그리는 시간은 잡념을 없애는 시간이고, 마음을 힐링하는 시간이다.

어느 날 그가 그림을 그리고 나서 쉬고 있는데 10년 전 고등학교 2학년 때의 일이 불현듯 떠올랐다. 진로상담을 위해 학부모 모임이 있던 날이었다. 엄마가 처음으로 학교에 와서 알렉스는 기분이 좋았다. '우리 엄마도 학교에 오셨다.' 그런데 그날이 자기 인생의 전환점이 될 줄은 꿈에도 몰랐다. 엄마가 학교에 다녀간 후 반 친구들이

－알렉스, 너 입양아지?

하는 게 아닌가?

－무슨 소리야? 내가 왜 입양아야?

－참으로 바보로구나. 우린 딱 봐도 알겠는데, 넌 같이 살면서도 몰랐단 말이야? 멍청한 자식.

－뭐, 멍청해? 난 결코 입양아가 아니야. 앞으로 다시 그런 말을 하는 아이는 내가 가만두지 않겠다.

—가만두지 않으면 어쩔 건데?

—내 태권도 실력을 보여 줄 거야. 모두 조심하기 바래.

—네가 태권도로 뭘 보여줄지는 모르지만 우리도 너 하나쯤 때려 눕힐만한 기술은 갖고 있거든. 사비테도 있고, 크라스마가도 있어. 공연히 우릴 건드렸다가 장애인이 되어 후회하지는 말아라.

—좋아. 너희들이나 장애인 안 되게 조심해. 난 자신 있으니까. 그래도 동급생끼리 험악한 격투는 안 하는 게 좋을 거야. 우리가 서로 원수는 아니니까. 단지 잘 알지도 못하면서 날 입양아라고 놀리는 건 날 모욕하는 거야, 알겠어?

—그래, 네가 입양아든, 아니든 우리가 무슨 상관이야? 이쯤 해두자.

그럭저럭 다툼은 끝났으나 평소에 '왜 나만 다르게 생겼지?' 잠깐씩 스쳐 지나가는 생각이 불쑥 솟았다가 사라지곤 했던 일이 다시 떠올랐다. 가끔 '나도 엄마처럼 피부가 하얬으면 좋겠다' 하고 혼자 중얼거려 보긴 했지만, 더 이상 깊이 생각하지 않았었다. 워낙 어릴 때 입양되었으므로 자기가 기억하는 가장 어린 나이에도 양부모님과 살았으므로, 친부모가 아니라는 생각을 할 수가 없었고, 가끔 의문이 생겨도 부모님께 죄를 짓는 것 같아 더 이상 생각하지 않기로 했다. 생각할수록 머리만 복잡해지므로 가능한 한 머리를 단순하게 가지려고 노력했다.

물론 이렇게 노력을 해도 문득문득 자기의 정체성에 대한 궁금증과 의구심이 치밀어 올라오면 한동안 머리가 복잡해지고 우울증 같은 게 꿈틀거렸다. 아이들이 놀리니까 새삼스럽게 자기의 정체성에 대한 고민이 생겼다. '만일 내가 입양아라면 왜 나는 나를 낳아준 부모가 누군지도 모르고, 왜 부모 밑에서 자라지도 못하고 피부색과 머리 색이 다른 부모 밑에서 자라야 했는가?' 길러주신 부모님이 한없이 감사하다가도 몇 가지 의문점이나 섭섭했던 일들이 떠오르곤 했다. 생일을 안 챙겨주시는 게 그 첫 번째다. 처음엔 모든 집에서 그렇게 하는 줄 알았다. 크리스마스 파티 때 알렉스의 생일을 끼워 넣거나 형 마이클의 생일 파티 때 자신의 생일을 끼워 넣어 함께 축하를 해줄 뿐이었다. 네 살 위의 형 마이클이 자기를 귀여워해 주었지만, 묘한 거리감이 있었다. 그냥 불쌍한 어린이를 보면 누구나 연민을 가지듯이 그러한 연민의 정 같은 것이지 친동생에 대한 진정한 사랑 같은 건 아니었다. 어머니도 정성 들여 키워주셨지만, 다른 친구들 어머니와는 달랐다. 다른 어머니들처럼 좀체 학교에도 안 오셨고, 진학 상담도 자진해서 하지 않으셨다. 더구나 다른 친구들 부모님처럼 대학 입시에 크게 신경도 쓰지 않았다. 따라서 과외를 시켜준다던가 어느 대학 무슨 학과를 가고 싶냐고 묻는다던가 아님, 어디에 가면 좋겠다는 희망을 나타내지도 않았다.

알렉스는 몸이 아플 때 가장 서러웠다. 엄마가 약을 사다 주거나, 많이 아프면 병원에 데려가긴 하지만 그것으로 끝이었다. 다른 친구들처럼 부모가 밤새워 간병해주는 등의 일은 결코 없었다. 어릴 때는 공원 같은 데서 엄마 아빠 손 잡고 다니는 아이들이 제일 부러웠다. 당시는 자기의 피부색 때문이라는 걸 미처 알지 못했다. 그냥 그런 친구들이 부러울 뿐이었다. 부모님과 자기가 왜 피부색이 다른지도 깊이 고민해보지 않았다. 그냥 자기 부모님은 다른 친구들 부모와는 조금 다르다고만 생각했다.

알렉스는 이후 자기의 정체성에 대해 심각하게 고민하기 시작했다. 지금까지 한 번도 자기가 부모님의 양자라는 걸 생각해 본 적이 없었으나 친구들과의 다툼이 있고 나서는 '내가 입양아란 말인가?' 하는 생각이 머리에서 떠나질 않았다. 대학 입시를 위해 공부에 전념해야 할 시간에 새삼스럽게 자기 정체성의 혼란을 겪다니…. 며칠 동안 고민을 하다가 이 문제를 명확히 해야 공부에 집중할 수 있을 것 같았다. 어느 주말 저녁 알렉스는 부모님과 마주 앉았다.

－아버지, 어머니! 제가 입양되었다고 해도 부모님의 자식인 것은 불변하는 사실이니까, 말씀해 주세요. 제가 입양된 것입니까?

－왜 갑자기 그런 걸 묻는 거니? 우리가 뭐 섭섭하게 한 게 있냐?

－아니요. 그냥 갑자기 궁금해서요.

－네가 대학에 들어가면 얘기해 주려고 했는데, 이왕 네가 질문을 했으니 답을 주마. 맞다. 네가 네 살 때 우리가 너를 입양했단다. 한국의 홀트아동복지회를 통해서. 네 이름은 '인류의 수호자'라는 의미의 '알렉스'로 지었지. 우리 딴에는 마이클과 차별 없이 키운다고 키웠는데, 너로서는 뭐 섭섭한 것도 있었는지 모르겠구나.

－아니에요. 형과 똑같이 차별 없이 키우셨으니까 제가 지금까지 이런 의문을 품지 않았지요. 실은 이번 학부모 모임에 어머니가 다녀가시고 친구들이 저를 '입양아'라고 놀리는 바람에 처음으로 저의 정체성에 대해 의문을 가지게 됐어요.

－아, 그랬구나. 왜 갑자기 이런 걸 묻나 했지. 어쨌든 너는 영원히 우리의 아들이고 마이클의 동생이야. 아무것도 달라질 것은 없다.

－예, 그럼요. 부모님은 영원한 저의 부모님이시지요. 이만큼 잘 키워주신 거 감사드려요. 제가 공부 열심히 해서 좋은 대학 입학하여 부모님께 기쁨을 드릴게요.

－그래, 고맙다. 우린 네가 이렇게 반듯하게 자란 걸 감사하고, 자랑스럽게 생각한다.

－감사합니다.

알렉스는 오늘 부모님과 대화를 하고 나니 오히려 머리가 정리되고 맑아졌다. '입양아면 어때?'하는 생각이 들면서 더 이상 혼란스러울 필요가 없었다.

이후 공부에 집중하여 자기가 원하던 UC Berkeley 컴퓨터공학과에 합격하였다. 부모님도 기뻐하셨다.

대학에 합격하니 한 번만이란 걸 전제로 부모님이 등록금을 마련해 주셨다. 그러나 기숙사비와 용돈은 다른 친구들처럼 스스로 벌어서 해결해야 했다. 학교도서관에서 하루 4시간씩 하프타임으로 일했다. 원래 도서관에서 일하겠다고 지원서를 낼 때는 4시간 중 한 두 시간은 자기 공부도 할 수 있으려니 기대했지만 현실은 달랐다. 생각보다 일거리가 많았다. 학생들이 요구하는 책을 찾아줘야 하고, 반납해 들어온 책은 제자리에 갖다 꽂아야 하고, 학생들이 서고에 들어와서 책을 보느라 여기저기 흩트려 놓은 책들을 제자리에 갖다 꽂아야 했다. 잠시도 쉴 틈이 없고, 공부할 틈은 더구나 없었다. 네 시간 꼬박 일을 하고 나면 여간 피곤한 게 아니었다.

그는 한 학기 만에 도서관 일을 그만두고 이번에는 햄버거 가게에서 일을 하였다. 서서 일하는 건 비슷하나 무거운 것을 들 일은 별로 없어서 좋고, 또 한 끼는 햄버거를 얻어먹을 수 있어서 도서관에서 일할 때보다 실속이 있었다. 어차피 임금은 두 군데 다 최저임금을 받긴 마찬가지였다. 그런데 햄버거 가게에서 일을 하고 나면 위에 가운을 입어도 옷에 냄새가 심하게 나서 그대로 교실에 들어갈 수가 없었다. 집에 가서 씻고 옷을 갈아입어야만 학교에 갈 수가 있었다. 이 일이 성가시게 생각되었다. 이번엔 과외를 해야겠다고 생각했다. 수학과 컴퓨터는 얼마든지 가르칠 수 있을 것 같았다. 대학 인근 고등학교와 중학교에 과외받을

학생을 구한다는 광고를 붙였다. 이틀 뒤부터 연락이 오기 시작했다. 결국 중3 수학과 고1의 컴퓨터 과외를 하기로 하였다.

하루 두 시간씩 일주일에 2번씩 가르치기로 하고 요일과 시간을 정했다. 받기로 한 과외비는 지금까지 하프타임으로 일한 것보다 훨씬 많았다. 알렉스는 흐뭇하였다. 지난 1년간 고생한 것이 억울했다. 그래도 지금이라도 이쪽으로 생각을 돌린 것이 다행이었다. 과외공부 하는 시간 외에는 자기 공부를 했다. 학점 관리를 안 하면 나중에 어떤 불이익을 받을지 모르므로 무조건 학점은 잘 따 놓는 것이 상책일 것이었다. 안정되게 아르바이트하고 공부하니 모든 게 해결되었다.

알렉스는 좋은 성적으로 졸업하게 되어 취직은 따놓은 단상이었으나 자원하여 입대를 했다. 신체적으로나 정신적으로 단련하기 위해 군대를 가는 게 좋을 것 같았다. 미국군대는 지원제이기 때문에 구태여 입대할 필요가 없었지만, 알렉스는 입대하기로 결심을 하였다. 이때가 아니면 평생에 입대할 기회가 없기 때문에 서둘러 입대했다. 젊어서 고생은 사서도 한다고 하지 않는가. 군에 입대하여 기초군사훈련을 받고 정보 관련 부대에 배치되어 컴퓨터 일을 했다. 3년 근무하고 제대하였다. 군대에도 다녀왔으니 직장을 구하는 데도 도움이 될 것이었다.

그동안 군대에 있었으므로 공부를 좀 더 해야 할 것 같아 버클리대 컴퓨터공학과 석사과정에 입학하였다. 2년간 공부하고 논문을 쓰고 석사학위를 받고 나서 비로소 직장을 얻기 위해 몇 군데 지원했다. 몇 군데서 오퍼가 왔지만 가장 조건이 좋은 IBM에서 일하기로 하였다. 전산 분야는 응용 범위도 무궁무진하고, 앞으로도 계속 발전할 분야이므로 이 분야 공부를 한 게 너무나 잘된 선택으로 생각되었다. 그간의 군대 경력, 석사 한 것 모두를 인정받아 신입사원인데도 5년 근무한 사람과 같은 직급의 월급을 받았다. 이제 취직도 하고 경제적으로도 안정이 되어 집도 괜찮은 원룸을 얻어 독립하였다. 부모님 보기에도 떳떳하였다. 형 마이클은 이미 5년 전에 독립해 나갔었다. 한 달에 한 번은 부모님과 좋은 곳에서 식사도 하고, 형이 함께 있을 땐 우애도 다졌다. 주말엔 자유롭게 영화도 보고 미술 전시회에도 다니고 자기가 좋아하는 그림을 그리기도 하였다.

어느 날 신문을 보니 해외 한국입양인 연대(GOAL)에서 '한국 입양자 모국방문 희망자 모집'이라는 광고가 있어 자세히 보았더니 2주일간 한국을 방문하는 프로그램이었다. 경비의 반은 여행객이 부담하고 반은 협회에서 지원한다고 되어있었는데, 그 경비에서 비행기 표는 대한항공에서 지원하는 것으로 되어있었다. 만일 한국을 간다면 이보다 좋은 기회는 없을성싶었다. 평소에 한 번도 한국방문을 꿈꾸지 않았지만, 막상 광고를 보고 나니 갑자기 호기심이 발동하였다. 더구나 돈도 크게 들지 않고, 친부모 찾기도 도와준다니 무조건 가야 할 것 같았다. 얼른 신청을 했다. 출발날짜는 한 달 뒤였다.

알렉스는 회사에 3주일 뒤 출발날짜에 맞춰 2주일간의 휴가원을 냈다. 그리고 이날 책방에 들러 한국어 관련 책 4권을 샀다. 한글 문자에 관한 책, 회화책, 그리고 영한사전, 한영사전을 사고 테이프도 초중고 세 개를 샀다. 당장 운전할 때부터 테이프를 듣기 시작했다. 처음엔 뭐가 뭔지 하나도 머리에 들어오지 않았다. 집에 와서 한글 문자에 관한 공부를 해보니 문자가 너무 과학적이고 체계적이어서 깜짝 놀랐다. 세상에 이런 문자가 다 있다니…. 배우기가 너무 쉬워서 하루에 다 깨쳤다. 학습 의욕이 충천했다. 일단 쓰기부터 시작해 읽는 법을 공부하고 나니 책이 띄엄띄엄 읽어졌다. 사전도 찾아보며 읽기를 해보고 나서 이

튼날은 말하기 연습도 해보았다. 간단한 인사부터 질문할 것을 연습해 보았다. 테이프를 들으며 따라서 말하기 연습도 하였다. 발음이 특별히 어려운 건 없었지만 받침은 약간 어려웠다. 자꾸 연습을 하다 보니 그럭 저럭 따라서 말하는 게 조금씩 되기 시작했다. 운전할 때도 테이프를 듣 고 따라서 말해보고, 집에 와서는 따라 쓰기와 따라 읽기도 해보았다. 한 달간 꼬박 한국어 공부를 했더니 이젠 제법 읽을 수 있고, 말할 수 있 고, 들을 수 있게 되었다. 이 정도라도 공부를 하고 한국에 가게 되니 조 금은 안심이 되었다.

드디어 한국에 가는 날이 되었다. 행사본부에서 모이라는 시간에 LA 국제공항 대한항공 발권 창구 C에 갔더니 여러 사람이 줄을 서 있었다. 알렉스는 차례가 되어 여권과 비행기 표를 꺼내 발권 담당자에게 건넸 다. 수속을 마치고 게이트 번호와 비행기 좌석 번호를 받고 게이트를 찾 아가서 자리에 앉아 잠시 숨을 고르고 있는데, 관광객으로 보이는 한 무 더기의 한국 사람들이 와서 와자지껄 떠들었으나 무슨 말인지 하나도 못 알아들으니 한숨이 나왔다. 한 달 공부한 걸로 이런 이야기를 알아 듣는 건 어림도 없다는 걸 확인하는 순간이었다. 한국을 간다는 설렘이 갑자기 한탄으로 바뀌었다. 한국에 간들 다르겠는가? 그렇다면 내가 왜 한국을 가지? 거기 간다고 아는 사람도 없고, 반겨줄 사람도 없고, 사람 들이 얘기하는 걸 알아듣지도 못하고, 말도 못 할 거면서 왜 오늘 이 비 행기를 타려고 했는지 갑자기 회의가 들었다.

그만둘까? 하는 생각이 얼핏 들었으나, 전혀 모르는 나라에 여행가는 셈 치고 가면 될 것 같다는 생각이 들었다. 많은 사람들이 전혀 모르는 나라에 여행도 가지 않는가? 한국은 일단 내가 태어난 나라이니 특별한 나라이고, 인터넷에서 찾아보니 국력이 세계 10위권 이내라니 충분히 한 번쯤 가볼 만한 나라인 것 같지 않은가? 아무런 기대도 하지 말고, 내 조국이라는 선입견도 갖지 말고 처음으로 가보는 외국이라는 호기심으로 한번 가보는 거다.

어느새 탑승 시간이 되어 비행기에 올라 좌석에 앉고 보니 자기 옆자리는 여성이 앉았다. 서로가 얼굴은 보지 않고 목례만 했다. 조금 있으니 승무원이 비상시의 행동 수칙을 알려주고 다음에는 기장이 이 비행기는 몇 시에 출발해서 몇 시에 인천국제공항에 도착할 예정이라는 기내 방송이 나왔다. 이번에는 반쯤은 알아들었다. 조금 있으니 입국증을 쓰는 시간이 되었다. 옆의 여성이

－볼펜 있습니까? 하고 물었다.

마침 이 말은 알아들었다. 매우 기뻤다. 얼른 볼펜을 꺼내 옆자리의 여성에게 건넸다.

－감사합니다.

이 말도 알아들었다. 알렉스는 오랜만에 숨을 제대로 쉬었다. 다른 펜을 꺼내서 자기도 입국증에 빈칸을 영어로 채웠다. 옆자리의 여성이 펜을 돌려주면서 다시

－고맙습니다, 라고 말했다. 이 말도 알아들었다. 그러나 '유어 웰컴'을 한국말로 뭐라고 해야 할지 몰랐다. '에라 모르겠다' 하고 영어로

－유어 웰컴.

이라고 말해 버렸다. 옆자리의 여성이 자기를 돌아보았다. 알렉스도 그 여성의 얼굴을 보았다. 아! 그 여성이 깜짝 놀랄 만큼 아름다웠다. 나이도 젊어 보였다. 더구나 자기와 같은 피부색을 가지고 있었다. 갑자기 가슴이 뛰기 시작했다. 기분에 얼굴도 달아오르는 것 같았다. 정신이 아뜩하여졌다. 정신을 가다듬었다. 그런데 그 여성이 다시 영어로

말했다.

—한국 사람인가요?

—미국 사람인데요.

—그럼 미국에서 태어났겠네요?

—아니요. 한국에서 태어났지만 미국에서 자랐어요.

—미국 어디에서 자랐어요?

—샌프란시스코에서요.

—아, 예. 참 아름다운 도시지요.

—그럼 댁은 어디서 나고 자랐나요?

—나는 뉴욕에서 나고 자랐어요. 부모님은 한국분이에요.

—예. 인사가 늦었습니다. 만나서 반가워요.

—저도요.

—뉴욕에서 나고 자랐는데도 한국말을 잘하시네요.

—잘하지는 못하지만, 최소한의 의사소통은 할 수 있어요. 부모님이 집에서는 한국말을 하시니까요.

—참 다행이네요. 전 한국어를 잘 못 해요. 겨우 인사 정도만 할 수 있어요.

—그럼 우리 한국 도착할 때까지 한국말로 할까요? 제가 가르쳐드릴 게요.

—아유 고맙습니다. 그럼 선생님이라고 부를게요.

—그냥 미스 한이라고 불러주세요. 아니 그냥 '제니'라고 불러주세요. 한국 이름은 '수연'이에요.

—그럼 전 '알렉스'라고 불러주세요.

이렇게 하여 두 사람은 비행기에서 동승한 12시간 동안 잠도 안 자고 제니가 조그만 소리로 한국말로 묻고 알렉스가 못 알아들으면 영어로 말한 다음 다시 한국말로 물으면 알렉스는 한국말과 영어를 섞어서 대답을 하고 제니가 영어 부분을 다시 한국어로 가르쳐주는 식으로 대화를 이어갔다.

이야기 주제는 미국의 우주과학 이야기부터 코비드19까지 미국의 문화에서 한국의 문화까지, 영화에서 K-pop까지, 미국과 한국의 음식, 스포츠에서 드라마까지 폭넓게 이야기하면서 두 사람은 어느새 친한 친구처럼 되어 버렸다. 결국 자기의 신상을 모두 공개하게 되었다. 알렉스는 너무도 아름다운 제니와 친구가 된 것이 꿈만 같았다. 더구나 12시간 동안 한국어를 공부한 셈이니 오늘은 다시 없을 행운의 날이었다. 두 사람은 한국에 내려 동행자들과 한국을 여행하는 동안도 함께 행동하면서 우정이 깊어졌다. 잠자는 시간 외에는 둘이 함께했다.

어느 시간부터인가 두 사람은 누가 먼저랄 것도 없이 손을 잡고 다녔다. 드디어 나이도 공개하게 되었다. 알렉스는 30세, 수연은 28세였다. 그리고 미혼인 것도 모두 공개하게 되었다. 뿐만 아니라 알렉스는 자기가 한국에서 태어났지만 미국 부모에게 입양되어 자랐다는 얘기도 모두 고백하게 되었다. 이제 두 사람은 아주 오래된 연인처럼 되었다. 한국이 이토록 선진화되어 있다는 것에 두 사람 모두 놀라워 했다. 어딜 가나 깨끗하고 친절하였다. 인터넷은 오히려 한국이 빠른 것 같았다. 어떤 부분은 미국보다도 더 선진화되어 있어 그저 놀랍기만 했다. 더구나 자기와 똑같이 생긴 사람들을 만나니 지금까지 느껴보지 못했던 특별한 감정이 생겼다. 알렉스는 여태껏 친부모에 대한 생각을 거의 안 하고 살았고, 한국으로 가는 비행기를 타고도 친부모를 적극적으로 찾겠다는 생각도 거의 안 했으나 수연이 자꾸 부추기니 자기도 친부모를 찾아보자고 마음먹었다. 여행본부에서 마침 부모 찾아 주기를 도와준다니 이번 기회에 부모를 찾는 데 동참하기로 했으나 기대는 거의 안 했다.

우선 여행본부에서 요구하는 DNA 검사를 받고, 부모님께서 주신 입양기록을 경찰에 제출하고 현재의 연락처를 남겼다. 그리고 다시 다른 여행객들과 함께 한국 여행을 계속했다. 우선 서울여행부터 하였다. 경복궁, 창경궁, 국립민속박물관을 보고 중앙박물관도 보았다. 이튿날은 국립현대미술관도 보고 남산 서울타워에도 올라가 서울의 전경을 내려다보고 롯데타워도 갔다. 그다음 날은 한강유람선도 타고 교보문고에도 가고 그 이튿날에는 용인민속촌에도 가고 에버랜드에도 갔다.

서울여행을 마치고 막 부산으로 떠나려는 순간, 휴대폰이 울려서 받으니 남대문 경찰서라며 부모를 찾았다는 연락이 왔다. 알렉스는 얼떨떨했지만, 부모를 찾았다는 소식을 듣고 부산에 갈 수는 없었다. 수연은 자기도 알렉스와 함께하겠다며 부산 여행을 하루 미루고 두 사람은 택시를 타고 남대문 경찰서로 갔다. 가서 보니 60대 초반으로 보이는 부부가 대기하고 있었다. 경찰이 알렉스를 확인하고 그 부부에게

─이분이 댁의 아드님인데 알아보시겠습니까?' 하니 그 부부가 알렉스를 이리저리 살펴보더니

─예, 맞습니다. 틀림없는 우리 아들 윤진우입니다. 고맙습니다. 참으로 고맙습니다.

인사하고 진우 어머니는 진우를 끌어안고

─진우야, 너는 우리 아들이다. 넓은 이마는 아빠 모습이고 오똑한 코는 엄마 모습이다. 눈은 네 살 때 모습 그대로구나. 귀 뒤에 검은 점이 틀림없는 우리 아들 윤진우다. 우리가 너를 찾기 위해 얼마나 노력했는지 아니? 그래 어디에 있다가 이제야 나타나냐? 그래도 너를 찾았으니

이제 눈감고 죽을 수 있겠구나. 진우야, 고맙다, 이렇게 살아있어 줘서 한없이 고맙다. 하느님, 감사합니다.

수연이 대충 통역해 주었다. 진우 어머니는 진우의 가슴에 얼굴을 묻고 아버지는 진우의 등 뒤로 가서 어깨에 얼굴을 묻고 뜨거운 눈물을 흘렸으나 알렉스는 얼떨떨하였다. 눈물도 안 나오고 어떤 감정이 우러나지도 않았다. 부모님이 하는 얘기를 알아듣지도 못하겠고, 이렇게 쉽게 친부모를 찾았다는 것도 실감이 안 나고 아직 부모님이라는 확신도 안 섰다. 마치 꿈을 꾸고 있는 느낌이었다. 현실 같지 않았다. '도대체 어떻게 이렇게 빨리 친부모를 만날 수 있단 말인가? 이들이 정말 내 부모란 말인가?' 이 모든 과정을 옆에서 지켜보던 수연은 알렉스에게

－알렉스, 부모님 맞아요. 어서 아버지, 어머니라고 불러드리세요. 정말 정말 축하해요.

하고는 알렉스 부모님에게 고개를 숙여 인사를 했다. 알렉스 부모님은 울음을 그치지 않았다. 네 살 때 잃은 아들을 26년간 하루도 안 빼고 그리워하고 찾지 못해 애태웠던 지난날들이 주마등처럼 지나갔다. 아버지가 드디어 아들에게서 얼굴을 떼고

－우리 여기서 이러지 말고 어서 집으로 가자.

그런데 이 아가씨는 누구냐? 혹시 우리 며느리인가요?

－아닙니다. 저는 일주일 전에 비행기에서 알렉스를 만났는데, 한수연이라고 합니다.

－응, 그래요, 반갑네. 우리 집에 같이 갑시다. 누추하지만 우리 집에 가서 회포를 풉시다. 여보, 이제 정신 차리고 진우 데리고 집에 갑시다. 오늘은 정말 우리 생애 최고의 날이네요.

－진우야, 집에 가자.

네 사람은 택시를 타고 용산구의 행운아파트로 향했다. 택시에서 내려 엘리베이터를 타고 15층에 내려 1503호에 들어가니 깨끗하게 정돈된 넓은 아파트가 나왔다.

―자, 모두 여기에 앉아요.

하며 어머니가 소파를 가리켰다. 진우와 수연은 나란히 앉았다. 아직 진우는 부모님께 한마디도 하지 않았다. 수연이 대신 입을 뗐다.

―진우가 아직 한국말이 서툴러요. 이해해 주세요. 저도 한국말이 서툽니다. 양해해 주십시오. 이번에 진우와 비행기 옆자리에 앉게 되어 우연히 이야기를 하면서 서로를 알게 되고 좋은 감정을 가지게 됐어요. 진우는 미국에서 좋은 대학 나와서 컴퓨터 회사에 다니고 있고, 저는 뉴욕에서 변호사로 일하고 있습니다. 이번에 진우가 부모님을 찾게 된 건 기적이네요. 정말 하느님의 축복이 내려진 것입니다. 축하드립니다. 저희는 이번에 한국입양인 모국 방문단의 일원으로 한국에 오게 됐어요. 저는 입양인이 아니지만 입양인의 도우미로 합류하게 됐고요. 통역을 하게 됐는데 마침 진우 씨 옆자리에 앉았다가 가까운 친구가 됐어요. 아무래도 저는 부산에 있는 여행팀에 다시 가야겠네요. 진우와 좋은 시간 가지시길 바랍니다. 정확히 5일 후에 다시 진우 데리러 오겠습니다. 그럼. 저는 먼저 가겠습니다.

―알렉스, 나중에 만나. 부모님과 좋은 시간 가져. 5일 후에 데리러 올게.

―오케이, 고마워. 잘 지내.

―오케이, 바이바이.

막상 제니를 보내고 나니 의사소통에 문제가 생겼다. 진우는 하고 싶은 말이 있으면 사전을 찾아 겨우 의사소통을 했다. 또 부모님의 말을 못 알아들으면 써달라고 하여 사전을 찾아 그 뜻을 알아냈다. 확실하게 알게 된 것은 자기가 버려진 게 아니고, 미아가 되어 홀트아동복지재단을 통해 양부모님께 입양되었다는 것, 자기를 남대문시장에서 잃었다는 것, 아버지는 공무원이라는 것, 자기 밑으로 여동생이 있다는 것 등을 알게 되었다. 사전을 찾아 자기가 하고 싶은 말을 겨우 찾아

—아버지, 어머니 만나서 반가워요. 기대하지 않았는데, 부모님을 만나니 기쁩니다. 저는 좋은 양부모님 밑에서 형과 함께 잘 컸어요. 양부모님인 줄 전혀 모르고 컸는데, 고등학교 2학년 때 입양인이라는 걸 알게 됐어요. 부모님이 워낙 형과 차별 없이 키우셨으므로 그냥 친부모로 생각하고 살았어요.

—그래 이만큼 말을 하니 대단하구나. 고맙다. 이렇게 잘 키워주신 양부모님께 어떻게 감사해야 할지 모르겠구나. 부모님 모시고 한국에 다시 한번 올 수는 없나? 서울도 보시고 부산도 보시고 제주도도 보시면 좋을 텐데. 우리가 감사 인사라도 드리고 싶구나.

—예, 미국 가서 의논해 볼게요.

—난 이제 저녁 준비해야겠다. 우리 아들이 뭘 좋아할지 모르겠구나. 한국 음식 먹어본 적 있나?

—예. 내가 입양인인 게 밝혀진 날 어머니가 불고기를 해주었어요. 한국의 대표 음식이라고.

—그랬구나. 알았다. 아버지랑 얘기하고 있거라. 이제 곧 네 동생이 올 거다. 그 애가 오면 조금 더 의사소통이 잘될 거야. 그 애는 영어교사거든.

—아유, 그래요? 어서 누이가 오면 좋겠네요.

어머니는 부엌에 가서 부지런히 음식을 했다. 미역국도 끓이고, 불고

기도 하고 잡채도 하고 전도 부치고, 마침 가자미가 있어 가자미도 굽고 김치랑 김이랑, 멸치조림이랑 매실장아찌랑 여러 가지 밑반찬을 곁들여 상을 보았다. 마침 그때 진숙이 학교에서 돌아왔다. 웬 청년이 한 명 있어 누군가 싶어 아버지에게 눈짓을 하니 잃었던 오빠를 찾았다고 하셨다. 진숙은 깜짝 놀라며 오빠를 안고 눈물샘을 터뜨렸다. 아버지 어머니한테서 얘기만 듣던 오빠를 만나니 너무도 감격스러웠다.

─오빠, 잘 오셨어요. 감사해요. 이렇게 건재해 주셔서 너무나 기쁘고 감사해요.

─진숙아, 너는 영어를 하니 영어로 하려무나. 오래비가 미국에서 컸다는구나. 아직 한국말이 서투니까 네가 영어로 하면 대화가 잘 될 것이다.

진숙과 진우는 신나게 영어로 대화를 했다. 진숙은 우선 오빠 실종부터 얘기를 했다.

─그동안 아버지, 어머니가 오직 오빠를 찾기 위해 지금까지 사셨어요. 특히 어머니는 혹여라도 오빠를 찾을까 하여 오빠를 잃은 남대문시장에서 26년째 장사를 하며 지나가는 남자아이는 모조리 잡아서 우리 진우 아니냐고 확인하고, 몇 년 뒤부터는 젊은 남자만 보면 우리 진우 아니냐고 확인하면서 살았어요. 외할머니 손을 잡고 남대문시장에 갔다가 오빠를 잃었기 때문에 외할머니는 내가 죄인이라며 몸져누웠다가 결국 돌아가셨고요.

─내가 죄인이구나. 내가 할머니를 돌아가시게 했으니. 그러나 나는 아무것도 기억할 수가 없구나. 그런데 누가 나를 발견하고 홀트아동복지원에 데려갔을까?

─그러게 말이에요. 정말 이렇게 오빠가 살아있었고 이렇게 만나니

꿈만 같네요.

　그래 미국은 언제 가세요?

　—응, 6일 후에.

　—오빠 무슨 일을 하세요?

　—응, UC버클리 컴퓨터공학과를 졸업하고 IBM에서 일하고 있어.

　—와. 멋지다. 축하드리고 감사해요. 자랑스럽고요. 나에게 이렇게 근사한 오빠가 있다니….

　정말 정말 반가워요. 살다 보니 이런 날도 오네요. 갑자기 세상을 다 얻은 기분이에요. 그러나저러나 이렇게 만나고 또 헤어진다니 너무 섭섭해요. 한국에 들어오실 생각은 없지요?

　—한국에? 한국말도 못 하는 내가?

　—그렇지요, 말이 안 되죠? 그럼 1년에 한 번씩 오기 어때요?

　—그건 생각해 볼 수 있지. 그럼 너도 부모님 모시고 일 년에 한 번씩 미국에 오렴.

　—와, 그것도 좋네요. 오빠는 여름에 한국에 오시고 우리는 겨울에 미국에 가고…. 그러면 일 년에 두 번씩 만나게 되잖아요?

　—그래, 그러면 되겠다. 나도 앞으로 열심히 한국어도 공부하고 한국에 대한 공부도 해야겠다. 나 어쩌면 올겨울에 결혼할지 몰라. 이번에 한국 올 때 비행기에서 너무나 얘기가 잘 통하는 아주 좋은 여자를 만났거든. 변호사야. 5일 후에 우리 집에 온댔으니까 네가 있으면 만날 수 있어.

　—와, 좋아요. 그날은 결근이라도 하고 집에 있어야겠네요. 꼭 만나고 싶어요. 외로운 제가 오빠, 언니를 한꺼번에 다 가지게 됐네요. 아, 신난다. 세상이 완전히 달리 보여요. 세상이 모두 우리 것이 된 것 같아

요. 엄마의 정성이 하늘에 닿았나 봐요. 완전 기적이 일어났네요. 오빠, 정말 고마워요.

─나도 너 같은 동생이 있다니 기쁘구나. 넌 몇 살이냐? 우리가 닮았나 거울 한번 보자.

─26살이에요. 거울 가지고 올게요.

남매는 거울에 비춰보고 코가 닮았네, 입이 닮았네, 눈도 닮았네 하며 서로가 기뻐하였다. 진숙이 다시 가족 앨범을 가지고 와서 알렉스의 어릴 때 사진과 가족사진을 보여주었다. 알렉스는 감개무량하였다.

이러는 사이 어머니가 저녁상을 들여왔다. 한 상 가득이었다. 진우는 이런 한국 밥상을 처음 보는 터라 감탄이 절로 나왔다. 얼른 사진을 찍었다. 먹어보니 모든 음식이 맛이 있었다. 특히 잡채가 너무 맛있었다. 불고기도 전도 여러 가지 나물도 모두 맛있고 가자미도 기막히게 맛있었다. 모두 미국에서 먹어보지 못한 음식들이라 하나같이 신기하고 음식이 이토록 다채로운 것도 신기하고, 후식으로 먹은 사과와 배도 미국 것과는 비교가 안 되게 너무나 맛있었다. 식사가 끝나고는 네 식구가 윷놀이를 하였다. 이것도 매우 재미있는 놀이였다. '아, 이런 게 행복이구나.'

이튿날 네 가족은 우선 양평에 있는 외할머니 산소에 가서 진우가 돌아왔음을 고하고 몇 가지 음식을 올리고 다 같이 절을 하였다. 진우는 큰절이 처음이므로 아버지가 하시는 대로 따라 했다. 그리고 다시 서울로 와서 이튿날은 남대문 시장도 가보고, 동대문 시장도 가보고 롯데백화점도 가보았다.

다음날은 진우의 제안으로 서울대 고려대 연세대를 둘러보고, 예술의 전당의 미술 전시와 서예 전시를 보러 갔다. 다른 가족들은 건성으로 보았으나 진우는 한 작품마다 자세히 보고 가끔 사진도 찍었다. 진우는 동양화에 관심이 쏠렸다. 소재도 재미있고, 화법도 특이하고 서양화와 확연히 다른 것도 신기하였다. 진우는 화가이므로 특히 동양화를 감상하는 데 시간이 많이 걸렸다. 또한 서예도 너무 신기했다. 글씨를 쓰는 일도 예술이 된다니 그저 놀라울 뿐이다. 단지 한 가지 이상한 것은 서예 작품의 90% 이상이 한자를 쓴 것이었다. 그 이유를 나중에 공부해봐야 할 것 같았다. 한글 서예가 너무 적은 게 이상하고 섭섭하였다.

어느새 오후 2시가 되어 점심시간이 지났다는 걸 알았다. 가족들은 진우의 미술관 관람이 끝나기만을 기다리고 있었다.

−미안합니다.

하고 인사를 했다.

−아니다. 다 봤으면 이제 점심 먹으러 가자.

아버지와 어머니가 의논하여 찾은 음식점은 갈빗집이었다. 한 테이블을 차지하고 앉으니 웨이터가 물을 한 잔씩 주며 주문을 받았다. 우선 갈비 4인분을 시켰다. 조금 있으니 밑반찬들이 쫙 깔렸다. 진우로서는 모든 게 신기했다. 동생 진숙이 부지런히 영어로 설명을 해주었다. 조금 있으니 양념갈비가 들어오고 서빙하는 사람이 갈비를 구워서 먹기 좋게 다 잘라놓고 갔다. 진우는 이 모든 광경들을 사진으로 찍기도 하고 스케치도 하면서 연신 감탄을 했다.

−자, 모두 먹자. 진우 많이 먹어라.

−예, 아버지, 어머니도요.

−그래 먹자. 네 식구가 갈비를 먹기 시작했는데, 진우가 연신 맛있다 감탄을 하며 너무나 잘 먹었다. 금방 고기가 다 없어졌다. 진우가 너무나 잘 먹는 모습을 보면서 진우 어머니는 이렇게 잘 먹는 갈비를 그간

한 번도 못 먹였다 생각하니 가슴이 무너졌다. 목도 메었다. 억지로 정신을 수습하여 테이블에 있는 벨을 눌렀다. 웨이터가 달려왔다.

―여기 갈비 4인분만 더 주세요.

이렇게 맛있게 먹는 진우에게 오늘만은 실컷 먹이고 싶었다.

조금 있으니 웨이터가 4인분을 더 가지고 와서 불판을 갈고 다시 구워서 가위로 먹기 좋은 크기로 잘라놓고 갔다. 진우는 여전히 잘 먹었다. 갈비를 다 먹고 냉면을 먹고 후식까지 먹었다. 진우는 처음으로 맛본 경험이어서 모든 게 신기하고 마음속은 즐거움으로 충만했다. 식사가 끝나고 식당을 나와 정원에서 가족사진을 찍었다. 집에 와서 모두 누워서 낮잠을 잤다. 진우는 잠은 오지 않고, 지금 자기가 누리는 이 평화롭고 따뜻한 가족애에 대해 생각을 해보았다. 처음 보는데도 친부모는 양부모와 분명히 다른 점이 있었다. 피를 나눈 가족들이 주는 감정은 뭐라 한마디로 말할 순 없지만, 지금까지 살면서 느껴보지 못한 특별한 것이었다. 이렇게 혈육의 정을 처음 느껴보는 진우는 새로운 삶이 시작될 것 같은 예감이 들었다. 오늘따라 유난히 하늘이 청명하고 눈이 부셨다.

이번 여행은 진우의 인생을 완전히 바꿔놓은 행운의 여행이었다. 비행기 안에서 반려자를 만나고 꿈에도 생각 못 했던 친가족을 만나고 나니 새로운 인생이 펼쳐질 것에 가슴 설레고, 잔잔한 흥분이 온몸을 휘감았다. '이건 분명 기적이다. 어떻게 이렇게 쉽게 반려자를 만나고 친가족을 만나 함께 시간을 보낼 수 있단 말인가? DNA 검사라는 첨단 과학의 힘과 함께 하느님의 특별한 축복이 내려지셨음은 분명한 사실이다. 하느님, 감사합니다.' 진우는 한국 여행 중에도 틈나는 대로 스케치를 했다. 태극기, 한복, 무궁화, 경복궁, 창경궁, 남산타워, 롯데타워, 용인민속촌은 사진도 찍고 스케치도 했다.

이제 미국에 돌아가 그림 그릴 것을 생각하니 마음이 흡족하다. 마치 여행 떠날 때 지갑에 돈이 두둑하듯이 그림 소재가 풍부해지니 든든하고 마음이 흡족하다. 제니가 부산에서 돌아올 날이 되었다. 이제 조금 더 떳떳하게 제니를 만나고 미국 가서 제니 부모님을 만날 생각을 하니 설레기도 하고 알 수 없는 힘이 솟아나는 걸 느꼈다. 이번 한국 여행은 인생에 두 번 다시 올 수 없을 행복한 여행, 특별한 여행이 되었다.

화가의 딸

예진은 자신이 어느덧 70대 중반 노인이 되었다는 게 믿기지 않았지만, 엄연한 현실은 현실이었다. 무슨 뜻 있는 일이 없을까? 생각하다가 민화 전시회를 하기로 하였다. 이미 그룹전에는 여러 번 출품한 적이 있지만, 이번에는 좀 더 발전된 단독 전시회를 하고 싶었다. 지금까지 그려놓은 것만 해도 충분히 전시회를 할 정도가 되었지만, 작품다운 작품을 몇 점은 더 그려야겠다고 생각했다. 우선 병풍도가 없었다. 바로 병풍도 그리기에 착수하였다. 십장생을 하나씩 넣은 그림 10점의 병풍도를 그리기로 하였다. 각각의 폭마다 모란을 모두 다른 모습으로 그리고, 위에는 좋은 시를 한 편씩 넣고 모란꽃들 속에 십장생을 한가지씩 그리기로 하였다. 7일에 한 점씩 그려졌다. 결국 두 달 반 만에 10폭짜리 병풍도를 완성하여 표구 집에 맡겼다.

　　이번에는 창의적인 그림도 몇 점 그려야겠다고 생각했다. 우선 종래의 캔버스에 그림을 그리는 게 아니라 사진 위에 그림을 그리거나 창을 통해 들어오는 풍경을 그려보기로 하였다. 아직 누구도 시도해 보지 않은 그림을 그려야겠다고 생각하였다. 물론 이건 전통적인 민화가 아니지만 새로운 민화를 시도해 보는 것도 나쁘지 않을 것 같았다. 아니나 다를까? 관람객의 반응이 뜨거웠다. 제일 먼저 팔렸다. 예진은 뿌듯했다. 전시회 팸플릿에 지도 선생님이 '독창적인 현대 민화의 선구자'라고 써주셨다. 얼떨떨했지만, 순간 비상하는 듯한 느낌이 들기도 했다. '아, 내가 결국 해냈구나'. 드디어 전시회 포스터를 만들고 초대장도 만들었다.

'민화로 보는 한국인의 정서' 장예진 전시회
2018. 9.2-16, 인사동 창조갤러리

장예진은 10년간 사진작가로 활동하다 싫증이 나서 서양화를 그렸는데, 다시 10년이 지난 시점에 우연히 민화를 알게 됐다. 민화 반에서 공부를 하고 그룹전도 세 번이나 하고 나서 드디어 개인전을 열었는데, 반응이 좋아 3년째 민화만 그리게 되었다. 서양화하고는 많은 것이 다르지만 묘하게 끌리는 데가 있었다. 특히 민화를 지도해 주시는 선생님이 워낙 실력도 출중하고, 인품도 좋고, 무엇보다 민화를 그리는 주요 포인트를 잘 짚어 주어서 계속 이분의 문하에서 그림을 그리다 보니 세월이 어떻게 흐르는지 몰랐다. 민화는 젊은이보다는 아무래도 노년층이 더 좋아하는 것 같다. 그리는 사람이나 관람객이나 모두 노년층이 많다.

전시회 5일째인 날 뜻밖에 중학교 때 친했던 친구가 찾아왔다. 서울의 J대 교수를 지낸 자랑스런 친구였다. 너무 반가워 서로가 찐한 포옹을 하였다. 56년 전의 단짝을 만나니 정말 이런 전시회를 마련한 보람이 있었다.

－어머 너 홍명자 아니니? 어떻게 알고 왔어?

－응, 김진숙이 알려줬어. 얼마나 반갑던지 첫날에 오려 했는데 다른 일이 있어 이제 왔네. 오기가 바빠 화환도 하나 못 가져왔어. 미안해. 축하한다. 넌 중학교 때도 그림을 잘 그리더니 결국 화가가 됐구나. 대단하다.

－너는 유명한 대학교수까지 했는데, 난 75살에 고작 민화 전시나 하고 있구나. 하여튼 와 줘서 반갑고 고맙다.

－무슨 소리야. 난 화가가 제일 부럽더라. 일단 한번 둘러볼게.

－응, 그래.

홍명자가 그림 하나하나를 유심히 살펴보는 사이 예진은 60년 전 예천여중을 다니던 시절이 주마등처럼 떠올랐다.

예진은 엄마와 할머니만 있는 집에서 자랐다. 아버지 얼굴도 할아버지 얼굴도 본 적이 없고 형제도 없고 사촌도 없었다. 엄마가 하도 조심스럽게 키우느라 밖에 데려나가지 않았다. 아주 어릴 때는 예방주사 맞으러 병원에는 갔겠지만, 기억할 수 없고 기억이 나는 여섯 살 때부터는 거의 바깥에 나가 보지 못하고 초등학교 입학하고 나서야 바깥세상을 제대로 보았다. 처음 남자를 보았을 땐 이상하였다. 낯설기도 하고, 약간 두렵기도 하고 신기하기도 했다.

학교에 다니면서 비로소 친구도 생기고 선생님도 만나고 세상 돌아가는 이치를 조금씩 알기 시작했다. 마침 담임선생님이 남자 선생님이어서 예진은 마음속으로 일종의 신비감과 두려움과 호기심이 생겨 가르치는 내용보다 선생님을 관찰하는 시간이 더 많았다. 아버지가 살아계신다면 저런 모습일까? 내 오빠가 있다면 저런 모습일까? 교장 선생님을 뵈면 '할아버지가 계신다면 저런 모습일까?' 예진은 새롭게 만나는 남자는 모두 오빠, 아빠, 할아버지에 대입해 보는 게 습관처럼 되었다. 새삼스럽게 남자 가족이 없는 게 한스러웠다. 더욱 답답한 것은 아버지가 왜 없는지 가장 궁금하고 속상했다. 어쩌다 아버지와 손잡고 길을 걷는 아이들을 보면 가슴이 서늘해지고, 다리에 맥이 풀렸다. 그래도 집에와서는 티를 내지 않았다. 엄마와 할머니가 공주로 떠받들어주는데 공연히 마음 불편하게 해 드릴 수는 없었다. 그냥 '공부 열심히 하여 엄마와 할머니께 기쁨을 드리자'하는 생각만 하기로 하였다. 예진은 언제나 반에서 수석을 하게 되어 엄마와 할머니의 삶의 기쁨과 찬란한 희망이되었다.

밥을 먹을 땐 엄마와 할머니가 교대로 예진의 숟가락 위에 반찬을 올려주었다. 이러한 두 분의 사랑을 듬뿍 받으며 큰 어려움 없이 중학교까지 나왔다. 학교에 다닐 땐 몇몇 친구들과만 놀았다. 수업이 끝나면 땅뺏기, 콩주머니 놀이, 줄넘기 등을 한두 시간 하고 나서 집에 가곤 했다. 어릴 때부터 '예쁘다' 소릴 하도 많이 듣다 보니 더 이상 칭찬으로 들리지도 않고, 보통 말로 들릴 정도였다. 중학교 2학년 때 특히 친했던 홍명자와는 추억도 많았다. 방과 후 땅뺏기 하던 일, 콩주머니 놀이, 함께 공부하고 문답을 하면서 복습예습을 하던 일, '비과'라는 과자를 함께 사 먹던 일이 아련하게 떠올랐다.

중학교 졸업을 한 학기 남겨 놓았을 때만 해도 예천에 아직 여자고등학교가 없었다. 그래서 일찌감치 대구로 유학 갈 계획을 세웠다. 엄마는 딸이 인생의 전부였으므로 딸에게 필요한 것은 무슨 짓을 해서라도 뒷받침을 하겠다고 결심하고 딸에게 아무 걱정 말고 가고 싶은 학교에 지원하라고 하였다. 실제로 예진 어머니는 조그만 밭농사와 바느질로 생계를 꾸려갔지만, 가끔씩 음식하는 일에 불려 다니기도 했다. 워낙 음식을 잘하므로 잔칫집에 가서 중요한 음식만 주로 해주는데, 하루 일당을 많이 받았다.

예진은 경북여고와 계성여고에 지원서를 냈는데, 두 군데 다 합격하여 경북여고에 등록하였다. 엄마와 함께 대구에 가서 경북여고 인근에 하숙집을 구했다. 경북여고생 6명을 입주시킨 하숙집이었다. 한 방에 2명씩 배치하고 식사 시간을 주지시켜 같은 시간에 밥을 먹도록 하였다. 이 시간에 안 오면 밖에서 먹고 들어가야 했다.

예진은 룸메이트가 된 오상희와 처음엔 서먹했으나 시간이 지나면서 친하게 되었다. 오상희는 안동여중을 나온 친구였다. 겪어보니 성격도 좋고 마음씨도 좋고, 공부도 열심히 하는 아이라서 마음 놓고 친했다. 상희는 안동고등학교 교장 선생님의 1남 2녀 중 막내딸이었다. 모든 면에서 부러운 가정환경에서 자라서 그런지 사회성도 매우 발달했고, 키도 크고 인물도 좋고 성격도 좋아 모든 면에서 나무랄 데가 없었다. 단지 불편한 것은 늦게까지 안 자는 습관이 있어 예진이 자고 싶은 시간에 불이 환하게 켜져 있어 잠자는 데 방해가 되었다. 예진은 싸울 수도 없고, 자신이 적응하는 방법밖에 없었다. 처음엔 이불을 푹 뒤집어쓰고 자보려고 하였으나 답답해서 잠이 안 왔다. 다음은 불이 켜져 있거나 말거나 자는 습관을 들여야겠다고 생각하고 노력했으나 도저히 잠이 안 왔다. 불도 밝고 책장 넘기는 소리, 숨 쉬는 소리까지 다 들리니 도저히 잠이 들지 않았다. 할 수 없이 다시 일어나 상희와 같이 공부를 해보려고 시도했으나 공부는 안되고 두통만 왔다. 난감해하고 있는데 상희가

─너 나 때문에 못 자는구나. 미안해. 나도 불 끄고 잘게.

뜻밖에 상희가 이렇게 나와주니 고맙기 그지없었다. 이날부터 예진은 상희를 매우 좋아하게 되었다. 이후로는 같은 시간에 자고, 같은 시

간에 일어나고, 공부도 같이 하고 밥도 같이 먹고 하니 완전한 가족이 되었다. 성격도 시원시원하여 예진은 상희가 꼭 언니 같은 기분이 들었다. 키도 자기보다 크고, 좋은 집안에서 자라서인지 상당히 이타적인 성격의 소유자여서 편안하기 이를 데 없었다. 예진은 혼자 자라면서 엄마와 할머니로부터 과잉보호를 받은 탓에 자기도 모르는 사이에 이기적인 사람, 상대방에 대한 배려심이나 양보심 같은 게 별로 없는 사람이 되었는데, 이타적이고, 배려심이 많은 성격의 상희를 보고는 자기도 배워야겠다고 생각했다.

하루는 예진이 발목을 삐끗하여 걷기가 매우 어렵게 되자 상희가 예진을 업어서 학교에 갔다. 예진은 점점 더 상희가 마음에 들고 고마워서 가슴이 벅차올랐다. 가족 외에 이런 느낌을 받아본 것은 처음이었다. 이 하숙집이 꼭 은인처럼 여겨졌다. 예진은 학교 갈 때도 상희와 손을 잡고 가고 집에 올 때도 손을 잡고 왔다. 이제는 친구가 아니라 자매 같은 기분이 되었다. 이렇게 마음을 다 주고받는 친구가 있으리라고는 상상도 못 했다. 처음 대구로 올 때는 과연 엄마와 할머니를 떨어져서 살 수 있을까 걱정도 되고 불안하기도 했지만, 상희와 같이 지내면서는 아예 집 생각이 안 날 정도로 마음의 안정을 얻었다. 이런 생활이 딱 1년 됐을 때 상희네 가족이 서울로 이사가면서 상희도 가족 따라 서울로 가게 되었다. 예진은 당황스럽고 슬프기 그지없었다. '이 무슨 날벼락인가?'

−상희야, 너는 좋겠지만 난 어떡해? 난 이제 너 없으면 못 살 것 같은데….

−나도 너와 헤어지는 건 너무 섭섭해. 그러나 가족과 떨어질 수는 없잖아?

나보다 더 좋은 룸메이트 만날 거야. 부디 공부 열심히 해서 나중에 같은 대학에서 만나자. 내가 가서 종종 편지 보낼게. 부디 건강해.

─난 너 없으면 못 살 것 같은데 큰일 났네. 나 어떡하지?

─더 좋은 친구 만나면 되지. 잘 있어. 자주 연락하자. 오케이?

─오케이는 무슨. 난 몰라. 이럴 거면 잘해 주지나 말지. 완전히 정들게 해놓고 내빼는 게 어딨어? 난 몰라.

─미안해. 나도 이렇게 될 줄 상상도 못 했어. 아버지가 서울에 있는 고등학교 교장 선생님으로 가시게 되어 어쩔 수 없잖아? 나도 전학할 일이 까마득해.

예진과 상희는 뜨거운 포옹을 하며 어렵게 작별을 했다. 예진은 며칠 동안 넋이 나간 사람 같이 되었다. 엄마와 할머니 외에 혈육 같은 정을 느껴보기는 처음이었는데, 이렇게 갑자기 이별을 하고 나니 세상이 텅 빈 것 같고 앞에 보이는 것은 안개뿐이었다.

한 달쯤 가까이 이런 상태가 계속되었다.

어느 주말 마음을 추슬러 시립도서관에 갔다. 그동안 밀린 공부를 하겠다고 마음먹고 온 터였다. 경북여고 도서관은 아무래도 아는 친구들이 많아서 공부에 방해될까 봐 이곳 시립도서관에 온 터였다. 사흘에 한 번꼴로 남학생들의 말 걸기가 있었지만 예진은 흔들리지 않고 마음의 중심을 잡아 공부를 열심히 하여 2학년까진 좋은 성적을 유지했다. 현재대로만 유지한다면 자기가 가고 싶은 의대를 어디든 갈 수 있을 것이었다. 고3이 되었다. 많이 긴장되었다. 그래도 평소대로 공부하려고 마음을 단단히 먹었다. 어떤 날은 학교도서관에서 늦게까지 공부하기도 하고 시립도서관에 가서 공부하기도 했다.

어느 일요일 시립도서관에 가서 공부를 하다가 잠시 휴게실에 갔는데, 인상 좋은 한 남학생과 눈이 딱 마주쳤다. 예진은 얼른 고개를 돌려

휴게실에 잠시 앉았다가 커피를 마시려고 자판기 앞에 갔는데, 하필이면 주머니에 돈이 없었다. 양쪽 주머니를 다 뒤져도 천 원짜리 한 장이 없었다. 할 수 없이 그냥 돌아서는데,

─돈이 없으세요? 빌려드릴게요.

하면서 그 인상 좋은 남학생이 옆으로 걸어오더니

─무얼 시키려고 하셨어요? 밀크커피 어때요?

그녀는 갑자기 할 말을 잃었다. 창피한 것 같기도 하고, 고마운 것 같기도 한데, 남학생의 목소리가 그렇게 좋을 수 없었다. 남자다우면서도 부드럽고 정감 있는 목소리였다.

그녀는 자기도 모르는 사이에 가슴이 뛰었다. 재빨리 열람실 자기 자리로 돌아와 앉았다. 두근거리는 가슴이 진정이 되지 않았다. 얼른 책을 폈다. 공부에 집중하려고 안간힘을 썼다. 평소처럼 글씨가 눈에 잘 안 들어왔다. 아니 눈으로 본 글씨가 머릿속으로 들어오질 않았다. 처음으로 느껴본 경험이었다.

오늘은 안 되겠다 싶어 책을 가방에 넣고 도서관을 나왔다. 이제 어디로 갈까? 하다가 그냥 하숙집으로 돌아왔다. 마침 룸메이트가 없으니 다행이었다. 집에 와서 잠시 누웠다 일어나 책상 앞에 앉았다. 책과 노트를 펴고 수학 문제를 풀기 시작했다. 이제야 좀 집중이 되었다. 다음 달에 있을 수학 경시대회 준비를 해야 했다. 학교 대표로 2명이 뽑혔는데, 한 명은 2학년이어서 3학년인 자기가 학교의 명예를 드높여야 하는 책임을 지게 되었으므로 열심히 안 하면 안 되는 상황이었다. 한 달 동안은 학교 수업 외엔 수학만 공부해야 할 터였다. 문제집을 있는 대로 다 사가지고 와서 하루에 50문제씩 풀기로 하였다. 당분간은 집에서 공부하기로 하였다. 주인아주머니한테 돈을 더 낼 테니 한 달만 룸메이트

를 들이지 말아 달라고 부탁했다. 맘 좋은 아주머니가 원하는 대로 해주었다. 예진은 학교에서 돌아오면 이제 집에서 수학 문제를 풀었다. 방해하는 사람이 없으므로 집중이 잘 되었다. 목표대로 하루에 50문제 이상 풀었다. 안 풀리는 것은 해답을 보고 공부를 하였다.

드디어 경시대회 날이 밝았다. 경시대회 장소인 경북대학교 사범대학 건물에 가서 자리를 찾아 앉았다. 그녀의 자리는 둘째 줄 맨 왼쪽 창가였다. 햇빛이 눈부시게 쏟아진 창밖을 보니 소나무가 청청하고 예쁘게 핀 개나리와 진달래가 오늘따라 더 반가웠다.

8시가 되자 선생님이 들어오셨다. 시험지와 답안지를 나누어 주고 주의 사항을 말씀하셨다. 그녀는 마음속으로 기도를 하고 엄마와 할머니를 한 번 떠올리고 시험문제를 풀기 시작하였다. 문제가 술술 잘 풀렸다. 4시간 시험시간 동안 잘 모르는 문제는 두세 문제뿐이었다.

집에 와서 오랜만에 실컷 자고 일어났다. 그동안의 피로가 조금 풀린 기분이었다. 이젠 기말시험 준비를 해야 할 것이었다. 경시대회 준비로 그간 공부를 많이 하지 못했던 과목들을 모두 공부해야 했다. 하숙집 아주머니가 약속한 대로 한 달 지났다며 룸메이트를 들였다. 새로 온 룸메이트는 전은희라는 학생인데, 의성여중을 졸업했다고 하였다. 수수하고 평범한 학생으로 보였는데, 알고 보니 공부를 썩 잘하는 학생이었다. '하기야 공부를 못 하면 경북여고에 들어올 수가 없지'. 은희는 비록 후배지만 아주 의젓하고 예의도 발랐다. 하지만 함께 방에서 공부하는 건 아무래도 어려울 것 같아 예진은 다시 시립도서관으로 가서 한적한 자리에 앉아 우선 영어책을 읽고 처음 보는 단어와 구는 외웠다. 밀린 공부를 다 하자니 시간이 많이 필요했다. 시계를 보니 4시간 정도 집중한 것 같았다. 잠시 쉬고 다리 운동도 할 겸 복도로 나왔다. 막 팔을 올려

스트레칭을 하려고 하는데, 웬 학생이 앞에 나타났다. 한 달 전에 보았던 그 인상 좋은 남학생이었다. 예진은 갑자기 머리가 멍해졌다. 자기도 모르는 사이 다리에 힘이 풀리며 주저앉게 되었다. 앞에 있던 그 남학생이 부축해 주며

　─괜찮으세요? 병원에 가서야 하는 것 아니에요?

하고 물었다. 예진은 그 남학생의 음성이 또 한 번 가슴에 와 안겼다. '어쩜 음성도 이리 좋단 말인가?', '정신 차리자'

　─괜찮아요. 미안합니다. 공연히….

하면서 일어났다. 그리고 남학생의 손을 밀어냈다.

　─아유, 다행이네요. 공부를 너무 많이 하신 것 아니에요? 잠시 휴게실에서 쉬면서 차라도 한잔하시지요.

　─안 그래도 그러려고요. 고맙습니다.

하면서 휴게실 쪽으로 걸어가니 그 남학생도 주춤주춤 따라왔다. 그녀는 휴게실에 자리를 잡고는 자판기에서 밀크커피를 두 잔을 뽑아 한 잔은 그 남학생에게 내밀었다.

　─아까 저를 부축해 주셔서 감사합니다.

하고는 테이블에 자리를 잡고 앉으니 그 남학생이 같은 테이블에 와서

　─좀 앉아도 될까요?

하고 물었다. 커피까지 건넨 사람에게 안 된다고 할 수도 없어

　─네. 뭐. 그러세요.

　─고맙습니다. 저는 이규태라고 합니다. 경북대학교 1학년입니다.

　─아, 예. 저는 경북여고 3학년이에요. 이름은 말하지 않겠어요.

　─그러세요. 실은 지난번 만났을 때부터 저는 이런 시간이 오기를 학

수고대했거든요. 매일 이 도서관에 왔는데, 학생이 안 보여서 얼마나 실망했었는지 몰라요. '이제 다시 안 오면 어떡하지?' 했었어요. 하느님이 내 마음을 아시고 오늘 이렇게 다시 만나게 해주신 것 같네요. 그동안은 왜 안 오셨어요?

　―아, 예. 마침 룸메이트가 떠나서 그냥 집에서 공부했어요.

　―그러시군요. 룸메이트라면 기숙사에 계신가요?

　―아니요, 하숙집에요.

　―예. 난 대학 들어오고는 원룸을 얻어 자취하고 있어요. 하숙보다 훨씬 좋아요.

　―원룸은 비싸지 않나요?

　―보증금만 있으면 월세나 하숙비나 비슷해요. 과외 한 팀만 해도 월세는 되니까요.

　―아, 대학생이니까 그런 게 가능하겠네요.

　―이거 내가 너무 시간 빼앗는 것 같네요. 입시 준비하시려면 마음이 바쁘실 텐데.

　―예, 그럼. 저는 들어갈게요.

　예진은 서둘러 제자리로 돌아와 잠시 숨을 고르고 책을 폈다. 그런데 책에는 글씨가 아닌 그 남학생의 얼굴이 나타났다. 머리를 도리질하고 다시 책을 보았다. 이번에는 그 남학생의 말이 귓전에 들렸다. '이거 큰일 났네.' 주먹으로 볼을 쳤다. '정신 차려.'

　그러나 이 두 가지가 교대로 그녀의 공부를 방해하였다. 예진은 가방을 싸서 다시 하숙집에 돌아왔다. 마침 룸메이트가 없어 안도하면서 겉옷을 벗고 찬물로 세수를 했다. 로션을 바르고 서랍을 열어 사탕 하나를 꺼내 입속에 밀어 넣었다. 달콤한 사탕의 맛이 기분 전환이 된 것 같아 다시 영어책을 폈다. 글씨가 눈에 들어왔다가 다시 사라지고 그 남학생의 얼굴이 나타났다. 짜증이 났다. 이번에는 영어문제집을 꺼내 풀기 시작하니 그제야 집중이 되고 문제가 풀어졌다.

두 달 후 수학경시대회 결과가 발표되었다. 예진은 은상을 받았다. 학교 조회에서 교장 선생님으로부터 은상 상장과 메달, 그리고 두꺼운 영한사전을 상품으로 받았다. 선생님들과 학생들의 칭찬 세례를 받으니 기분이 좋았다. 예천으로 전화를 했다. 엄마가 받았다. 이번에 학교 대표로 수학 경시대회에 나갔는데, 은상을 받았다고 말했다. 엄마는 어느새 울먹이는 목소리가 수화기로 전해져 왔다. 잠시라도 엄마와 할머니께 기쁨을 드린 것 같아 기분이 좋았다. 그러고 나니 공부에 집중이 더 잘 되었다. 이제 1학기 기말고사가 3주 앞으로 다가왔다. 집에서 공부하려 했으나 룸메이트 전은희가 오늘 몸이 안 좋아 쉬겠다고 했다. 아프다고 누워있는 룸메이트 앞에서 공부하기가 어쩐지 미안하여

─그럼 쉬어. 나는 도서관에 갈게. 공부가 밀려서….

─예. 잘 다녀오세요. 저는 잘 거예요.

예진은 가방을 챙겨 집을 나섰다. 자기도 모르는 사이에 시립도서관으로 가고 있었다. 도서관에 도착하여 열람실로 막 들어서려는데 이규태 학생이 나오고 있었다. 둘은 감전이라도 된 듯 갑자기 몸에 신호가 왔다. 그녀는 민망하여 얼른 열람실로 들어가 자리를 잡고 앉았다. 그런데 막 가슴이 콩닥콩닥 뛰는 것이었다. 가슴을 가만가만 두드리고 침을 한번 꿀꺽 삼키고 심호흡도 하고 팔을 들어 스트레칭도 한번 하고 나서 영어책을 폈다. 속으로 소리 내어 여러 번 읽었다. 영어책에 있는 문장은 거의 다 명문장이므로 외워 두면 매우 유익할 것이었다. 문장을 통째로 외우니 단어, 구, 문법 등 모든 것이 해결됐다. 억지로라도 집중을

하니 이규태 학생이 나타나지 않았다. '다행이다.' 시간이 얼마나 지났을까? 오늘 계획했던 진도를 거의 다 나간 뒤에 비로소 자리에서 일어나 잠시 바깥바람을 쐬려고 도서관 건물 바깥에 나왔다.

오늘따라 하늘이 청명하고 기온도 15도 안팎의 완벽한 날씨였다. 정원에는 아름다운 소나무와 배롱나무, 여러 가지 꽃들이 예쁘게 피어있어 마음에 평화가 밀물처럼 밀려왔다. 잠시 느티나무 밑 의자에 앉아 맑은 공기를 마셨다. '이제 7개월만 공부하면 나는 대학생이 된다. 내가 대학생만 되면 내 힘으로 등록금과 용돈도 벌 수 있다.' '엄마와 할머니를 위해 나는 성공하지 않으면 안 된다.' 다시 한번 마음의 다짐을 하면서 제자리에 들어와 다시 공부를 시작했다. 우선 영어문제집을 풀어보려고 폈다. 당장 눈앞에 있는 문제를 풀어야 하니 집중이 되었다. 독해문제를 풀다가 모르는 단어가 있으면 사전을 찾아 적합한 뜻을 찾아내어 막혔던 곳을 읽고 문제를 풀었다.

오늘 계획했던 것을 다 풀고 잠시 휴식하려고 휴게실에 가서 밀크커피를 한잔 뽑아서 테이블에 앉았다. 커피의 향과 부드러운 밀크 맛이 마음을 안정시켜 주었다. 잠시 눈을 감고 휴식을 취하고 있었는데 깜빡 잠이 들었다. 잠에서 깨고 나니 머리가 맑고 가벼워진 것 같았다. 돌아보니 여기저기 두세 명씩 앉아 차를 마시며 담소를 나누고 있었다. 보기 좋은 광경이었다. 창밖으로 고개를 돌려 하늘을 쳐다보니 파란 하늘에 드문드문 뭉게구름이 피어있고 갈매기들이 떼를 지어 날고 있었다. 평화롭기 그지없고, 눈에 들어오는 광경이 아름다움 그 자체였다.

다시 열람실로 와서 책을 보는데, 글씨는 안보이고 규태 얼굴만 떠올랐다. 그녀는 자신이 너무 미웠다. 이럴 때마다 엄마, 할머니 생각을 하며 애를 쓰는데도 그전처럼 공부에 집중이 안 되고 자꾸만 규태 생각만

났다. 이런 낭패가 없었다. '1분 1초도 아껴서 공부해야 할 시간에 남자 생각을 하다니. 아무래도 내가 정상이 아니다.' 큰일도 보통 큰일이 아니다. 자신에게 화가 나고 자신이 너무 한심하다는 생각이 들었으나 가슴은 자꾸만 규태를 만나 얘기하고 싶어졌다.

예진은 자꾸만 지쳐가는 자신을 발견하고는 소스라치게 놀랐다. S대 의대 입학이라는 목표가 누런 낙엽이 되어 바람에 날렸다. 결국 K대 법대에 합격했다. 처음엔 이왕 이렇게 됐으니 마음을 독하게 먹고 고시공부를 하기로 단단히 작정을 했다. 그러나 이 목표 역시 이루지 못했다. 낯선 서울에 오니 너무 외롭기도 하고, 자신의 처지가 너무 가련하게 생각될수록 남자들의 유혹을 뿌리치지 못했다. 두세 번 만나다 끝낸 남자도 여러 명이었다. 가끔 규태 생각이 났으나 대입 이후에는 다시 못 만났다. 눈에서 멀어지니 마음에서도 멀어졌다. 마침 친구 박진희의 오빠를 소개받았는데, 사람이 매우 좋아 보였다. 학벌도 좋고 성격도 좋고 키도 크고 외모도 귀공자 타입의 5급 공무원이었다. 대학 4학년 때 행시에 합격하고 졸업하고 입대했다가 제대해서 행정안전부에서 일하는 사람이었다. 이름은 박준태.

이제 안정된 상태에서 공부만 하면 되었는데, 준태와 데이트하고 나면 또 공부가 안되었다. 고시공부가 여간 따분한 일이 아니었다. 어머니는 딸이 워낙 공부 잘하니까 처음엔 의사가 되기를 바랐다. 그런데 법대에 입학하니 이번엔 판사 되기를 바랐다. 하지만 예진은 고시공부 1년 하다가 중단하고 그냥 아르바이트만 좀 해서 먹고살며 나머지 시간은 준태 만나는 게 점점 더 행복해졌고, 결혼하고 싶은 생각이 간절했다.

대학 졸업하고 석 달 후에 결혼식을 하고 주부로 들어앉았다. 어머니와 할머니는 속으로 많이 실망하고 섭섭했지만, 예진이 행복하다면 어쩔 수 없었다. 예진은 결혼한 지 두 달 후 임신을 하였다. 두세 달 지나니 지독한 입덧이 왔다. 하루에도 몇 차례나 구토를 했다. 이런 변화가 괴로우면서도 신비스러웠다. 입덧으로 인한 고통도 시간이 다 해결해 주었다. 결혼 1년 만에 아들을 낳았다. 출산할 때의 진통은 정말 충격적이었다. 세상에 그렇게 아프고 힘들 수가 없었다. 이제는 죽는구나 하며 자손이 없는 집에 아기는 낳아주고 죽자 하고 마지막 힘을 모아 용을 쓰니 아기가 나왔다. 14시간의 엄청난 진통 끝에 아들을 낳았다. 삼 대 여자만 있는 집에 처음으로 남자아이가 태어나니 세 가족의 기쁨은 형언할 수 없었다. 신기하고 설렜다. 그 끔찍한 산통도 거짓말처럼 잊혀 갔다.

예진의 어머니가 작명소에 가서 이름을 지어 왔다. 아기의 이름은 박수현. 예진은 수현에게 모유를 먹였다. 출산 후 젖이 나오는 것도 신비롭기 그지없었다. 아이에게 수유하고 아기 돌보는 일이 행복 그 자체였다. 세상에 부러운 것이 없었다. 시간이 지날수록 아기의 커가는 모습도 경이로웠다. 석 달이 지나니 뒤집고, 다섯 달이 되니 장난감을 손에 꼭 쥘 줄 알고, 배밀이도 하고 옹알이도 했다. 6개월 되니 앉을 수 있게 되고, 곧 길 수 있게 됐다. 정말 아이들 발달 과정이 너무나 신기하고 오묘했다. 이때부터는 방바닥에 있는 것은 모조리 다 치웠다. 청소도 더 깨끗이 했다. 세 식구가 매달려도 잠시 눈을 다른 데 돌릴 수 없었다. 이때부터는 체격도 많이 불어났다. 11개월이 되니 드디어 서고 한두 걸음을 걸을 수 있게 됐다. 정말 감동과 감탄이 물밀듯 밀려왔다.

돌날에는 돌잔치를 크게 하면서 아기 앞에 돈, 연필, 실을 놓으니 양손에 이 세 가지를 모두 집었다. 그 광경을 본 가족과 친지들이 큰인물이 났다며 야단들이었다. 그날 모두가 보는 앞에서 스무 걸음도 더 걸었다. 예진은 자기의 사진 기술을 이때 제대로 써먹었다. 모든 과정을 찍었더니 영화같이 되었다. 매일 매일 재주가 늘었다. 잼잼, 도리도리, 짝짜꿍도 하고, 잡아주면 꽤 많이 걸었다. 장난감도 아이 나이에 맞추어 사서 주니 장난감을 가지고도 잘 놀았다. 할머니, 엄마, 남편 준태, 예진 네 명은 서로 아기를 안겠다고 다툴 정도였다. 세상에 어떤 부귀영화도 육아의 즐거움과는 비교될 수 없을 것 같았다.

2년 뒤 예진은 두 번째 임신하였다. 혼자 키우는 것보다 둘이면 더 좋을 것 같아 모든 가족이 환영하였다. 한번 겪어보았기 때문에 이젠 처음과 같은 신비로움은 덜했으나 이번에는 어떤 아이가 태어날 것인가가 초미의 관심사였다. 우선 아들인가 딸인가부터 누굴 닮았느냐까지 모두가 호기심의 대상이었다. 둘째도 아들이었다. 형제간에 많이 닮으니 이것도 신비로웠다. 정말 결혼하기를 백번 잘했다고 생각하였다. 예진은 6년을 꼬박 육아에만 정성을 쏟다가 이제 수유도 끝난 지 오래이니 자기도 돈을 벌어야겠다고 생각했다. 이 무렵 할머니가 돌아가셨다. 83년 동안 사시며 갖은 애환을 겪으셨으나 마지막 몇 년은 외증손자 크는 걸 보는 낙으로 사셨다. 예진은 마음이 아팠다.

살림은 친정엄마가 와서 다 해주고 도우미도 오니 자기는 할 일도 없고, 공무원은 월급이 많지 않으니 자기도 돈을 벌지 않으면 안 되겠다고 생각했다. 남편은 그사이에 계속 승진하여 온 가족을 기쁘게 해주었으나 경제적으로는 빠듯하였다. 장차 아이들을 제대로 잘 키우고 뒷받침해주기 위해서는 공무원 월급만으로는 부족하다고 생각하고 자기도 돈을 벌어야겠다는 생각이 점점 굳어졌다. 여러 가지를 궁리하다가 어디에선가 우유 대리점을 모집하는 광고를 보았던 생각이 나서 우유 대리점을 운영하기로 하고 수속을 밟았다. 우유 생산회사에 가서 대리점을 하겠다고 신청하니 일주일 뒤에 현장 점검을 하러 왔다. 우선 대리점의 위치를 보고, 크기를 보고, 점주인 예진을 만나보고 주위의 아파트와 주택을 살펴보고 나서 계약을 했다. 일주일 후까지 몇 집에 배달할 건지를 대리점에서 파악하여 회사에 주문을 했다. 처음에는 50가구로 시작하고 배달 아줌마를 2명을 썼으나 점점 불어나서 나중에 십 배가 되었고 2년이 지나고는 1000가구로 불어났다. 수익이 꽤 높았다. 정숙은 신이 났다. 3년 후에는 또 다른 지역에 제2호 대리점을 열고 영업을 시작했는데, 주위에 아파트가 계속 들어서더니 배달 주문을 하는 집이 1호점보다 훨씬 더 많아졌다.

두 개의 대리점을 운영하면서 배달을 맡은 아주머니도 80명이 되었다. 예진은 두 군데의 대리점 운영만 해도 여간 바쁘지 않았다. 예상외로 수익도 좋았다. 이렇게 버는 돈이 남편 공무원 월급의 10배나 되었다. 엄마는 할머니가 돌아가시고 혼자가 되니 아예 딸네 집에 사셨다. 살림도 해주시고 두 손자도 키워주셨다. 1970년대 후반까지 만 13년간 우유 대리점을 해서 제법 돈을 많이 벌었다. 우유 생산회사에서는 5시에 우유를 공급하였다. 아주머니들은 아침 5시에 대리점에 나와 출근 도장을 찍고 자기 구역에 배달할 우유를 가방에 담아 수레를 끌고 다니며 6시 50분까지 자기 구역 배달을 끝내야 한다. 집집에 걸린 우유 주머니에 우유를 넣어 놓으면 주인집에서 아침에 온 가족이 신선한 우유를 마실 수 있게 된다. 매주 금요일이나 토요일 오후엔 수금을 하여 대리점에 입금시키고 25일에 월급을 받는다. 우유 배달 양에 따라 월급이 달라진다. 아주머니들은 되도록 많이 배달하기 위하여 틈나는 대로 스스로 홍보를 하여 고객 수를 늘렸다.

'호사다마好事多魔'라고 했던가? 어느 날 큰 사고가 났다. 아줌마들이 우유를 싣고 다니는 손수레를 자동차가 들이받았는데, 우유 배달 아주머니가 그만 넘어지면서 뇌진탕을 일으켜 즉사하는 사고가 났다. 물론 승용차 차주의 보험으로 모든 경비가 지불되고, 보상금도 받았지만 예진도 넉넉하게 부의금을 전하고 상주에게 심심한 조의를 표했다. 아직 초·중학생 두 명의 자녀가 있다고 하여 무척이나 마음이 아프고 애석하였다. 아주머니의 죽음은 너무 큰 충격으로 다가왔다. 매우 착실하던 분이었는데, 40살에 갔으니 안타깝기 짝이 없었다. 참으로 가슴이 아팠다. 이때부터는 다른 아주머니들도 또 어떤 사고가 날까 노심초사하게 되었다. 한동안 예진은 아주머니의 죽음이 계속 떠올라 괴로웠다. 그 아주머니와 언젠가 나누었던 대화가 생각났다. 사실 평소에 예진과 아주머니들 사이에 대화는 거의 없었다.

─사장님, 저는 이 우유 배달이 제 체질에 딱 맞아요. 일찍 자고 일찍 일어나는데, 새벽에 우유를 배달하고 집에 가서 종일 쉬면서 집안일 할 수 있으니까요. 그리고 사장님이 너무 좋아요. 자상하시고, 다른 대리점보다 수당도 더 많이 주시고…. 요즘 정말 행복해요.

─다행이네요. 나는 너무 힘드시지 않을까 걱정했는데….

그러던 아주머니가 그렇게 허망하게 가고 나니 예진은 가슴이 에이는듯하였다. 아주머니의 죽음은 예진으로 하여금 대리점을 접고 싶은 마음으로 돌변시켰다. 정말 두 번 다시 겪고 싶지 않았다.

예진은 큰 교통사고를 겪고 나니 더 이상 이 사업을 하고 싶지 않았다. 이참에 그만두어야겠다고 결심하였다. '지족불욕知足不辱, 지지불태知止不殆'라 하지 않던가? 만족을 알면 욕되지 않고, 멈출 줄 알면 위험을 멀리하게 된다. '지금 나에게 꼭 필요한 명언이 아닌가?' 마침 이맘때

슈퍼마켓이 많이 생겨나면서 우유 대리점도 쇠퇴의 길로 접어들고 있었다. 시기적으로도 사업을 접기에 알맞았다.

돈도 많이 벌어놨고 사업을 접어도 별로 아쉬울 게 없었다. 두 달에 걸쳐 대리점 폐쇄에 따른 여러 가지 절차를 밟고, 마침 가게도 살 사람이 나타나 팔고 나니 시원섭섭하였다. 모든 걸 정리하니 돈이 꽤 많아서 대구 시내에 땅을 샀다. 상업지구에 150평을 사고 은행에서 대출을 좀 받아 지하 1층 지상 5층짜리 건물을 지었다. 지하 주차장도 만들고 1층엔 텃밭도 만들었다. 평생 처음 빌딩 주인이 되었다. 이건 몽땅 예진이 번 돈으로만 샀기 때문에 장예진 명의로 등기를 했다. 1, 2, 3층은 세를 놓았다. 4층은 정숙네 살림집으로, 5층은 남편의 서재와 정숙의 작업실 및 손님방으로 꾸몄다. 월세도 꼬박꼬박 잘 들어와서 갑자기 부자가 된 기분이 들었다. 어머니는 똑똑한 자기 딸이 이토록 잘사는 게 흐뭇하였다.

예진은 이제 취미생활 하기에 충분한 여건이 되었다. 처음엔 사진을 배웠다. 좋은 풍경을 카메라에 담아 와서 집에 차려놓은 암실에서 작업을 하여 사진이 나오게 되는데, 신기하고 너무 재미있었다. 동호인들과 출사여행도 많이 다니고 나중엔 사진 전시회도 여러 번 했다. 처음에는 그룹전에 몇 점씩 출품하는 정도였지만 나중엔 단독 전시회도 열었다. 이것까지 하고 나니 싫증이 났다. 암실 작업도 답답하게 여겨졌다. 밝은 공간에서 하는 일을 하고 싶었다.

어릴 때부터 그림을 좋아했던 터라 이번에는 그림을 배우기로 하였다. 서양화반에 등록하여 몇 년 연습을 하고 나니 그룹전에 출품도 하고 자기 그림이 팔리기도 하니 재미가 있었다. 그림을 그린 지 5년쯤 되어 단독 전시회도 열었다. 딸이 화가가 된 걸 보고 어느 날 예진의 어머니가 처음으로 아버지 이야기를 해주었다.

─정말 피는 못 속이는구나. 너희 아버지는 동양화가셨단다. 나와 결혼하고 1년 뒤 프랑스에서 그룹전을 하게 되어 파리로 가서 택시를 타고 전시실로 가다가 교통사고가 났어. 일행이 모두 여섯 명이어서, 세 사람씩 나누어 택시를 타고 갔는데, 네 아버지가 탄 택시가 버스와 충돌하여 너의 아버지와 같은 택시에 탄 사람은 모두 즉사를 했어. 버스회사에서 장례를 치러주고, 다른 택시를 탔던 화가들이 죽은 화가들의 유골함을 가지고 귀국했어. 쌍방과실로 판결이 나서 버스회사에서 장례식은 치러 주었지만 보상비는 안 나왔대. 나는 그때 너를 배 속에 가지고 있을 때였는데, 너의 아버지는 네가 태어나는 것도 못 보고 그렇게 돌아가신 거야. 네 아버지는 홀어머니 밑에서 컸는데, 아들이 그렇게 허망하게 갔으니 할머니의 슬픔은 이루 형언할 수 없었지. 나는 최대한 할머니를 위로하면서 평생 모시고 살았어. 유복녀로 네가 태어나니 우린 너를 키우는 낙으로 살았어. 우리 고부는 네가 너무 예쁘고 영특하니 모든 시름을 잊고 너를 키우는 낙으로 산 거지. 난 네가 혹시라도 화가가 될까봐 너의 아버지가 화가였다는 말을 안 했단다. 화가만 아니었으면 안 죽었을 거라고 생각했거든. 난 네가 공부를 잘하니 의사나 판사가 될 줄 알고 있었는데, 화가가 될 줄은 꿈에도 몰랐구나. 피는 정말 못 속이는 모양이다.

─세상에… 우리 아버지가 화가였다고요?

예진은 어머니의 결혼식 사진에서 멋쟁이 아버지를 다시 한번 찾아보고 새삼스럽게 가슴이 먹먹해졌다. '내가 화가의 딸이었다니…'

'집에 걸려있는 풍경화가 아버지의 그림이라고? 이제야 이 사실을 알게 되었구나'.

그녀의 어머니와 할머니는 아버지 얘기를 일절 안 했다. 어떤 분인지, 언제, 어떻게 돌아가셨는지 아무것도 알려주지 않았다. 이제야 아버지가 동양화가셨다는 것을 알고 나니 자기가 해야 할 일이 하나씩 생각났다. 자기의 그림 재능이 아버지로부터 물려받은 것이라고 생각하니 앞으로는 화가의 딸로서만 아니고 화가로서도 좀 더 분발해야겠다는 생각이 들었다. 우선 아버지 장은수 화백이 남긴 작품의 규모와 특징, 소재 파악부터 해야 할 것 같았다. 예진은 시간적으로 엄마도 연세가 매우 높고 자신도 이미 60대 중반이므로 마음이 급했다. 모든 일을 잠시 제쳐두고 아버지의 화집을 펴내는 게 시급했다.

30세에 요절하신 아버지가 그래도 화가로서 왕성한 활동을 하셨으므로 충분히 화집을 낼 만했다. 우선 엄마가 기억하는 것부터 알아야 할 것이었다. 엄마의 기억을 이끌어내어 그림의 소재 파악에 나섰다. 국전에서 특선한 작품, 국립현대미술관, 창조미술관, 동양화미술관이 소장하고 있는 아버지의 작품명과 사이즈, 창작연월일, 판매 액수, 혹은 기증 여부 등을 파악해야 했다. 다음은 아버지의 친한 친구나 후배들을 만나보고 아버지의 작품을 소장한 사람이 누군지 알아내어 그 작품들의 제목, 사이즈, 창작연월일, 판매 액수 혹은 기증 여부 등을 파악하고 전부 일목요연하게 작품 일련번호를 매겨 모든 정보를 파악하여 정리하는 것이 시급하다고 판단했다.

현재 어머니가 보관하고 있는 수십 점의 작품들 중 10점을 뽑아 아버지의 그림에 대한 평가를 권위 있는 미술평론가로부터 받는 일, 그림들을 사진으로 남기는 일 등이 필요한데 마침 사진 촬영은 예진 자신이 할 수 있는 일이므로 작품을 대하는 즉시 사진을 찍을 수 있어서 편리했다. 아직 해외에 남아 있는 아버지 작품을 촬영해오는 일이 남았다. 일본,

중국, 프랑스에 있는 아버지 작품을 찾아 사진 찍어오는 일이 큰 과제였다.

예진은 일단 재한 일본대사관, 중국대사관, 프랑스대사관에 가서 의논했다. 아무래도 언어가 걱정되어 일본어과, 중국어과, 프랑스어과 대학원생 한 명씩을 대동하고 가서 의논했다. 데리고 간 학생들이 통역을 잘 해주어 대화를 제대로 할 수 있었는데, 일단 아버지가 이들 나라에 작품을 보내고 전시한 연월일을 알아야만 작품 수배를 할 수 있다고 하여 집에 와서 이 세 나라에서 전시회 했을 때의 팸플릿을 찾았다. 마침 엄마가 아버지와 관련된 것은 빠짐없이 그대로 잘 보관하고 있어서 전시연월일은 쉽게 찾을 수 있었고, 이걸 대사관에 갖다 주니 고맙다고 하며, 한두 달 내로 작품의 소장처를 알 수 있을 거라고 하면서 기다리라고 하였다.

두 달 반 만에 세 나라에 흩어져있는 작품 삼십 점의 그림 소재를 파악하게 되어 일본, 중국, 프랑스 세 나라에 가서 바로 아버지 작품들을 볼 수 있었고 사진을 찍어올 수 있었다. 이렇게 하여 찾은 장은수 화백이 남긴 그림은 총 백 이십 점이었다. 물론 어디에 더 있을 수도 있지만, 현재로서는 이것만으로 정리해야 했다. 그림의 대부분은 풍경화였고 나머지는 한옥도 있고, 궁궐도 있고 풍속화도 있고 인물화도 있었다. 아직 세상에 내놓지 않았던 작품이 사십오 점이나 있어 우선 장은수 화백 유작전遺作展을 열어야겠다고 생각했다. 거의 잊혀진 화가지만, 오늘에 살려내야 했다. 일제 말 조선국전에서 특선을 한 화가로서 국제적으로도 이름을 알린 화가로서의 장은수를 제대로 알려야 했다. 현대 한국화의 초기 화가로서 충분히 다시 살려낼 만했다. 예진이 세 번이나 이용했던 창조화랑에서 6개월 뒤에 전시회를 하기로 예약을 했다.

창조화랑의 도움을 받아 전시회를 소개하는 글을 넣어 팸플릿을 만들고 유작 45점에 대한 평론이 필요할 것 같아 유명한 동양화 평론가의 글을 받았다.

결국 서울 인사동의 창조화랑에서 '장은수 화백 유작전'을 3주일 동안 진행했다. 이리하여 일제 말과 독립초기에 우리 한국화의 세계화에 이바지한 장 화백은 한국 미술사의 한 페이지라도 차지하게 되었다. 이후 예진은 아버지의 모든 작품을 일목요연하게 시대별로 정리하고, 각 작품에 대한 간단한 해설과, 총평을 싣고, 장 화백이 살아생전 그림에 대한 자신의 생각, 한국화단의 미래, 세계 화단의 동향에 대해 써놓았던 글을 모두 찾아 '장은수 화백 화집'을 펴낼 때 모두 실었다. 이렇게 장 화백이 다시 살아 움직이게 한 딸의 모습에서 예진의 어머니는 고마움과 자랑스러움을 느꼈다. 이제 눈을 감아도 남편을 제대로 볼 수 있을 것 같았다.

예진은 1년 동안 아버지를 위한 일을 하고 나서 이제는 자신도 한국화에 매진해야겠다고 생각하고 있는 중에 우연히 민화를 접하게 되었는데, 금방 빠져들게 되었다. 특히 민화를 지도해 주시는 선생님이 민화 그리기에 대하여 명쾌하고도 섬세하게 잘 설명을 해주어서 금방 민화를 그릴 수 있게 되었다. 선생님이 지도해 주시는 대로 그리니 원본과 비슷하게 되었다. 민화가 이렇게 재미있는 줄 몰랐다. 1년 동안 집중적으로 민화만 그렸더니 그룹전에 세 번이나 출품할 수 있었다. 1년을 더 민화만 그리고 나서 독자적인 전시회를 하고 싶었다. 그러려면 자기만의 독창성을 확보해야 했다. 궁리 끝에 남이 안 하는 '사진 위에 그림 그리기'와 '창으로 보이는 사물 그리기'를 시도했는데, 관람객의 반응이 매우 좋았다. 독창적이라고 선생님이 칭찬해주시니 신바람이 났다. 결국 70

세에 인사동에서 '장예진 제1회 민화 전시회'를 했다. 작품들이 제법 팔려나갔다.

이후 아버지의 딸답게 동양화로 눈을 돌려야 할 것이었다. 지금부터는 붓을 놓을 때까지 동양화 중에서도 한국화만 그려야 할 것이었다. 지금까지 그린 것은 한국화를 그리기 위한 예행연습이라고 생각하고 한국화에 진력하기로 굳게 마음을 먹었다. 앞으로 10년 이상 한국화를 그릴 것을 생각하니 설레고 상기되었다. 한국화 중에서도 채색화를 그릴 것이었다.

한국화를 막 그리기 시작했는데 어머니가 돌아가셨다. 향년 95세였다. 너무 슬프고 죄송하고 엄마가 너무 불쌍해 끝없이 눈물이 나왔다. 평생 딸의 성공만을 빌며 그 길고 긴 세월 외롭게 홀로 살아오신 어머니였다. 예진이 진작 의사가 되어 어머니와 할머니에게 기쁨을 드렸어야 했는데 남자에게 빠져 결혼도 일찍 하고 직장도 거의 안 가지고 수십 년 취미생활만 했으니 엄마가 얼마나 실망했을지 이제야 다 생각이 났다. 동양화가의 딸로서 동양화 전시회를 하는 걸 보여드리지 못한 것도 많이 아쉽고 죄송했다. 민화를 그리지 않고 바로 동양화를 그렸어야 했다.

엄마는 어느 날부터인가 딸의 성공은 포기를 하고 손자 키우는 낙으로 사셨을 것 같았다. 3대 여자만 있는 집에 비록 외손일망정 손자 두 명을 보시며 안도하고 보람도 느꼈을 것이다. 예진은 자기가 못다 한 효도를 아들들이 한 것 같았다. 아이들이 유난히 할머니를 따랐으니 엄마의 노후가 쓸쓸하진 않았을 것이었다. 비록 딸이 사회적으로 크게 명예를 떨치지 못했으나 화가의 딸답게 화가도 되었고, 사업을 하여 돈도 많이 벌어 빌딩 주인이 되고, 자기 하고 싶은 일 하면서 행복하게 사는 모습도 보여드렸고 아버지를 화가로 다시 세상에 알리는 일도 했으니 어느 정도의 효도는 되지 않았을까 싶었다. 의과대학에 못 간 것과 고시공부 때려치운 것 외에는 어머니를 실망시켜 드린 적이 없는 것 같았다. 아들을 둘이나 낳고, 길러 모두 결혼시켰고, 부부싸움도 거의 안 하고 노후 자금도 든든하니 어머니께 최소한의 효도는 한 것 같았다. '꿩 대신 닭'이라도 잡아 드린 게 아닐까? 오늘따라 유난히 엄마와 할머니가 보고 싶었다.

2년 뒤 '장예진의 제1회 한국화 전시회'를 예술의 전당에서 하게 되었다. 이번 전시회 팸플릿에는 특별히 −장은수 화백에게 바치는 사부화思父畵−라는 부제를 달았다. 장은수−장예진 부녀화가라는 것이 자연스럽게 홍보가 되어 많은 사람들의 관심을 받게 되었다. 특히 예진과 오랫동안 사진, 서양화, 민화를 함께 그린 동우회 사람들은 예진의 전천후 재능에 놀라기도 하고 재능을 마음껏 발휘하는 것에 대해 진심 어린 축하도 해주었다. 또한 동양화를 지도해 주신 선생님은 '장은수 화백의 천부적인 재능과 아버지를 사모하고 따르는 따님의 효심에 아낌없는 박수를 보낸다'는 축하 글을 팸플릿에 써준 바 있다. 예진은 이제 화가의 딸로서 첫발을 뗐다고 생각했다. 앞으로는 동양화만 그릴 생각에 자기도 모르게 설레기도 하고 기대되기도 했다. 진작 젊었을 때부터 동양화를 못 그려 아쉽지만, 이제부터라도 아버지의 뒤를 잇는 동양화가의 길로 들어선 것을 다행으로 생각하면서 옷깃을 여몄다.

어느 여교수의 하루

하늘이 유난히 높고 파란 어느 날 오후 스마트폰에서 '띡' 소리가 나서 카카오톡을 열어보니 아들이 보낸 문자가 와 있다. '메일 보냈으니 열어보세요.'

정연이 얼른 열어보니 다음과 같은 메일이 와 있었다.

아버지, 어머니께:

그간 두 분 강녕하신지요? 제가 이곳에 온 지도 이미 한 달이 지났네요. 저는 이곳에서 많은 걸 보고 배우며, 여기 온 게 행운이라고 생각하면서 하루하루 의미 있는 시간을 보내고 있습니다. 저를 잘 키워주셔서 이런 혜택도 받고 있네요. 저는 미국 과학 문명의 최첨단 연구자들과 함께 호흡하면서 앞으로 한국에서 어떤 연구를 해야 할지, 향후 30년 후의 먹거리는 무엇이 될 것인지 깊이 생각하는 시간을 보내고 있어요. 열심히 배우고 돌아가겠습니다. 아마 앞으로 AI에 대한 공부를 많이 해야 할 것 같고, 컴퓨터 공부도 더하고, 신소재에 관한 공부도 많이 해야 할 것 같습니다.

이곳은 모두 지적 수준이 비슷한 사람들만 모여있는 탓인지 인종차별은 없어요. 제가 이곳의 주요 연구원으로 대접받고 많은 정보를 수집할 수 있으니 참으로 행운이지요. 제가 이곳 생활을 끝내고 한국에 돌아가면 이전과는 많이 다른 삶을 살게 될 것 같아요. 깨달은 게 너무 많으니까요.

두 분의 건강을 빕니다. 2022. 5. 4. 아들 준우 올림

정연은 아들 준우가 고맙고 대견하다. 이렇게만 계속 뻗어 나가면 분명히 사회에 보탬 되는 인물이 될 것 같은 기대를 하게 된다. 딸 준희는 얼마 전 사위와 함께 미국 유학을 떠났으니 정연은 마음이 흡족했다. 이제 부부만 남아 홀가분하기도 하고 약간 설레기도 하였다. 어쨌든 오붓하게 둘이서 살게 됐으니 최대한 이 시간을 즐겨야겠다고 마음먹으니 28년 전의 일이 불현듯 떠올랐다.

그녀가 대학원 2학년 때였다. 어느 날 저녁 늦게까지 공부하고 집에 가려고 가방을 챙겨 막 도서관을 나서려는데 비가 쏟아지고 있었다. 낭패감을 느끼며 비 오는 모습을 하염없이 지켜보고 있는데, 어떤 남학생이 우산을 받쳐주며 말했다.

─같이 가시지요.

─아, 예. 고맙습니다. 실례가 많습니다. 그럼 교문까지만.

하면서 우산 속에 들어갔다.

─저는 김도진입니다.

─저는 오정연입니다.

─매일 도서관에 오세요?

─예, 오기도 하고 안 오기도 합니다.

어느새 교문 앞까지 왔다. 정연은

─고맙습니다. 덕분에 잘 왔네요. 저는 여기서 버스를 타야 합니다. 안녕히 가세요.

─버스에 내려서도 비가 올 것 같으니 나하고 같이 갑시다.

하면서 도진도 그녀를 따라 버스에 올랐다. 정연은 한편은 고맙고 한편은 민망하였다.

각자 자리를 잡고 앉아 20분쯤 달린 다음 정연이 내리니 도진도 따라 내려서 얼른 우산을 받쳐주었다. 5분쯤 걸어 정연이 자취하는 집 앞에서

─그럼 안녕히 가세요. 오늘 고마웠습니다.

─예, 어서 들어가십시오.

하며 도진은 돌아섰다. 정연은 자기 방에 들어와 가방을 내려놓고 세수를 하고 옷을 갈아입고 따끈한 허브차를 마시고 있으니 그 김도진이라는 남학생의 친절이 생각났다. 얼굴도 보지 않았고, 키가 큰지 작은지도 모르겠다. 단지 부드럽고도 위엄있는 목소리만 아직 귓전에 남아 있다.

이튿날 수업 후에 다시 도서관에 가서 자료도 찾고 쓰던 석사 논문을 썼다. 공부를 마치고 다시 밤 11시에 도서관에서 막 나왔는데, 어떤 남학생이 앞을 막고 있었다. 얼른 피해서 빠져나가려고 하는데,

─잠깐만요, 저 모르시겠어요? 어제 함께 우산을 썼던 사람입니다.

─아, 네, 안녕하세요? 어제는 감사했습니다. 그럼 안녕히 계세요.

─예, 안녕히 가세요.

정연은 오늘도 그 남학생의 얼굴을 제대로 보지 않았다.

이런 날이 며칠 더 지속되었다. 토요일이 되자 도진이 차라도 함께 하자며 만남을 청했다. 그간 그가 보여준 정성을 차마 외면할 수 없어 만나기로 약속하였다. 더구나 가족들이 모두 미국으로 이민 가고 혼자 지내느라 외로운 것도 사실이었으므로 도진의 친절이 싫지만은 않았

다. 드디어 약속한 시간에 약속한 카페에 가니 그가 이미 와 있었다. 수인사를 하면서 처음으로 얼굴을 보게 되었다. 피부가 매우 깨끗하고 선한 눈이며 알맞게 높은 콧대며 매우 진실해 보이는 입매며 특별히 나무랄 데가 없는 이목구비였다. 음성도 매우 정감 있었다.

커피를 시키고 기다리는 동안 도진이 먼저 입을 뗐다.

─오늘 이렇게 나와주셔서 고마워요. 공부에 방해되지 않을까 저어되지만, 조금은 쉬어가면서 공부를 해야 오래도록 할 수 있지 않겠습니까? 난 철학과 81학번입니다. 군대 다녀오느라고 공부가 조금 늦었지요.

─아, 예, 선배님이시네요. 저는 심리학과 85학번입니다. 지난번 비오는 날은 감사했습니다. 그래서 오늘 차 사드리려고 나왔습니다.

─그렇게 말씀하시면 내가 섭섭하지요. 그냥 같은 학교 동문이고, 선후배로서, 같은 젊은이로서 세상에 대해 의견도 나누고, 서로의 학문에 대해 이야기를 하는 것도 좋지 않겠습니까?

나도 정연씨의 분야에 대해 이야기를 듣고 싶고, 내가 공부하는 분야에 대해서 이야기하다 보면 서로가 배우는 것도 있지 않겠습니까?

─저는 별 이야깃거리가 없지만 철학을 하시는 선배님은 들려주실 얘기가 많으실 것 같네요.

─사실 내가 공부하는 철학은 인간의 근원적 질문에 대한 답을 찾기 위한 공부라 할 수 있지요. 먹고사는 문제와 직접 관계가 없으므로 어떻게 보면 매우 비실용적인 학문이지요. 그러나 우리가 먹고사는 문제를 해결하고 나면 우리가 왜 살아야 하는지, 어디에서 와서 어디로 가고 있는지, 도대체 사람은 어떤 특징을 가진 동물인지 왜 공부를 해야 하는지, 왜 결혼을 해야 하는지, 어떻게 사는 게 잘사는 것인지 한 번쯤은 생

각하게 되잖아요? 이런 의문에 대한 답을 찾는 학문이라 할까요?

―아, 예. 재미있고 의미심장한 학문이네요. 그러니까 의식주를 해결한 다음은 인간이 무엇을 추구하는지, 왜 그런 것을 추구하게 되는지 그 답을 찾는 공부군요.

―역시 빠르시네요. 그럼 정연 씨가 공부하는 심리학은 어떤 학문입니까? 철학과 일맥상통하는 면도 있을 것 같은데요.

―아마 철학이 인간의 거시적인 연구라면 심리학은 인간의 미시적 연구가 아닐까요? 정신세계와 행동에 대한 좀 더 구체적인 연구라 할 수 있지요. 예를 들어 동물과 차이나는 인지능력, 사고력, 판단력, 그리고 문제해결 능력을 심도 있게 연구하는 학문이지요. 그리고 생각과 행동의 관계에 대해서도 연구하고요.

―대충 알고는 있었지만 구체적으로 들으니 시원합니다.

그런데 말씀하시는 걸 보니 혹시 고향이 대구가 아닌가요?

나도 대구에서 자라고 공부했습니다. 고등학교 때까지.

―아, 예. 저의 부모님이 대구분이세요. 저는 초등학교 때 서울로 왔고요. 아무래도 부모님과 함께 사니까 저절로 경상도 악센트가 생긴 것 같아요.

―그럼 형제는 어떻게 되세요?

―2남 1녀인데 제가 맏이예요. 남동생이 두 명 있어요.

―나도 2남 1녀인데 내가 맏아들이에요.

―일요일에도 도서관에 오시던데, 너무 피곤하지 않으세요?

―그걸 어떻게 아세요?

―그런 거야 기본이지요. 내가 정연 씨를 먼눈으로 지켜본 게 1년은 됐을걸요.

─세상에…. 왜 그러셨어요?

─첫눈에 마음을 빼앗겼으니까요.

─오늘은 이 정도로 하시지요.

─알았습니다. 일어납시다.

두 사람은 다시 각자의 자리로 돌아가 공부를 했다.

이튿날은 지도교수님을 만나는 날이다. 뭔가 조금이라도 논문에 진전이 있어야 지도교수를 만날 수 있다. 논문의 제목을 정하고 차례를 대충 정해서 지도교수를 만났다. 지도교수인 한수영 교수는 미국 유학을 하신 여교수로, 특히 공부를 많이 하고 논문도 많이 쓰는 교수였다. 당신 공부만 많이 하는 게 아니라 지도 학생 한 명 한 명에게 철저한 지도를 하는 분이었다. 그래서 대충 넘어가는 법이 없으므로 지도교수를 만날 때는 정신무장을 하고 가야 했다. 진전된 것이 있어야 지도교수를 만났을 때 할 이야기가 있다.

정연은 심리학을 전공하므로, 연구 테마는 무궁무진했다. 이번에 박사학위 논문에 쓰고자 하는 내용은 동일한 사물을 보고도 여자와 남자 사이에, 같은 여자 중에서도 성향이나, 관심사, 전공, 앞으로의 희망 등에 따라 어떻게 생각이 달라지는가를 체계적으로 밝히는 것이다. 아직 구체적인 제목은 정하지 못했다. 임시로 "성별, 성향, 전공에 따라 달라지는 현실 인식의 차이 연구" 정도로 해놓고 연구를 수행하면서 더 다듬을 예정이다.

정연과 도진은 만남을 이어가면서 결국 상대에게 믿음과 사랑이 자라 결혼에 이르게 되었다. 도진의 저돌적인 작전이 빛을 발했다. 막상 결혼을 했으나 둘이 살 집이 없었다. 도진은 아무것도 갖추어 놓지도 않고 정연에게 구애만 했던 것이다. 아주 간소하게 결혼식을 하고 정연이 자취 생활하던 방에서 신접살림을 하게 되었다. 그래도 도진의 사랑이 워낙 극진하니 불평도 못하고 살게 되었다. 시간이 좀 지나니 도진의 어머니를 모셔와야 한다고 했다. 할 수 없이 은행에서 대출을 받아 방이 두 개 있는 전세를 얻어서 어머니를 모시고 살았디. 도진은 대학 강의를 하며 강사료만 가지고 들어오니 정연은 평소보다 더 많은 시간을 강의해야 했다.

두 사람의 강사료로 어머니까지 모시고 살기가 무척 힘들었지만 피할 방법이 없었다. 마침 도진이 일반인들이 보는 철학책을 두 권 냈는데, 책이 많이 팔려서 목돈이 들어와 큰 도움이 됐다. 이맘때 어머니가 살던 대구의 조그만 아파트도 팔려서 그 돈으로 조금 큰 아파트를 사서 이사를 했다. 2년 후 정연은 학위를 마치고 국립대학 교수가 되었다. 경제적으로나 정신적으로 많이 안정되었다.

도진은 학위가 끝나고 1년 후 서울시내의 H대학 교수가 되었다. 그는 강의 잘하기로 유명했다. 여러 대학에서 강의 요청이 들어왔다. 또한 도진이 쓴 철학책도 베스트셀러가 되어 가계에 큰 도움이 되었다.

도진은 두세 개 대학 강의와 일반인들 상대로도 철학 강의를 했는데 상당히 인기가 있었다. 강의 잘하는 교수로 뽑혀 상도 여러 번 탔고, 강의료도 쏠쏠했다. 그사이 아들딸 키워 대학을 마쳤다. 이제 아들이 돌아와 결혼하게 되면 둘이서 오붓하게 여행도 많이 다니고 운동도 하고 좀 여유 있게 살아야겠다고 마음을 먹었다. 정연은 일류대학 교수로 제자도 많이 키우고 강남에서 큰 아파트에서 중산층으로 살고 있으니 아무런 여한이 없다.

단지 바쁜 일이 없이 한가한 시간이 되면 영락없이 친정 생각이 나서 씁쓸한 기분을 가지게 되는 것이 아쉽다. 우선 친정이 미국으로 이민 간

것부터 속상했다. 한국에서 중산층으로 아무 어려움 없이 살고 있는데, 미국으로 이민 가서 소수민족으로 살 이유가 없었기 때문이다. 아마도 아버지가 남동생들 군대 안 보내기 위해서였을 것으로 짐작되었다. 그러나 세상이 뜻대로 되는 게 아니었다. 군대를 가는 것보다 천배 만배의 손해가 났다. 정연의 큰동생이 미국에 간 지 몇 년 만에 교통사고로 죽었기 때문이다. 정연은 너무도 잘 생기고 체격도 좋고 공부도 잘하고 성품도 좋고 의젓하던 동생을 잃으니 1, 2년 동안은 정말 정신을 차릴 수 없을 정도로 충격이었고, 참절의 아픔이었다. 아버지도 60대 후반에 돌아가셨다. 엄마가 얼마나 상심하였을지 짐작이 되었다. 이후 엄마도 건강이 좋지 않은 상태로 살아가시지만, 자주 찾아뵙지 못하니 답답하다. 생각할수록 가족의 미국 이민이 야속하다.

그녀는 성당에 다니며 가족들의 안녕을 빈다. 대학교수로서 할 일도 많고 바쁘지만, 천주교에 의지하여 살아가고 있다. 남매를 키우며 엄마로서도, 남편의 아내로서도, 며느리로서도 소홀함이 없이 사는 것이 목표였다. 시어머니는 30년을 함께 사시다 돌아가셨다. 사실 정연이 시어머니를 모셨다기보다 시어머니에게 얹혀산 것과 다름없었다. 어머니는 저녁에 일찍 주무시니 새벽에 일어나 아침밥을 하셨고, 또 낮에 혼자 집에 계시니 청소를 하시고 여기저기 흩어져있는 빨랫감도 모아 세탁기를 돌리게 되고 저녁때도 혼자 계시니 가족들 저녁 해놓고 기다리시게 되니 그럭저럭 주부 역할을 다 하시게 되었다. 정연은 처음엔 죄송해서 안절부절했으나 시간이 지나니 자연스러워졌다. 그녀는 어머니에게 일년에 한두 번 보약 지어드리고, 주말에는 친구들이나 이웃 노인들과 어울리시게 용돈 드리고 방학 땐 외국 여행을 시켜드리는 것으로 보답했다.

고부간의 갈등 이런 말은 정연네 집에서는 남의 얘기일 뿐이었다. 어머니 입장에서 보면 부모라고 아무런 도움도 못 줬는데, 아들과 결혼해주고, 며느리가 살던 집에서 신접살림하고, 아들딸 낳아 잘 기르고 일류대학 교수가 되어 가계를 책임지고 있는 며느리기 고마울 뿐이고, 정연 입장에서는 할머니가 집에 계시니 아이들 귀가 후 걱정 안 해도 되고, 살림까지 다 해주시는 시어머니가 고맙기만 하니 갈등을 가질 이유가 없었다. 서로에게 고맙고 미안한 마음으로 사니 집안에 큰소리 날 일이 없었다.

어머니가 88세에 건강이 안 좋아 한 달 정도 성모병원에 입원하셨다가 돌아가셨는데, 정연은 입원해 계시는 동안 며느리 역할을 충실히 했다. 어느 주말에 마음먹고 어머니 유품도 정리하고 어머니 지내시던 방에 빈소를 차려놓으니 생각날 때 한 번씩 가서 이야기도 하고 가족들 돌보아주시라고 기도도 하고 때로는 하소연도 하고 지혜를 구하기도 하니 이 방이 정연에게는 수도실, 명상실 같은 느낌이 들어서 좋았다. 할머니를 떠나보내고 오랜만에 2세대 핵가족이 살면서 갑자기 달라진 환경에 모두 적응하느라 처음에는 큰소리도 자주 냈다. 몇 달 지나자 나름대로 새로운 질서가 잡혔다.

어느 날 도진이 갑자기 식사를 하면 소화가 안 되고 배가 심하게 아파 병원에 가서 검사를 받으니 위암 3기라는 판정이 나왔다. 모두 너무 놀랐지만, 즉시 입원하여 위절제수술을 받았는데, 반 정도를 절제했다고 의사가 말했다. 처음 며칠간 아무것도 먹지 못하고 링거만 맞았고 열흘 뒤쯤부터 미음을 시작으로 죽, 밥으로 발전되어 갔다. 다음은 항암치료를 하는데, 이게 보통 일이 아니었다. 항암 주사를 맞으니 고통스럽기도 하고 워낙 독하기 때문에 머리가 거의 다 빠지고, 몸도 형편없이 된

66

다. 이 과정을 다 이겨내야만 완치라고 한다. 한 달쯤 입원하고 나왔으나 집에서도 이젠 옛날과 다르게 식사를 해야 했다. 하루에 조금씩 여섯 번으로 나누어 먹어야 하고, 자극적이거나 딱딱하거니 질긴 음식은 안 되고 최대한 싱겁게, 자극이 없는 반유동 식으로 하되 영양은 부족하지 않게 먹어야 했고, 환자가 신경이 매우 예민해 있어서 온 가족이 매우 조심해서 살아야 했다. 위암은 재발 우려도 있으므로 절대로 재발하지 않게 주의해야 한다. 남의 일로만 생각했던 암이 자기 집에도 왔다는 것을 생각하니 정말 인생이란 한 치 앞도 못 본다는 말이 맞는 것 같았다.

아직 교수로서 단독 저서를 써야겠다고 생각하던 참에 남편의 암 투병이 시작되었다. 9개월 동안 남편의 아내로서 최선을 다했다. '암'이라는 무시무시한 적과 싸워 이겼다. 하늘의 도움으로 완쾌된 남편을 보면서 새로운 용기와 힘이 솟았다.

정연은 일이 밀릴 때는 밤을 새운 적도 있지만, 이제 그렇게 해서는 안 될 것 같았다. 남편의 암 수술을 겪고 나니 밤을 새운다든가 하는 무리한 일은 하지 말아야겠다고 결심했다. 이젠 조금씩 시간적 여유를 가지고 인생을 즐기면서 살아야겠다고 생각했다. 아무리 바쁘게 살아도 죽고 나면 아무 소용도 없는 것을 생각하면 필요 이상 아등바등 살 필요가 없을 것 같았다.

그녀는 이젠 정말 책을 써야지 하는데, 이번에는 아직 25살밖에 안 된 딸 준희가 결혼을 하겠단다. 코로나 상황을 딛고 최소한의 하객을 초청하여 명동성당에서 혼배미사를 했다. 같은 교수 집안의 외아들을 사위로 맞이했는데 사위도 아직 26살밖에 되지 않았지만, 아주 의젓하고, 심지가 굳고, 목표가 확실하고, 가톨릭 신심이 매우 좋은 청년이다. 두 사람이 학교 가톨릭회 회장과 신입회원으로 만나 일사천리로 결혼까지 결실을 맺었다. 이건 하느님의 뜻으로 생각할 수밖에 없었다. 신랑 신부 모두 미국 유학에 뜻이 있어 둘이 다 장학금을 받고 미시간대학으로 유학을 떠났다.

그녀는 제2의 신혼을 맞이하여 오랜만에 남편 도진과 오붓한 시간을 보내며 하늘의 이치를 생각하니 숙연해졌다. 모든 일이 하느님의 뜻에 따라 진행된 것임에 틀림이 없었다. 이젠 정말 부부애를 다지며, 교수로서의 책무를 충실히 해야겠다고 생각하고 있는데 아들 준우가 시키지도 않았는데 미국 실리콘밸리에 연수를 간 김에 외할머니를 찾아뵙고 건강이 매우 안 좋으신 걸 보고는 엄마에게 외할머니를 찾아뵈라고 건의하였다.

생각해 보니 엄마를 못 뵌 지도 10년은 넘은 것 같고 이제 연세도 80이 넘었는데 건강이 매우 안 좋으시다니 살아생전 한번 찾아뵈어야 할 것 같아 워싱턴행 비행기 표를 샀다. 막상 뵙고 보니 생각했던 이상으로 상태가 안 좋으셨다. 감사하게도 아직 정신은 있어 딸을 만나니 우시고, 대화도 가능하여 안도하였다. 일주일 밤낮을 함께 지내며 쌓인 회포를 풀고, 어머니에게 정성껏 음식도 만들어 먹여드리고, 목욕도 시켜드리고, 옛날 좋았던 시절의 얘기도 실컷 하고 나니 기분이 좋았다. 폐암 말기이고 다른 여러 가지 기저 질환이 있어 수술도 안 된다고 하여 정말 마지막이라고 생각하니 만감이 교차했다. 어머니는 맏딸인 정연에게 그리 살갑지 않았고, 결혼 후 밥을 굶을 처지에 있어도 도움을 주지 않았다. 맘에 안 드는 사위라는 명분도 있고 '출가외인'이라는 경상도 문화 때문인지 너무도 냉정하셨다. 그 당시엔 다시 부모님을 찾지 않겠다고 생각했었지만, 이제 양가 부모님 중에 유일하게 남은 분이고, 그래도 자기를 낳아 길러준 분이라는 생각만 하며 지난 20년간 매달 용돈을 보내드렸으니 후회는 없다.

아직 학기 중이라 더 이상 미국에 체류할 수 없어 남동생과 의논하니 어머니는 자기가 책임지고 잘 돌볼 테니 누나는 어서 귀국하라고 하였다. 옛날에도 의가 좋은 남매간이었지만 이제 50대가 된 동생 정후가 기대 이상으로 의젓하고 사려 깊은 신사가 되어있어 정연은 동생이 대견하고 고맙기 그지없었다. 동생 정후는 일찍 떠난 형과 아버지의 몫까지 다 하는 모습이었다. 어머니가 돌아가시더라도 연락 안 하겠다며 이번에 마지막 인사를 다 하라고 하던 동생이 고맙기도 하고 대견하기도 했다. 돌아오는 비행기 안에서 '참으로 잘 다녀왔다'는 생각을 하며 이번에 남편과 함께 간 것도 잘한 일이고, 딸 부부도 다녀가라고 해서 어머니한테 인사시킨 것도 잘한 것 같다.

엄마가 병중에도

─내가 너에게는 미안한 것이 너무 많다. 이제 이 엄마를 용서해라. 내가 다시 살 수 있다면 너에게 따뜻하고 좋은 엄마가 되고 싶다.

하시며 눈물을 글썽였다. 그동안 엄마에게 섭섭했던 감정, 이제 생명이 꺼져가는 엄마를 보는 안타까움, 새삼스럽게 생각나는 아버지와 죽은 동생, 자기가 너무도 가난한 집에 시집가서 고생했던 기억, 어릴 적 단란했던 다섯 식구, 자기만 한국에 남기고 가족이 미국으로 이민 갔을 때의 그 외롭고 쓸쓸했던 기억, 아기를 얻었을 때의 특별한 감정, 박사학위 받고 취직이 안 되던 1년 동안의 마음고생, 고비고비마다 옆에 엄마가 없다는 그 외로움과 상실감 등 힘들었던 지난 시간들이 주마등처럼 떠오르며 눈물이 끝도 없이 나왔다. 쌓이고 쌓인 생의 질곡이 모두 눈물이 되어 흘러내렸다. 정연은 머리를 도리질하며 정신을 가다듬었다.

엄마가 딸 부부와 외손자, 외손녀 부부도 모두 보셨으니 그래도 큰 위로와 기쁨이 되었을 것이었다. 그녀는 생노병사生老病死의 이치를 생각하니 갑자기 숙연해졌다. 누구나 갈 수밖에 없는 하늘길, 그녀는 이제 50대 후반이 된 자기는 이제 '노'의 경지에 해당하는가, 아직 '생'에 해당하는가 생각하며 병에 이르기 전에 교수로서의 마무리도 잘해야겠다고 스스로 다짐해 보았다.

한국에 돌아오니 일이 태산같이 밀려있었다. 우선 그동안 수업을 빠진 만큼 보강을 해야 하고 학회에서 발표할 기조 강연이며, 학회지 두 곳에 낼 논문까지 모두 정연의 손을 기다리고 있었다. 책을 쓰려고 준비하던 원고도 진행해야 하고 교육부 회의에도 가야 하고 서울시 프로젝트도 마무리해야 하는 등 정신없는 스케줄이 기다리고 있었다. 차라리 이렇게 바쁜 게 나은 것 같다. 조금만 시간적인 여유가 있으면 잡념이 생긴다. 가족들 걱정도 되고 자신의 갱년기 증상에 우울해지고 무기력해지기 쉬우므로 바쁜 게 정신건강에 더 도움이 되는 것 같았다.

하느님을 믿지 않고는 일생을 살아내는 일이 만만치 않다는 걸 새삼 느끼며 옷깃을 여몄다.

학기를 끝내고 기말시험을 보아 성적 처리를 막 끝낸 날 미국 동생한테서 메일이 왔다.

누님, 어머니는 누님 다녀가시고 한 달 뒤쯤 곱게 눈을 감으셨어요, 누님 다녀가시기 전엔 볼 수 없었던 어머니의 평화로운 표정이었어요. 장례식에는 교회 신도들이 많이 문상해 주셔서 외롭지는 않았어요. 어머니를 평화공원에 모셔놓고 일주일에 한 번씩 찾아뵙고 있으니 누님은 이제 아무 걱정 마시고 누님 일에 전념하시면 됩니다.
지난번에 그렇게 다녀가신 것이 어머니에겐 더 이상 없는 기쁨과 위안이 되었던 것 같습니다. 저희 부부는 누님이 그곳에 계신다는 게 얼마나 든든하고 자랑스러운지 모릅니다. 부디 매형과 함께 오래오래 건강히 살아주세요. 저희들도 열심히 살겠습니다. 저의 아들 윤호는 웨스트포인트를 졸업하고 장교로 임관했습니다. 본인이 그 길을 가겠다니 말릴 수가 없었어요. 신체와 정신이 건강한 게 제일 안심이 됩니다. 2년 뒤쯤엔 윤호 휴가에 맞춰 한국을 방문할까 합니다. 그때는 누님과 마음껏 이야기도 하고 회포도 풀고 싶어요.

    그럼 누님네 가정 위에 하느님의 축복이 늘 함께하시길 빕니다.

정후 올림

어머니 장례식에 안 부른 건 한편은 섭섭하지만, 정호의 마음 씀씀이가 고맙기도 하였다. 사실 알았으면 갈등만 했을 것이었다. 현실적으로 국립대학 교수로서 학기 중에 두 번씩이나 미국에 가는 건 무리였기 때문이다. 어머니가 천국에 가셨다고 생각하니 그나마 마음이 놓였다. 병환 속에서 사시는 것보다는 모든 것이 평화롭고 아름답고 영생하는 천국에 가신 것이 더 낫다는 생각을 하니 크게 슬프지도 않았다. 마지막 길을 함께 하지 못한 아쉬움이 있지만, 두 달 전에 일주일이라도 함께 시간을 보냈으니 그것으로 위안을 삼았다. 무엇보다도 엄마가 와병 전에 교회를 다니셨으므로 하늘나라에 가셨다고 생각하니 안심이 되었다.

엄마가 이 세상에 안 계신다고 생각하니 마음이 허전하기도 하고, 슬프기도 하고, 복잡한 상념들이 잠시 머리를 어지럽혔으나, 이젠 완전히 일상으로 돌아와야겠다고 마음을 다잡았다. 마음의 정리를 위해서도 그렇고, 누나로서 동생에게 인사는 해야 할 것 같아 컴퓨터 앞에 앉아 메일을 열고 동생의 편지에 답장을 썼다.

정후에게

너의 메일 잘 받았다. 어머니 장례식을 너 혼자 치르느라 얼마나 힘들었니? 어머니 마지막 길을 함께 하지 못해 참으로 섭섭하고 죄송하구나. 정말 수고 많았다. 네가 있어 얼마나 든든한지 모르겠다. 네가 나의 친정이 되어주는구나.

고맙다. 부디 건강에 유의해서 오래오래 너의 형 몫까지 다 살아주기 바란다. 윤호와 함께 오겠다니 듣던 중 반가운 소식이네. 어서어서 그런 날이 왔으면 좋겠다. 내 연구실도 보고 우리 집에서 잠도 자면서 밀린 얘기 다 하자꾸나. 이제 강의할 시간이 되어 그만 써야겠다. 또 연락하자. 고맙다. 누나가

메일을 보내고 수업에 들어갔다. 갑자기 이 직업이 너무 감사하고, 이 학교가 감사하고 학생들이 감사했다. 오늘은 수업이 평소보다도 더 진지하고 더 열성적으로 이루어졌다. 정연의 강의 태도가 열성적이니 학생들의 수업 태도도 더 좋아졌다. 눈이 반짝반짝 빛났다. 수업을 마치고 연구실로 돌아와 창문을 열고 하늘을 쳐다보니 파아란 하늘에 군데군데 뭉게구름이 펼쳐져 있고 눈 부신 햇살이 삽상한 공기를 안고 살랑살랑 부는 바람에 실려 정연의 얼굴을 스치고 연구실 안으로 들어왔다. 청명한 하늘을 새들이 독차지하고 한가롭게 노닐고 있었다. 공연히 눈물이 났다. 오랜만에 뭔가 새로운 결기 같은 게 생기고 누군가에게 고마운 마음이 생기고, 이 직업과 이 직장의 소중함이 새록새록 다가왔다. 새의 날갯짓도 너무 아름답다. '그래, 이게 나의 자리이고, 나의 위안이고, 나의 버팀목이다. 이제 학자로서의 시간을 최대한 더 확보해서 책을 쓰자. 공부하고 책을 쓰는 일이 곧 나의 사명이고 구원이다.'

그러고 나니 딸 진희의 건강이 궁금했다. 카톡으로 문자를 보냈다.

–잘 있니? 건강은 괜찮니?

–예, 괜찮아요. 이제 제 걱정하지 마세요.

금방 답신이 왔다.

–알았다. 다행이다.

–막상 엄마를 떨어져 보니 엄마의 자리가 얼마나 컸는지 알겠어요. 후회되는 게 많아요. 좀 더 엄마를 존중했어야 했는데, 그냥 편하게만 대했던 것 같아요.

–그럼 모녀간이 편하지 않으면 누가 하고 편하겠니? 하여튼 필요한 거 있으면 뭐든지 말해라. 즉각 보내 줄 테니….

–고마워요. 엄만 그 뒤에 몸살 안 하셨어요?

–괜찮다. 부디 너나 건강하여라. 그럼 또 연락하자.

이제 진희의 건강을 확인했으니 교수로서의 일상에 충실해야겠다고 옷깃을 여몄다.

막 책을 펴는데 전화벨이 울렸다. 모르는 전화여서 그냥 끊을까 하다가 받으니 서초경찰서라고 하면서

'김상택이라는 학생이 교수님 제자 맞습니까? 하고 묻는 게 아닌가?'

–예, 맞는데요.

하니

–김상택 학생이 교통사고를 당해 지금 성모병원에 입원해 있습니다. 부모연락처를 몰라 학생의 지갑을 보니 귀 대학 학생이고 교수님이 속한 학과에 다니는 학생이라 교수님께 전화를 드리게 되었습니다.

하는 게 아닌가? 정연은 몇 호실이냐고 묻고 지금 상태가 어느 정도냐고 물었다.

–중상입니다. 현재 중환자실에 있습니다.

−알려주셔서 감사합니다.

라고 인사를 겨우 하고 나서 무엇부터 해야 할 줄을 몰랐다. 한 시간 뒤에 수업이 있으니 지금 병원에 갈 수는 없고, 우선 부모님에게 알려야겠다는 생각을 했다. 마침 학생들의 인적카드가 있어 3학년 김상택 학생의 인적카드를 찾으니 마침 집 전화번호가 있었다. 그녀는 숨을 고른 다음 전화를 했다.

−김상택 학생 댁인가요?

−예, 그런데요.

−혹시 어머니신가요?

−예, 그런데요. 누구세요?

정연은 자기소개를 하고 상택의 상황을 알려주고, 성모병원 중환자실에 있다는 이야기를 해주었다.

−저도 당장 달려가고 싶지만 수업이 있어서 우선 어머니께 알려드리는 것입니다. 이런 소식 전해드려서 죄송합니다. 마음 차분하게 하시고 우선 상택의 상태를 확인하시기 바랍니다. 저는 수업 끝나고 가겠습니다.

상택 어머니는 정신이 하나도 없고 잠시 머리가 어질했지만, 애써 정신을 가다듬어 남편에게 연락하고, 맏딸 수진에게도 연락을 한 다음 택시를 타고 성모병원에 가는데 가슴이 쿵닥쿵닥 뛰었다. '하느님, 저의 아들 상택을 살려주십시오. 너무도 똑똑하고 착한 아들입니다. 그 애가 잘못되면 저희 가족도 살 수 없습니다. 지금까지 당신께서 돌보아주신 아이가 아닙니까? 부디 상택을 살려주소서'

택시가 병원에 도착할 때까지 기도를 했다.

−손님, 여기가 성모병원 응급실입니다.

하는 소리도 못 듣고 기도에 열중하였다. 기사가 한 번 더 크게 '목적지에 다 왔습니다.' 하는 소릴 듣고서야 정신을 차렸다.

─아, 예. 고맙습니다.

하고 택시비를 지불하고 급히 내려 응급실로 달려갔다.

─여기 김상택이라는 환자 어디 있나요?

─저쪽입니다.

하며 간호사가 창문 쪽을 가리켰다. 상택 어머니는 창가로 가서 상택의 침대를 찾고 보니 머리는 붕대로 감겨져 있고, 오른쪽 팔과 다리도 깁스를 하고 있었다. 상택은 깊은 잠에 빠져 있어서 머리의 상태를 알 수 없었다. 간호사실에 가서 김상택의 상태를 물었다.

─아직 아무것도 알 수 없습니다. 머리를 다쳐서 의식도 없고 말도 못 합니다. 일단 필요한 조치는 다 취했으니 지켜볼 수밖에 없습니다.

상택 어머니는 아들의 얼굴을 보니 눈코입만 보이는데, 눈은 감고 있으니 코와 입만 보였다. 가슴은 방망이질을 하고 눈에서는 하염없이 눈물만 나왔다. 다시 기도를 했다. 자기가 할 수 있는 게 기도밖에 없었다. '주님, 저희 가족 중 한 명을 데려가셔야 한다면 저를 데려가시고, 젊디젊은 저의 아들 상택은 살려주소서. 아직 할 일이 많은 아이입니다. 부디 저를 데려가시고 상택은 살려주소서. 그동안 죄를 지었다면 모두 이 어미의 죄이오니 저에게 벌을 주시고 제 아들은 살려주십시오. 제발 살려주십시오.'

상택 어머니는 두 손을 모아 아들을 살려달라고 기도하였다. 조금 있으니 상택 아버지가 오고 큰딸이 왔다. 상택의 모습을 보고는 모두 손으로 눈가를 훔쳤다. 어느 순간 셋이서 엉켜 뜨거운 눈물을 쏟아냈다. 그래도 먼저 정신을 수습한 사람은 역시 아버지였다.

－어떻게 된 건지 아는 대로 얘기해 봐요.

어머니가 가장 먼저 연락을 받았고, 제일 먼저 병원에 왔으니 조금이라도 더 알지 않을까 하여 물었으나 어머니 역시 아무것도 모르긴 마찬가지였다.

－나도 아는 게 없어요. 간호사한테 물어도 '기다려보자'는 말밖에 안 해요. 아직 어디에서 어떻게 사고가 난건 지도 몰라요. 차차 알게 되겠죠. 우선 상택이 깨어나는 게 급선무니까 저 애가 깨어나기만 기다릴 수밖에요. 의사와 간호사가 할 수 있는 일은 다 했다고 하니 지켜봅시다.

－알았소. 그럼 당신은 이제 집에 가 있어요. 내가 전화해줄 테니.

－안 돼요. 난 상택이 깨어나는 거 보지 않고는 집에 갈 수가 없어요. 차라리 당신이 들어가시구려.

－알았소, 그럼 함께 여기 있습시다.

두 사람은 침묵 속에서 아들이 깨어나기만을 기다리면서 마음속으로 계속 기도를 했다.

처음엔 아들이 깨어나게 해 달라고만 기도하다가 어느 순간부터는 '하느님, 모든 일은 당신 뜻대로 하소서. 저희들과 뜻이 다르지 않을 거라 굳게 믿습니다. 이 세상 만물을 창조하시고 주관하시는 하느님, 당신 뜻대로 하소서'라고 기도하고 있었다.

두 시간 후 정연이 병원에 도착했다. 여전히 깊은 잠에 빠져있는 제자를 보는 마음이 몹시도 아팠다. 그를 위해 할 수 있는 일이 없다. 정연 역시 제자를 살려주시고, 온전한 몸과 정신을 돌려달라고 기도를 했다. 기도밖에는 할 수 있는 일이 없었다.

사랑하는 주님, 저의 제자 김상택에게

특별한 은총을 베푸시어 마음과 몸을 되돌려 주소서. 저는 무능하여 아무런 도움을 줄 수 없사오니 당신의 크나큰 사랑으로 이 젊은이를 일으켜 세워 주소서.

운명

아버지는 오늘도 족보 만드는 일에 매달리신다. 각 문중에서 받아 온 자료를 정리하여 넣어야 할 자리를 찾아 조심스럽게 넣으신다. 가로세로 어느 것 하나만 잘못되어도 낭패이므로 매우 신중하게 작업을 하신다. 지금처럼 컴퓨터로 하는 시대가 아니었으므로 족보를 만드는 일은 상상 이상으로 힘들고 까다로운 일이다. 연세가 일흔둘, 마지막 혼신의 힘을 다해 족보의 파보派譜라도 당신 손으로 직접 만들어야겠다고 생각하신 듯하다. 박 씨는 워낙 대성大姓이고 역사도 길므로 대동보는 아예 엄두도 못 내고, 중시조中始祖인 밀성대군 파보조차 내기 어렵다.

혁거세 시조 할아버지부터 30세손인 밀성대군의 휘諱는 언침彦枕으로 신라 54대 왕 경명왕의 장자로 밀양박씨의 시조이다. 밀성대군의 14세손인 충간공파忠簡公派 파보 만드는 일도 이만저만 어려운 일이 아니다. 충간공 박문경朴文卿은 판도판서版圖判書와 삼정승을 지냈으며, 사후에 은산 부원군 시호를 받은 박영균朴永均의 셋째 아들로, 사후에 이조판서에 추증되었으며, 시호는 충간忠簡이다.

아버지는 꼬박 4년을 매달려 2,000쪽이 넘는 밀성박씨 충간공파세보 忠簡公派世譜 3권짜리 족보를 만드셨던 것이다. 이 족보를 만드시면서 아버지는 평소의 운명론을 더욱 확신하셨다. 운명이 아니라면 내가 어찌 이런 조상들을 가졌으며, 이런 나의 후손을 가졌겠는가? '족보 만드는 것도 나에게 주어진 운명이다. 이왕 하게 된 거 즐겁게 하자.' 족보 만드는 기간 동안 아버지는 편한 날이 별로 없었다. 자리에 누워도 자꾸만 족보가 눈앞에 아른거려 잠이 깊이 들지 않았기 때문이다. 행여나 잘못된 곳이 없나, 누락된 것이 없나 깨어있을 때의 긴장이 밤잠을 방해했다. 뒤척이다가 새벽녘에야 겨우 잠이 들곤 하셨다. 글자 하나라도 틀리면 그다음의 가계가 제대로 정리되기 어렵기 때문에 절대로 틀려서는 안 되는 것이다.

어쨌든 그 엄청난 일을 하는 동안에도 몇 개 서원의 망기望記(서원 향사 때의 직책과, 향사 일, 시간 등이 적힌 문건)가 날아들었다. 1년에 평균 7, 8개 서원에서 망기를 보내주니, 보통 한두 달에 한 번꼴로 서원 향사를 주관하셔야 했다. 아버지는 경북의 주요 서원의 원장을 다 지내셨다. 서원 원장은 행정적인 명칭이고, 서원의 제사를 지낼 때는 '초헌관 初獻官'으로 제사를 주관한다. 도산서원, 병산서원, 소수서원, 옥산서원, 용강서원, 묵계서원, 화천서원, 호계서원, 금곡서원, 도정서원, 노봉서원… 아버지는 무엇보다도 우리나라 최초의 서원인 소수서원, 가장 유명한 도산서원, 가장 아름다운 병산서원 등 한국의 상징적인 이들 세 개 서원의 원장을 지낸 것을 인생에서 가장 자랑스럽고 영광스런 이력이라고 생각하셨다. '나는 이제 죽어도 조상님들 뵙기에 부끄럽지 않다.'

아버지는 슬하에 1남 2녀를 두셨다. 맏딸은 계모의 계략으로 18살에 시집보내게 되어 늘 마음이 아프고, 둘째는 아들인데, 3대 독자라 귀하기가 이루 말할 수 없으나 계모의 지독한 구박으로 기를 잘 펴지 못하여 속상하기 그지없고, 막내딸인 나는 병약하여 늘 조마조마하시다. 나한 테만은 계모도 정을 조금 주었다. 나는 다섯 살 때 엄마를 잃고 병약하니 아버지에겐 특별히 신경이 쓰이는 아이였다.

내가 중학교 2학년 때 우리 집 족보를 보다가 딸들의 이름이 없는 걸 보고 놀라서 항의를 했다. 아버지는 한동안 아무 말씀도 못 하시다가 '니가 크고 나면 여자도 족보에 오를 수 있는 날이 오지 않겠느냐? 고 임기응변을 하셨지만, 허언을 한 게 아니고 40년간 계속 그 문제를 염두를 두고 사셨던 모양이었다.

우여곡절도 많았고, 참으로 힘겨울 때도 많았으나, 일단 족보편찬을 끝내고 나니 기분이 여간 좋으신 게 아니었다. 특히 시조왕으로부터 64 대손, 밀성대군의 44대손, 충간공의 20대손인 당신의 부부 밑에 삼 남매를 나란히 기록하고, 11명의 손주들 이름도 넣고 하니 참으로 뿌듯하였다. 더구나 막내딸 부부는 일류대학의 대학교수이고 손자 두 명도 부부가 모두 박사이고 교수이며, 외손자 부부도 박사이니 아버지 직계손 중에 박사가 10명이 나온 것을 써넣고 보니 뿌듯하시고 어쩌면 이런 것들을 써넣기 위해 이 엄청난 작업을 시작하셨는지도 몰랐다.

아버지는 3족이 모두 양반이고, 위로 9대가 모두 급제를 한 터라 할 아버지의 위세가 여간 아니었다. 특히 문중에서 가장 부자였고 아들 성 빈이 가장 뛰어난 인재였으니 할아버지의 위세는 참으로 대단하셨다. 그러나 아버지는 할아버지와는 다르게 지극히 겸손하고, 자상하고 인자 하여 많은 사람들의 존경을 한 몸에 받으셨다. 신구학문을 다 공부하신 데다 풍채도 남달리 좋으셨고, 거기에 서예 실력까지 뛰어나니 남녀노 소 흠모하지 않는 사람이 없을 정도였다. 나는 그런 아버지가 너무도 자랑스러웠다.

조선 시대처럼 삼강오륜을 실천하는 유학자 집안의 분위기 탓에 자식이 아무리 예뻐도 부모 앞에서는 아이를 안아주지도 못하던 엄격한 가풍의 집안 분위기여서, 남다른 효자였던 아버지는 할아버지 앞에서 자식을 안아주고 얼러주는 건 아예 할 수 없는 분이었다. 그런 아버지가 나를 9살까지도 할아버지가 안 보시는 안방에서 무릎에 앉혀 놓고 밥을 먹여주셨다. 나는 아버지가 밥숟가락 위에 생선 살을 발라 얹어 주시면 잘도 받아먹었고, 이렇게 밥을 먹여주시는 아버지가 더없이 좋고 행복하였다. 밥을 다 먹이고 나면 아무도 안 보는 골방에서 업어주시면서 '우리 혜원이 어서어서 커야지. 아프지 말고 튼튼하게 잘 자라야지.' 하시며 얼러주시면 나는 이 세상을 다 가진 듯 행복감으로 충만하였었다.

딸에게 하신 약속을 지키시기 위해 아버지는 엄청난 시간과 돈과 에너지를 투입해야 했지만, 당신 손으로 직접 족보를 만들고야 말겠다는 의지를 불태웠던 것이다. 무려 4년이라는 세월 동안 족보 만드는 일에 열정을 쏟아부으셨다. 안동, 영주, 예천, 문경, 고령, 대구, 경주, 밀양 등지를 돌며 각 문중의 인적 자료를 받아와 우편으로 온 자료들과 함께 정리하셨던 것이다.

모든 걸 수작업으로 하던 시절 족보를 만드는 일은 예상보다 10배, 100배는 더 어렵고 힘든 일이었다. 족보는 일반 책과는 달리 어디 한 군데만 틀려도 모두 다시 해야 하는 특수한 일이어서 상상 이상으로 엄청난 작업이었다. 너무 힘들어 중도에 포기하고 싶을 때도 한두 번이 아니셨겠지만, 막내딸 나를 생각하며 힘을 내셨던 것이다. 아버지는 다 마치고 나서 3권의 두꺼운 책을 보시니 감개무량하고, 가슴이 벅차오르셨다. 오랜 숙제를 마친 홀가분함과 딸에 대한 떳떳함으로 가슴이 후련하고 탁 트인 기분을 맛보셨을 것이다. 나는 이 족보를 받고 감격하였다.

나는 어느 주말 오후에 남편 태준과 테이블에 앉아 허브차를 마시며 환담을 하였다.

―참, 장모님 오시는 날이 언제라 했지?

―다음 주 목요일이에요. 이번엔 정말 별일 없어야 할 터인데….

―별일 있을 게 뭐 있나? 기껏해야 3, 4일만 계시면 가실 텐데.

―그래도 워낙 별난 분이라 어머니만 생각하면 긴장돼요. 이제 연세도 칠십이 되셨으니 좀 수그러질 법도 한데, 전혀 그럴 기미가 안 보여요.

―아무튼 3, 4일만 책잡히지 말고 잘 모십시다.

―알았어요, 걱정 마세요. 아버지도 함께 오시면 좋으련만.

―가축 핑계 대고 절대로 두 분이 같이 오시진 않으니 어쩌겠어요?

―할 수 없지요.

―그래도 아버지가 계시니 얼마나 다행이에요?

―그건 그래요. 장인어른이야 워낙 인자하시니까.

―난 정말이지 아버지만 생각하면 살 맛 나요. 세상에 우리 아버지 같은 분은 다시 없을걸요.

―맞아요. 나도 장인어른만 닮으면 괜찮은 사람이 될 텐데…

―당신도 좋은 사람이에요. 내가 아버지 복, 남편 복은 있는 것 같아요.

―왜 형제복도 있고 자식복도 있잖아요?

―맞아요. 그러네요. 엄마 복 한 가지만 없네요.

엄마만 살아계셨으면 세상에 부러울 게 없었을 텐데….

아버지도 상처喪妻만 안 하셨으면 인생이 완전히 달라졌을 거예요.

아니, 새엄마가 조금만 따뜻하고 인자했으면 우리 모두 얼마나 행복했 겠어요?

　─세상에 완전무결한 행복이란 없잖아요? 뭐가 부족해도 부족하지.

　─그래도 내가 다섯 살에 엄마를 잃은 건 너무 큰 비극이고 상처지 요. 하지만 언니, 오빠가 나보다 훨씬 힘들었을 거예요. 슬픔을 느끼고 기억하는 나이였으니까요. 난 오히려 너무 어렸으므로 사실 죽음이란 걸 잘 몰랐어요. 새엄마가 와서 그래도 나에게는 비교적 잘해 주었기 때 문에 그냥 적응이 되었던 것 같고, 언니가 워낙 살뜰히 챙겨주었고 아버 지의 사랑이 극진하셨으므로 적어도 초등학교를 졸업할 때까지는 큰 어 려움 없이 자랐던 것 같아요.

　엄마가 온다는 날이 이제 일주일 앞으로 다가왔네요.

　─잘 준비해서 장모님 흡족하게 해드려요.

　─그럴 참이에요. 처음으로 오시는 거니까.

　나는 가슴 한구석 두근거림을 느끼며 집안을 잘 정리하기도 하고, 메 뉴를 생각하기도 하고, 엄마를 모시고 다닐 장소도 몇 가지 생각하는 등 엄마 맞을 준비를 착착 진행하였다. 중고등학교 때 학교에서 돌아오면 무슨 트집을 잡아서라도 야단치고 폭력을 가했던 새엄마였다. 회임을 하기 위해 10년쯤 전국을 다 돌아다니며 노력하다가 30대 중반 임신을 포기해야 하는 나이가 되면서 히스테리가 심해졌는데, 그 화풀이를 나 에게 다 했었다. 지금처럼 불임 치료가 되지 않았던 시절이었으므로 30 대가 되면 수태를 못 했다. 언니는 일찌감치 18살에 시집보내고 오빠는 대학 다니느라 서울에 가고 없었을 뿐 아니라, 엄마가 때리려고 하면 오 빠가 엄마 팔을 꽉 쥐었다가 놓으면서 달아나 버리기 때문에 때리지 못 하니까, 만만한 나한테 모든 스트레스를 풀었었다.

나중에 내가 어른이 되어 생각하니까, 왜 바보같이 그냥 맞고만 있었는지 후회되었다. 달아나도 되고, 이유 없이 왜 때리냐고 달려들기도 하면 되었을 것을 고스란히 맞아준 것이 너무 바보스러웠다는 생각이 들었다. 이후 나는 대학에 다니느라 서울에 오게 되었는데, 가정교사하면서 번 돈으로 엄마한테 자주 선물도 보내고 하니 그때부터 엄마의 태도가 돌변하여 방학에 집에 가면 공주 받들 듯하여 차츰 가슴 두근거리는 증세가 없어졌지만, 아직도 긴장을 하면 가슴이 두근거린다.

엄마가 오신다는 날 아침이 되었다. 나는 고속버스터미널로 마중을 나갔다. 엄마는 꽃무늬가 있는 자주색 벨벳 치마저고리를 입고 체크 무늬가 있는 회색 가방을 들고 버스에서 내렸다.

−엄마, 힘드셨지요?

−아니다. 차가 데려다주는데 뭐가 힘드냐? 그래 김 서방이랑 아이들도 모두 무고하고?

−예, 모두 잘 있어요.

엄마도 생각해 보면 불쌍하다. 예천군 보문면에서 면장을 하시고, 보문면에서 가장 부자였고 학식이 높던 외할아버지의 11남매 중 막내로 태어나 응석만 하면 되는 처지였으나, 엄마가 초등학교 졸업 때쯤부터 가세가 기울기 시작하였다. 엄마의 오빠 세 명이 모두 한량이어서 재산을 탕진했을 뿐만 아니라, 다른 언니 오빠들이 2, 30대에 죽고, 외할아버지는 화병으로 술로 세월을 보내고 하면서 집안이 쇠퇴하여 엄마가 결혼할 나이인 16~18세에 결혼을 못 시키고 있었다. 스무 살이 되어서야 삼 남매를 둔 36세의 홀아비인 나의 아버지에게 시집오게 된 것이다. 그 당시는 주로 가문을 따져서 결혼이 성립되었고, 양반가에서는 이혼했거나 과부가 되어도 수절을 하지 재혼을 하지 않는 사회풍습 때문에 과부나 이혼녀는 아예 중매도 들어오지 않았다.

아버지는 신랑감으로 조건이 나빴지만, 돈이 있고, 워낙 잘난 청년이라 몰락한 양반 집안의 처녀인 새엄마와 결혼할 수 있었다. 나의 할아버지와 외할아버지가 친한 사이여서 사돈을 맺기로 약속하여 혼인이 일사천리로 이루어졌다고 한다. 땅이 많았던 나의 할아버지가 외가에 땅을 좀 떼서 주었다는 소문이 있었다. 아버지는 아내 될 분을 딱 한 번 보고 할아버지의 지시에 따라 장가를 드셨단다. 엄마는 서른 번도 넘게 선을 보았으나 우리 아버지가 제일 맘에 들었다고 우리한테 얘기했다. 새엄마는 우리 집에 온 후 갖은 노력을 다했으나 끝내 자식을 못 낳았다. 전처 자식들에게라도 정을 주고 살았으면 온 집안이 평안하고 대접도 받았을 텐데 그리도 고약하게 굴었으니 대소가 누구에게서도 동정이나 존경을 받지 못했다.

박 씨 집으로 시집온 지 50년이나 되었고, 삼 남매를 길러 결혼시켰으니 큰소리칠 만도 했지만, 워낙 거세고, 안하무인 성격 탓에 누구도 진심으로 그녀를 따르고 좋아하는 사람이 없었다. 마침 막내딸인 나와는 비교적 잘 지내니 처음으로 우리 집에 다니러 오기로 한 것이다.

나는 엄마를 만나 짐 가방을 받아 들고 말했다.

－엄마, 우리 택시 타고 가요.

－그래, 그러자. 나도 다리가 아파 많이는 못 걷는다.

－여기 줄 서면 바로바로 택시가 와요.

－응, 알았다.

그러는 사이 어느새 택시가 와서 우리 모녀의 앞에서 멈췄다.

우리 모녀는 앞자리에 가방을 놓고 뒷자리에 나란히 탔다. 나는 엄마의 손을 잡고 말했다.

－잘 오셨어요. 이번에 며칠간 푹 쉬었다 가세요. 아이들도 외할머니 오신다고 기다리고 있어요. 물론 김 서방도 장모님 오시면 잘해드리라고 다그치고 있고요.

－고맙구나.

－너희 집은 여기서 머나?

－이십 분이면 가요. 멀지 않아요.

드디어 집에 도착한 우리는 오랜만에 회포를 풀었다. 나는 엄마가 지낼 방을 안내하고는 얼른 사과와 키위를 깎아 접시에 담고 소반에 받쳐 엄마에게 건네고 주방에서 엄마를 위해 맛있는 음식을 준비하고 있었다. 미역국도 끓이고, 불고기도 하고 생선도 굽고, 전도 부치고 잡채도 하고 미리 준비해둔 갈비찜이랑 몇 가지 반찬으로 상을 차렸다. 엄마는 오랜만에 딸이 해준 음식을 먹으며

－너 음식 솜씨가 상당하구나.

하며 칭찬까지 했다. 콩닥거리던 가슴은 비로소 진정이 되었다.

밥상을 물리고 난 후 설거지를 하고 있는데 큰 애 지영이 학교에서 돌아왔다. 나는 딸에게

－할머니 오셨으니 인사하고 오너라.

－예.

지영은 할머니 방에 가서

－할머니 오셨어요? 저녁은 드셨어요?

다소곳이 인사를 했다.

－응, 먹었다. 너 배고프겠다. 어서 저녁 먹어라. 이제 고3이라지? 힘들겠구나.

－예, 조금요. 이제 넉 달 후면 끝나요. 아무 데나 합격하면 다니려고

요. 재수는 하기 싫어요.

—그래, 재수라니. 너는 공부 잘하니까 좋은 대학 합격하겠지. 어서
가서 밥 먹어라.

—예, 그럼 심심하신데, 이거나 보고 계세요. 얼른 밥 먹고 올게요.

하며 가족 앨범을 꺼내 할머니 앞에 내놓았다.

—그러자.

할머니는 앨범을 한 장 한 장 넘기며 딸의 결혼식 사진부터 외손자
외손녀의 아기 때 사진이며, 가족 여행 사진이며 한 장 한 장을 흥미 있
게 보고 있었다.

지영은 식탁에서 저녁을 먹고 있었고, 나는 끝나지 않은 설거지를 하
며 남편이 몇 시에 오려나, 아들 지혁은 또 몇 시에 오려나 생각하며 지
영이 식사가 끝나기를 기다리고 있었다.

—지영이 더 필요한 거 없니? 불고기 좀 더 줄까?

—아니요. 이거면 됐어요.

문득 지영이 네 살 때의 일이 생각났다.

심한 독감으로 열이 40도까지 올라서 혼비백산했던 기억이 새롭다.
정말 아찔한 순간이었다. 불덩이가 된 지영을 안고 택시를 탔는데, 택시
기사가 잠깐 졸았는지 신호 위반을 하여 앞차를 들이박아 범퍼가 깨지
고 앞차의 차주는 자기 부인이 목을 다쳤다며 난리를 치고 경찰과 보험
회사에서 다녀가느라 계속 시간이 지체되자 나는 얼른 지영을 안고 택
시에서 내려 다른 택시를 잡고 병원에 도착하긴 했으나, 돈을 주려고 보
니 핸드백이 없었다. 아차! 엉겁결에 핸드백을 앞의 택시에 두고 내렸구
나! 낭패도 이런 낭패가 없었다. 경황 중에 택시의 자동차번호도 외우거
나 적어두지 않았다. 하는 수 없이 택시기사한테 동전을 빌려 공중전화

로 남편 태준에게 SOS를 쳤다.

태준이 헐레벌떡 달려와 준 것은 30분 후의 일이었다. 택시기사에게 고맙고 미안하다고 하고 돈을 더 얹어 주고 소아과로 갔다. 지영은 연신 기침을 하며 눈물 콧물이 범벅이 되어 끝없이 울어댔다. 병원에 도착해 보니 두세 명의 아이들이 엄마에게 업히거나 손을 잡고 줄을 서서 기다리고 있었다. 나는 애가 타고 가슴이 두근거렸다. '이렇게 지체되면 안 되는데.' '지영아, 조금만 참아, 응?' 하며 달랬다.

15분 후 겨우 의사를 만날 수 있었다. 우선 간호원이 아이의 옷을 벗기고, 찬 거즈로 아이의 몸을 닦고는 해열제 주사를 놓고, 링거를 꽂아 주었다. 조금 안정이 되었다. 지영일 살릴 수 있다는 안도감이 봄바람처럼 얼굴을 스쳐 지나갔다.

그제야 나는 핸드백을 잃고 나서 해야 할 일들이 생각났다. 우선 카드사에 분실 신고를 하고, 병원 내 은행에 들러 카드 분실 신고도 하고 재발급 신청도 했다. 다시 주민센터에 들러 주민등록증 분실 신고를 하고, 재발급을 신청하였다. 카드는 일주일 후에야 집으로 배달된다고 하여 우선 통장으로 돈을 좀 찾는 등 며칠간 현금으로 생활할 준비를 했다.

그런데 이튿날 오후 택배가 와서 열어보니 세상에나… 상자 안에는 내 핸드백이 들어있고 열어보니 지갑에 있던 돈도 그대로 다 들어있는 게 아닌가? 감동 그 자체였다. 보낸 사람을 보니 전화번호와 '하근식'이라는 이름만 쓰여 있었다. 얼른 전화를 했다. 그 택시 기사였다.

－정말 고맙습니다. 이 은혜를 어떻게 갚아야 할지요.

－은혜라니요. 제가 잘못해서 일어난 사고이고, 아픈 아기를 안고 다른 택시를 타시게 한 죄가 얼마나 큰데요. 마침 여사님 지갑에 주민등록

증이 있었고, 거기에 있는 주소로 보내긴 했으나 이사를 가신 건 아닌지 걱정했는데, 받으셨다니 천만다행입니다. 그간 얼마나 불편하셨습니까? 죄송합니다.

—와, 요즘같이 각박한 세상에 선생님 같은 분이 계시다니요. 택시비와 택배비를 어떻게 드리면 좋을까요?

'선생님' 소리가 절로 나왔다.

—아니요. 그런 건 걱정 안 하셔도 됩니다. 그래 아기는 괜찮은가요?

—예, 다행히 많이 좋아지고 있습니다. 열은 내렸고요.

—다행입니다. 걱정 많이 했는데…, 손님이 계셔서 이만 전화 끊겠습니다. 거듭 죄송합니다.

나는 오랜만에 참으로 가슴이 따뜻해지는 걸 느끼며, '그래도 아직 이 세상은 살만하구나. 우리나라가 선진국이 맞구나' 하며 다시 카드사와 주민센터에 전화해서 카드와 주민등록증을 찾았다고 알려주었다.

나는 지영일 보면서 가끔 이때의 일을 떠올리곤 하였다. 상식이 안 통하는 세태인 줄 알았는데, 이렇게 상식이나 양심이나 정의, 그리고 인정이 살아있는 걸 보니 새삼 감동했던 기억이 난다. 무엇보다 지영이 고비를 넘기고 이렇게 잘 자라준 것이 너무도 고맙고 대견하다. 공부도 알아서 열심히 해주니 더욱 자랑스럽다.

—지영아, 과일도 먹어라.

하며 사과와 키위를 깎아 접시에 담아주었다.

바로 그때였다. 엄마 방에서

—김실이 너, 이리 안 오나?

우레같은 소리가 들린 것은.

나는 갑자기 다리가 후들후들 떨렸다. 어릴 때 당했던 그 무서운 엄마의 망령이 열 배는 더 크게 느껴졌기 때문이다. "또 무슨 트집을 잡으려고 이러는고. 정말 이제는 좀 순한 양이 될 때도 되었건만…."

가슴이 방망이질을 했다. "도대체 갑자기 또 왜 이러는가? 제발 좀 안 이러면 좋겠는데…"

떨리는 가슴을 안고 후들거리는 다리를 엄마 방 쪽으로 옮겼다.

―엄마, 왜 그러세요? 뭐 필요한 거 있으세요?

―너, 여기 좀 앉아 봐라. 이 사진 어디서 났노? 바른대로 고하지 않으면 요절을 낼 기다.

엄마가 가리키는 사진은 50년도 넘은 것이었다. 생모가 백날쯤 되어 보이는 나를 안고 있고, 두세 살쯤 된 모습의 오빠를 아버지가 안고 있고, 복판에 다섯 살쯤 되어 보이는 언니가 앉아 있는 가족사진이었다. 아버지, 엄마가 20대 때이고 삼 남매가 아주 어릴 때의 한 장밖에 없는 귀하고 귀한 사진이었다. 나는 '이 사진이 하필이면 새엄마 눈에 띄다니…' 앨범을 할머니에게 내놓은 지영이도 갑자기 밉고 야속했다. '이거 큰일 났네.' 속으로 생각하며 뭐라고 대답해야 할지 몰라 갑자기 난감하여졌다.

―그건 기, 기억이 안 나요.

―뭐가 어째? 기억이 안 나? 너 날 속일 생각일랑 꿈에도 하지 말아라. 내가 그냥 넘어갈 듯싶으냐? 다시 묻겠다. 이 사진이 어디서 났노?

엄마는 옛날에 시집왔을 때 전처가 들어있는 사진은 단 한 장도 남기지 않고 모조리 불태웠는데, 비록 한 장이나마 남아 있는 것이 의아하고, 이 사진을 버젓이 앨범에 꽂아놓고 자손들이 보고 있다는 사실에 경악한 모양이었다. 그러나 반대 입장에서 보면 삼 남매나 둔 전처의 사진을 단 한 장도 남기지 않고 불태웠다는 사실은 후처가 얼마나 비정한 사람인지를 보여주는 것이고, 설사 사진 한 장 남아 있다 하더라도 막내가 백날 때쯤 사진이어서 무려 50년도 넘은 사진 한 장이 뭐 그리 대수냐, 어릴 적 사진이 한 장도 없는 상황에서 유일하게 남아 있는 이 사진을 귀하게 여겼던 것인데, 공교롭게 계모에게 발각되어 추궁당하는 사실이 몹시 억울하고 참담했다.

실은 이 사진은 10년 전쯤 나의 고모님이 칠순이 넘자 나를 불러 '이 사진은 이제 너희들이 가져야 할 것 같다. 내가 몇십 년 동안 고이 간직하며 오라버니와 올케, 그리고 너희 삼 남매가 보고 싶을 때 꺼내 보았던 것인데, 이제 내 나이 70이 넘으니 내일을 장담할 수 없어 너에게 준다.' 하시며 눈물이 글썽하셨던 것이다. 고모님은 아버지의 하나뿐인 동생으로 세상없는 남매지간이었다. 자주 만나지 못해도 서로를 생각하는 애틋함은 대단했다. 이 가족사진은 우리가 만주에 있을 때 찍은 사진인데, 아버지가 여동생인 고모한테 보내드렸던 모양이었다. 나는 이 사진이 너무 신기하고 소중하여 복사를 하여 언니와 오빠에게도 한 장씩 보내주었던 터였다.

그러나 고모에게서 받았다는 말을 할 수가 없었다. 아니, 해서는 안 되었다. 계속 모른다고 하자 새엄마는 닥치는 대로 물건을 집어 던지며, 난리를 쳤다. 그것으로 끝나지 않았다. 당장 예천에 내려가겠다고 나섰다.

워낙 서슬이 퍼러니 만류도 못 하고 결국 버스터미널로 모셔가지 않을 수 없었다. 예천에 내려간 엄마는 매일 새벽 3, 4시에 나에게 전화를 걸어 갖은 욕설과 저주를 퍼부었다. 이것은 무려 1년이나 지속되었다. 엄마는 스스로 제어할 수 없는 분노와 억울한 인생의 탓을 이 사진 한 장에 다 쏟아붓는 모양이었다. 덕분에 난 지독한 불면증 환자가 되었다. 그날 밤부터 엄마는 아버지도 괴롭히기 시작하였다.

─나는 헛살았네요. 이제 믿을 자식 하나 없어요. 그래도 혜원은 내 자식이려니 했는데, 이번에 보니까 아주 못된 아이였어요. 어떻게 그 옛날 사진을 어디서 구했는지 말도 안 해주고, 애지중지 앨범에 꽂아놓고 히히덕거리며 들여다보고 춤을 추고 있는 줄은 상상도 못 했어요. 50년 간 어미 노릇 해준 나는 안중에도 없고, 낳아놓기만 하고 죽어 자빠진 생모만 그리워하고 있을 줄은 꿈에도 몰랐네요. 이제 나는 믿을 데라곤 없으니 당신의 모든 재산은 내 앞으로 해줘요.

하며 아버지에게 떼를 쓰기 시작한 것이다. 엄마는 당신이 낳은 자식이 없다 보니 원래도 재산 챙기기에 혈안이 되어있었는데, 이번 사진 사건은 엄마에게 있어 남은 재산 챙기기에 기막힌 호재였다. 일부러 땅바닥을 치며 울고불고, 고래고래 소리 지르며 물건 집어 던지고 며칠씩 아버지 밥도 제대로 안 챙겨드리며 남은 재산을 모두 엄마 앞으로 해달라고 하기에 더없이 좋은 핑곗거리로 삼아 생떼를 쓰기 시작한 것이었다. 아버지는 이젠 힘으로도 젊은 엄마를 당할 수 없었다.

─내 재산의 대부분은 이미 당신 이름으로 해 주어잖소? 죽은 지 50년도 넘는 사람의 사진 한 장이 무슨 대수라고 이토록 난리법석이오?'

─난리라고요? 난 천 길 낭떠러지에 떨어진 기분인데요. 분해서 견딜 수가 없어요.

─그만한 일로 뭘 그렇게까지…. 아이들은 자기들 어릴 적 사진이 없으니 그걸 보고 신기해했겠지. 당신이 생각하듯이 생모를 그리는 마음이 있어서가 아니라, 그저 자기들의 어릴 적 사진이라고 좋아했겠지.

─그런데 그 사진이 어디서 나왔는지 죽어도 말을 안 해요. 당신이 사진을 빼돌렸다가 혜원에게 준 거 아니에요?

―무슨 소리. 당신이 나한테 옛날 사진 다 없애겠다고 말이라도 하고 없앴소? 내가 집에 없을 때 당신 혼자 모든 사진을 불태우지 않았소? 나도 그걸 알고 얼마나 경악했었는지 알아요? 안 그래도 아이들 어릴 적 사진을 한 장도 안 남기고 다 불태웠다고 해서 얼마나 참담했는지 당신은 모를 거요. 아이들이 커서 날 원망할까 노심초사했었는데, 신기하게도 한 장 남아 있었다니 나로선 오히려 다행이란 생각이 드네.

―당신, 나 자꾸 더 약을 올려야겠어요? 난 그 사진을 보는 순간 피가 거꾸로 솟는 것 같던데요. 허탈감과 분노로 미쳐버리겠는데, 당신은 꼭 남의 얘기하듯이 날 약 올리네요.

―아니, 당신도 좀 이성적으로 생각해봐요. 사진 속에서 사람이 살아 나오는 것도 아니고, 무려 50여 년 전의 사진 한 장으로 당신이 이토록 길길이 뛰고 마음 상할 일은 아니라고 봐요. 아이들한테도 그토록 화를 내고 저주했으면 됐지, 계속해서 이렇게 못 견뎌 하니 참으로 딱하네요. 여보, 조금만 마음의 여유를 가져 봐요. 아이들이 절대로 해서는 안 되는 짓을 한 것도 아니고, 사진이 어떻게 혜원이네 앨범 속에 있게 됐는지는 모르겠지만, 이제 잊어버려요. 제발 마음을 잘 다스려 봐요. 당신이 이렇게 펄펄 뛰니 나도 괴롭기 이루 말할 수 없소.

―그럼 대신 재산은 나한테 넘겨줘요.

―넘겨줄 재산이 어디 있어요? 이 집 한 채와 논 몇 마지기밖에 없는데 우리가 죽으면 기환이가 제사를 지내야 하니 논과 집은 물려줘야지요. 밭이랑 과수원이랑 다른 토지는 모조리 당신 이름으로 했잖소?

―나는 그걸로는 분이 안 풀려요. 기환에게 땅 한 평도 주기 싫어요.

―그건 당신 심성이 곱지 않다는 증거요. 세상 사람들 다 모아놓고 물어봅시다. 누가 나쁜지.

―난 어차피 나쁜 여자예요. 나쁜 여자니까 재산이나 주세요.

―글쎄 더 이상 줄 게 없다니까.

―논하고 집 있잖아요. 이제 이것들도 내 앞으로 해야겠어요.

―제발 그만 해요. 난 죽어서 낼 돈조차 없으니까. 지난가을 벼 수매한 돈도 몽땅 당신이 가져갔잖아요? 나는 서원이며 향교며 로터리클럽이며 출입해야 하는데 친구들 만나 차 한 잔도 사 먹을 돈이 없어. 안 그래도 당신한테 돈을 좀 달라고 할 참이었어요. 돈이라고 생기면 그 족족 당신이 다 가로채 가니 난 죽을 지경이란 말이오. 그래도 바깥출입 하는 내가 통장에건 지갑에건 돈 한 푼 없으니 이게 무슨 망신이오?

그랬다. 아버지는 수입이 없었다. 평생 직장생활 해본 일 없고, 할아버지로부터 물려받은 중농 정도의 농토는 있었으나, 소득이 별로 없었다. 밭농사와 과수원 농사는 남에게 도지를 주니 어느 정도의 돈을 받았으나, 몇 년 전부터는 엄마가 중간에서 다 받아 챙겼고, 10마지기 남짓한 논이 있어서 가을이 되면 정부에서 쌀을 수매해줘서 그나마 목돈이 들어와 필요한 경비를 썼다. 그러나 언제부터인가 이 일도 엄마가 앞장서 하면서 돈을 완전히 다 챙겨가 버리니 아버지는 몇 년째 용돈이 없어 죽을 지경이었다. 한번은 급하게 돈이 필요한데, 돈이 없으니까 엄마에게 빌리고 일주일 만에 10%의 이자까지 빼앗긴 적도 있었다. 하는 수없이 급할 땐 농협에서 대출을 조금 받아 겨우 사용하고 있지만, 대출금에서 이자를 내야 하니 기가 막혔다.

하도 괴로워 하루는 죽을 결심을 하고 농약까지 준비했으나, 자식들 얼굴이 떠오르고 영남을 대표하는 유학자로서의 빛나는 삶도 떠올라 차마 실행에 옮기지 못하셨다. '마누라 모르게 논이라도 팔아서 쓸까?' 하는 생각이 들 때도 한두 번이 아니었으나, 차마 아들에게 줄 마지막 재산까지 없앨 순 없어서 괴로워하고 있던 중이었다.

물론 이런 내용은 우리 자식들로 몰랐던 사실이었으나, 돌아가신 후 아버지 일기장을 보고 알게 된 것이었다. 마침 새마을금고 이사장에 추대하겠다는 제의가 들어와서 '내가 이 나이에 무슨 이사장을…' 하시다가 수중에 돈이 하나도 없는 현실을 깨닫고 조금 어색하지만 71세에 새마을 금고이사장에 취임하여 4년간 하면서 숨통을 텄다.

심한 당뇨병과 불면증에 시달리시던 아버지는 이제 엄마를 보기만 해도 무섭다. 말로도, 힘으로도 이길 수 없고, 주로 방어만 해야 하는 것도 고달프고 힘들어 '오늘은 또 뭘 가지고 날 괴롭히려나?' 하는 생각 때문에 옆으로 가까이 오기만 해도 가슴이 철렁했던 것이다. 결혼한 지 1년 뒤쯤부터 아버지는 '아차, 내가 장가를 잘못 갔구나.' 하는 생각이 들었지만, 이혼할 생각은 못 했다.

너무도 사랑하던 아내와 사별하고는 여자에게 무관심했으나, 3남매의 양육이며, 삼대가 함께 사는 대가족에 일꾼 두 명, 집안일 하는 아주머니 두 명, 일 년에 10번도 넘는 제사와, 중농 정도의 농사에 안주인이 없이는 곤란한 데다가, 엄하신 할아버지 영을 어길 수 없어 가세가 기운 양반집 규수한테 새장가를 갔던 것이다.

열여섯 살이나 아래인 처녀한테 장가 가놓고, 이혼을 하면 내막을 모르는 남들이 모두 자신을 욕할 것 같고, 또한 인도적으로도 말이 안 될 것 같아 참기로 결심하고 최대한 너그럽게 대하려고 노력하면서 살아냈던 세월이었다. 그러다 보니 부모님 상도 다 치르고, 삼 남매도 모두 결혼시켰고 손주들이 11명이나 되는 등 기쁜 일도 많이 일어났다. 단지 새엄마의 불임에 따른 후유증이 만만치 않았다. 전국을 다니며 갖은 노력을 다하느라 집안을 팽개치기도 하고, 돈도 적잖이 없앴을 뿐만 아니라 성격이 점점 더 고약해지고, 돈에 대한 집착이 병적일 정도로 심해지고 있었다. 자신이 낳은 자식이 없는 여자의 불안감과 상실감, 남편보다 무려 16살이나 적다는 점 등이 엄마로 하여금 재산에 대한 집착이 생기게 된 모양이었다.

다른 쪽에서 보면 부처님처럼 착한 남편과 슬하의 삼 남매, 모든 친척들 누구 하나 거슬리거나 맞서는 사람 없고, 당신이 하고 싶은 대로 다 할 수 있는 집안 분위기, 모두 떠받들어주는 환경에서 아무런 불안 요소가 없는 환경인데 그토록 지독하게 재산을 탐할 이유가 없다. 이젠 집안의 어른으로 대접받고 살 수 있는 처지인데, 구태여 비싼 증여세를 내고 어차피 사후엔 또 아들 앞으로 상속을 해야 하므로 또 상속세를 내기 위해 재산을 줄여야 할 이유가 없었다.

그런데도 아무도 말리지 못하고 엄마가 하자는 대로 해줄 수밖에 없었다. 4천 평이 넘는 밭, 만평이 넘는 과수원, 10정보(30만 평)가 넘는 임야 등 모든 재산이 김춘애 앞으로 넘어갔고, 증여세를 내기 위해 조상 대대로 내려온 땅을 떼서 팔아야 했지만, 엄마는 눈도 깜짝하지 않았다. 아버지는 자식들에게 이 모든 것을 알릴 수도 없으니 혼자서 남모르는 속앓이를 해야 했다. 아버지는 엄마와 살면서 점점 더 도인이 되어갔고, 운명론자가 되어갔다.

아버지는 젊은 시절 예천을 떠나 서울로 가려고 하셨다. 그러나 할아버지가 절대로 예천을 떠날 수 없다고 하시는 바람에 지극히 효자셨던 아버지는 예천에 주저앉게 되면서 운명론자가 되셨다. '이런 아버지를 둔 것도 모두 나의 운명이니 어쩌겠는가?' 하시며 평생 예천을 떠나지 못하셨다. 그리고 모든 것이 당신이 처복이 없는 운명 탓을 하면서 아픈 가슴을 쓸어내리셨다. 삼대독자인 아들 기환이 새엄마한테서 구박을 받는 것에 무엇보다 울화통이 터졌으나 아버지는 집안에 큰 소리 나는 걸 체질적으로 싫어하신 탓에 꾹꾹 참고 견뎌왔던 것이다. 그래도 아들은 다 커서 서울로 대학 가고 장가만 가면 모든 것이 해결될 테니 그래도 나보다는 낫고, 딸들도 도회지로 대학 가고 결혼해 나가면 어미의 구박에서 벗어날 수 있으니 자신보다는 더 낫다고 생각했다. '그래도 너희들에겐 새 삶을 살 희망이 있지 않니? 그때까지만 참고 견디면 된다'고 생각하면서 스스로도 위안을 삼았다.

늙어 죽을 때까지 참고 견뎌야 하는 자신이 더 처량하고 불쌍하다는 생각이 들었다. '난 죽을 때까지 시달려야 하는 것이 나의 운명이라니….' 새삼스럽게 이혼을 할 수도 없고, 집안에 큰 소리를 내는 것도 너무나 싫으니 그저 참고 또 참고 살 수밖에 없다. 날 굶기거나 약 먹여 죽이지 않으면 그저 책 읽고, 서원이나 출입하면서 붓글씨나 쓰고 지내는 수밖에 없다. 그래도 4년간 새마을금고 이사장 하면서 받은 월급의 반 이상을 엄마 모르게 모아두었던 터라 이후 용돈 문제는 해결되었다. 이제 친구들과 차를 나눌 수도 있고, 농협에서 대출받았던 돈도 갚고, 서원과 향교에 드나들면서 필요한 경비도 쓸 수 있고, 족보 만드느라 남모르게 들었던 경비도 갚고 나니 숨통이 트였다.

그놈의 사진사건만 아니었어도 이렇게까지 시달리진 않았을 텐데. 빛바랜 사진 한 장이 뭐라고, 구순을 바라보는 나이에 젊은 아내한테 이런 수모를 당하다니…. 누굴 원망해야 할지, 누구에게 하소연해야 할지, 누구에게서 위로받아야 할지 막막하였다. 종교가 없는 아버지는 위급할 때 믿고 의지할 데가 없었다. 아버지는 모든 것을 운명이라고 생각하는 운명론자셨다. 사람의 노력으로 이루어지는 일도 있지만, 근본적으로 그 사람이 타고난 운명에 따라 그의 인생이 결정된다고 굳게 믿으셨다. 운명이 아니라면 내가 서울로 가고 싶었음에도 왜 예천을 벗어날 수 없었고, 2남 1녀를 낳은 고마운 아내가 31살 꽃다운 나이에 세상을 떠났으며, 너무도 거세고 악한 계비를 만나, 이깟 사진 한 장으로 이토록 시달리진 않았을 것 아닌가? 나도 누구에게 뒤지지 않는 학식과 근면함으로 올곧게 살았음에도 매일 마음의 고통을 겪고 살아야 했는가? 모든 건 운명이다. 아무리 천재라고 해도 운명을 거스를 수는 없다. 모든 걸 운명으로 받아들여야만 그나마 견디기가 쉽다. 운명과 맞서 싸운다는 것은 나로선 너무나 어려운 일이다.

아버지는 죄짓지 않고, 착하게 살면 천지신명이 돌볼 거라는 막연한 기대만 하고 살아오신 터였다. 꿈에도 나쁜 생각, 나쁜 짓은 안 해봤으니 지옥에 가진 않을 거고, 조상님들도 돌보아주실 거라는 믿음만 가지고 살아오셨다. '그저 참고 견디면 좋은 세상으로 갈 것이다.'

하늘이 어두워지고 있었다. 검은 구름이 점점 더 세력을 키우더니 갑자기 천둥소리가 나고 벼락이 치기 시작하였다. 세상의 복잡하고 어려운 문제들을 단번에 다 해결해 줄 것 같은 기세로 굵은 빗줄기가 세차게 쏟아지고 있었다.

오, 하느님

해가 동쪽에서 눈부시게 빛을 발하니 세상이 다 투명하게 되는가 싶더니 어느새 시커먼 구름이 몰려와 하늘을 뒤덮었다. 곧 천둥번개라도 칠 것 같은 기세로 날씨가 어두워지고 있었다. 간단히 아침을 먹고 우리 부부는 마루에서 모처럼 허브차를 마시며 대화를 하고 있었다. 아내가 말했다.

—비가 오려나?

—그러게요. 대지가 많이 건조하니 비가 오면 좋지요.

—여보, 그래도 우리 이만하면 잘 살았지요? 삼 남매 낳아 길러서 시집장가보내고, 당신은 별 두 개나 땄고, 우리 둘이 아직 건강하고요.

—그렇지요. 다 당신 덕분이오. 55년 동안 내조해주고, 아이들 잘 기르고, 부모님께도 지극한 효도를 했으니 참으로 고맙소. 더구나 한군데에 정착하지 못하고 인사이동에 따라 무려 23번이나 이사를 다니며 열악한 군인아파트나 셋방살이하는데도 당신은 다 참아주고 항상 밝은 모습으로 가정을 돌보아주었으니 무어라 감사의 말을 해야 할지 모르겠

소. 당신 같은 아내와 결혼한 나는 참으로 행운아요.

─나는 오히려 당신에게 감사한데요. 그 고된 군대 생활을 탈 없이 잘 마치고, 이렇게 건강한 모습으로 전역을 했으니 그저 고마울 수밖에요. 이젠 이사 안 다녀도 되고 당신과 함께 매일 산책도 할 수 있고, 황홀한 아침 해와 저녁놀도 함께 보니 감회가 새로워요. 애들도 다 성가해 나가고 집집마다 손주 둘씩 낳아 기르고 있으니 더 이상 바랄 게 없지요.

─아무튼 지금의 행복을 잘 보듬어 안고 삽시다.

나는 아내가 모든 걸 긍정적으로 생각하고 마음 편하게 해주니 얼마나 고맙고 든든한지 모른다. 아내와의 갈등으로 괴로워하는 동료나 선후배 얘기들을 들을 때마다 난 참으로 행운아라는 생각이 든다. 아내를 생각하면 언제나 따스한 봄볕이 나를 위무해 주는 것 같은 상념에 젖는다. 45년 전의 일이 갑자기 어제 일처럼 생생하게 생각난다.

내가 화천으로 발령받아 갔을 때였다. 부대에 첫 출근하고 돌아왔더니 아내와 아이들이 오색 풍선을 만들어 '우리 아빠 최고! 힘내세요! 우리가 있잖아요? 사랑해요!' 같은 글씨를 써넣어 걸어놓고 나를 기다리고 있었다. 아마 강원도 산골벽지에 발령받은 나를 위로하고 격려해주기 위해서였을 것이었다.

─화천에서의 그 깜짝쇼가 내게 얼마나 큰 힘이 되었는지 알아요?

─그런 건 당신이 먼저 시작했잖아요? 내가 첫째를 낳고 3일 후에 퇴원해서 집에 왔는데, 우리 방 벽에 '득남 축하합니다. 수고했어요, 하늘만큼 땅만큼 사랑해요, 여보'라고 쓴 플래카드를 걸어 놓았었잖아요? 나도 그때 얼마나 감동받았는데요. 천근 같던 몸도 가벼워지고, 끔찍했던 산통도 잊어지더라니까요.

―내가 그랬었나? 이미 50년 전 일이네. 우리 준호가 이미 50살이니 말이요. 세월은 참으로 빨리도 지나갔지요?

　―그러게요. 난 어머님한테도 찡한 추억이 있어요. 내가 준호를 낳고 한 달 때쯤 됐나? 그때는 한겨울인데도 수도에서 더운물 같은 건 아예 안 나오고, 일회용 기저귀 같은 것도 없던 시절이니까 찬물에 기저귀 빨아 널고 파랗게 된 손을 호호 불며 방에 들어왔더니 어머님이 내 손을 덥석 잡으시고는 어머니 품에 넣어 데워 주시는 게 아니겠어요? 난 너무도 감격해서 눈물이 났어요.

　―어머니가 당신한테도 그런 정을 주셨다니 다행이네. 실은 어머니가 나한테 워낙 유별하셨기 때문에 당신에게 잘못하실까 봐 나는 속으로 긴장하고 있었거든요. 내가 초등학교 때 하루는 배가 아프다고 했더니 엄마가 내 배를 주물러 주시면서 ‘엄마손은 약손, 엄마손은 약손’ 하면서 자장가처럼 불러주셨어요. 난 엄마의 그 노래가 자장가처럼 들려서 그만 잠이 들어버렸는데, 얼마를 자다 깨어서 보니 엄마는 아직도 내 배를 주무르고 계셨어요.

　―엄마, 나 이제 다 나았어요. 가서 주무세요.

　라고 했더니

　―그래? 다행이다. 그럼 이불을 따뜻하게 덮고 자자.

　하시며 이불을 꼭꼭 덮어주고 나가셨어요. 그 뒤에도 두세 번 그런 일이 있었는데, 그런 따뜻한 추억이 살아가는 데 얼마나 큰 힘이 되었는지 몰라요. 당신도 아이들에게 그런 추억 만들어줘요. 그냥 소화제 먹이고 끝내지 말고요.

　―알았어요. 우리 엄마는 체했다고 하면 바늘로 손을 따서 피를 내주셨는데, 난 그게 싫어서 배가 아파도 웬만하면 엄마한테 말 안 했어요.

나도 우리 애들한테는 배를 주물러줘야겠어요.

우리 부부는 어머니를 추억하며 즐거운 한때를 보내고 있었다. 산다는 것이 때론 태산을 올라가는 것처럼 숨 가쁘기도 하지만, 또 때로는 사막에서 오아시스를 만나는 것처럼 감격스럽고 기쁠 때도 있다. 참으로 힘들고 고될 때도 많았으련만, 착한 아내는 되도록 좋은 기억만 떠올리니 고맙기 그지없다.

—우리 준호를 위하시는 어머님 마음은 또 어떠셨는데요. 신혼 초에 우리 엄청 힘들었잖아요? 당신이 부모님 생활비와 아가씨 등록금 대느라 진 빚 갚느라고 월급을 조금밖에 안 가져왔잖아요? 생활이 어려우니까 밤도 한 되를 못 사고 반 되씩만 샀는데, 글쎄 내가 밤을 사오면 어머니가 바로 압수를 해서 순식간에 어디다 감춰 놓으시고는 꼭 다섯 알씩 밥 위에 쪄서 준호에게만 먹이시는 거예요. 나는 온 식구가 몇 개씩이라도 같이 먹으려고 사 왔는데, 어머님은 번번이 손자만 먹이시더라니까요. 거짓말 안 보태고 그해 다섯 번쯤 그랬을 거예요.

—맞아요. 어머닌 충분히 그러실 분이지. 나에게도 어머니는 수호신이셨으니까. 그 덕에 우리가 이만큼이라도 사는 것 같아.

오랜만에 나는 아내와 함께 대화하며 평화를 만끽하고 있던 6월 어느 날이었다. 시애틀에 사는 큰아들 준호한테서 전화가 왔다. 수화기를 들자

—아버지, 어머니!

하며 엉엉 우는 게 아닌가.

—애비야, 너 왜 그러니? 무슨 일이야?

—아버지, 어머니! 저 말씀 못 드리겠어요.

하며 전화를 끊었다. 난 갑자기 머리가 멍해졌다. 도대체 무슨 일인

가? 60살이나 된 내 아들이 국제전화에 대고 울음을 터뜨리다니…. 혹시 며느리가 나쁜 병에 걸렸나? 아이들에게 무슨 일이 있나? 내 아들이 암 선고라도 받았나? 온갖 상념이 들면서 답답해 죽을 지경이었다. 제대로 알지 않고는 견딜 수 없었다. 5분 뒤쯤 아들한테 전화를 했다. 마침 며늘아기가 전화를 받았다.

─응, 그래 너희들 모두 잘 있나? 그런데 애비가 왜 말을 못 하고 울기만 하는 거냐? 우린 답답해 죽겠다. 무슨 일이냐? 혹시 애비가 나쁜 병에라도 걸렸니? 너라도 좀 얘기해다오.

─아버님, 아범이 아니구요, 도련님이…

─응? 준성이가 왜?

─아버님, 너무 놀라지 마세요. 도련님이 심장마비로…

─심장마비로 어떻게 됐어? 설마 죽었니?

─예. 저희도 조금 전에 동서한테서 연락받았어요. 믿어지지가 않아요. 부모님께는 차마 말씀 못 드리겠다고 저희보고 부모님께 연락하라고 해서 전화드렸는데, 아범이 울음보가 터져 버렸네요. 아범이 오늘 밤에 LA에 가기로 했어요. 아버님, 어머님은 오실 생각 마시라고요. 아범이 장례식하고 와서 아버님, 어머님께 전화드릴 거예요. 지금은 우느라 정신없네요. 저도 억장이 무너져요. 그리 똑똑하고 착한 도련님이 59세에 가시다니요? 저도 더 이상 말씀 못 드리겠네요. 죄송해요. 어떻게 우리 집안에 이런 일이…흑흑….

나는 정신을 차릴 수 없었다. '우리 집에 어떻게 이런 일이 일어날 수 있단 말인가? 어떻게 그 건장하던 내 아들이… 아직 60도 안 된 내 아들이 어떻게 그렇게 허망하게 떠날 수 있단 말인가? 성당에도 열심히 다니고 성당 일도 많이 하던 아이였는데….'

'하늘도 너무 무정하시다. 어떻게 생때같은 내 아들을 그리도 빨리 데려가시다니….'

내가 전화 받는 것을 옆에서 들은 아내가 털썩 주저앉더니 통곡을 시작했다. 나도 흘러내리는 눈물을 주체할 수 없었다. 수화기를 놓고 나도 아내를 안고 통곡을 했다. 나의 인생에 두 번째 내리는 청천벽력이었다. 내가 너무도 좋아하고 믿었던 차남이었다. 지금까지 우리 가족에게 기쁨만 주던 아이였다. 공부도 썩 잘하고, 성격도 좋고, 유난히 따뜻하던 아이였다. 그를 만나 본 사람들은 하나같이 칭찬을 했다. 12년간 반장을 하고 고등학교 땐 총학생회장을 하면서 리더십도 발휘하고 친구들이나 선생님들에게 신망이 두텁던 아이였다. 학교 다닐 때 뒤처진 아이들을 이끌어주고 열심히 보살펴주던 아이였다.

선생님들은 장차 학교를 빛낼 인재로 믿고 있던 터였다. 미국에서도 많은 친구와 지인들에게 알려진 아이였다. 외모도 수려하고 키도 크고 특히 인상이 좋아 누구든 한번 만나면 친구가 되는 아이였다. 마음이 따뜻하고 성실하고 이타적인 성품이었다.

나는 둘째 아들 준성이의 죽음을 접하고 울다 보니 60년 전의 일이 갑자기 떠올랐다.

나는 육사 생도가 되어 너무도 멋있는 제복을 입으니 감개무량했다. 의성군 안계면에서 초등학교만 나오고 농사나 거들어야 했을 내가 안계중학교를 가게 되고, 대구사범을 거쳐 사관생도가 되었다는 것이 스스로 생각해도 기적 같았다. 내가 사관학교 간 건 참으로 우연한 계기에서 비롯되었다. 고등학교 2학년 여름방학 때 외가에 가느라고 부산 가는 기차를 탔는데, 마침 앞자리에 근사한 교복을 입은 육사 생도가 앉아 있었다. 그때는 기차의 좌석이 마주 보도록 배치되어 있었다. 나는 갑자기 호기심이 생겨 이것저것 물어봤다. 그 생도는 친절하게 답을 해주면서 육사에 대한 자랑을 하였다. 결정적인 한마디가 나를 사로잡았다. '만일 나에게 남동생이 있다면 꼭 사관학교에 가라고 적극 권하겠다.' 하면서 '남자라면 어차피 군대는 가야 하니까 대학을 다니면서 군대 문제도 해결하고 좋은 환경에서 무료로 일류대학 공부를 할 수 있고, 졸업하면 바로 장교로 임관하니 일거삼득이라며 실력 있고, 신체만 건강하다면 정말 권하고 싶다'고 힘주어 말했다.

대학을 나와도 변변한 직장이라고는 없었으니 장교가 되는 것은 매우 선망되던 시절이었다. 나는 이 생도의 말에 매료되어 사범학교 다니면서 조용히 육사 시험준비를 했다. 사범학교는 졸업하면 의무적으로 초등학교 교사가 되어야 하지만, 국립대학의 사범대학이나 사관학교에 가는 건 허용이 되고 교직을 면제해 주었다. 육사는 사범학교 출신이 갈 수 있는 학교였다. 나는 공부는 물론이고, 틈틈이 체력 단련을 했다. 밤에 학교 운동장을 달리기도 하고, 팔굽혀펴기도 하고 철봉도 했다. 200명 모집에 무려 만 명이 지원하여 50대 1의 경쟁률이었지만 나는 운 좋게도 우수한 성적으로 합격하였다. 재미있는 것은 입학할 때의 성적순대로 군번을 매겨서 200명 동기생들의 입학성적이 공개되는 것이었다. 난 운이 좋아 앞번호를 받아 기분이 좋았다. 특히 입학식 날은 삼부요인은 물론이고, 근사한 제복을 입고 가슴에는 울긋불긋한 훈장을 달고 어깨에는 번쩍번쩍한 별을 단 장군들이 본부석에 앉아 있어서 영광스럽기 그지없었다.

학기가 시작되어 공부를 하는데, 경쟁 체제를 도입해서 이동식 수업을 하는 것이었다. 과목별로 성적에 따라 20명씩 10교반으로 나누어 수업을 했으니 200명의 성적이 항상 공개되는 시스템이었다. 이렇게 공부를 하니 수업시간에 딴짓을 할 생각은 아예 할 수도 없고, 성적이 비슷비슷한 친구들과 함께 공부를 하니 능률이 오르기도 하였다. 어느 대학보다도 공부를 많이 시켰고, 분야에 따라 전공 교수가 없는 분야는 한국에서 최고의 교수를 모셔와 강의하게 했다. 육사에서는 세계사, 세계지리, 한국 역사, 한국 지리 같은 과목은 매우 중요시되었고, 수학, 과학 같은 과목도 충실하게 배웠고, 영어와 제2외국어도 원어민 교수한테서 제대로 배웠다.

무조건 아침 6시에 일어나서 청소하고 세수하고 7시에 아침을 먹고, 8시부터 수업이 시작되었다. 오후 3시에 수업이 끝나면 요일별로 체육, 예능, 취미, 훈련 등 다양한 활동을 하였다. 체육도 다 함께 체조 같은 걸 하기도 하고, 구기를 하기도 하고, 무술이라 하여 펜싱, 검도, 유도, 태권도, 권투도 하고 수영도 선택하여 배울 수 있었으니 모든 체육 분야를 조금씩은 다 하는 셈이었다. 또한 취미반을 운영하여 밴드, 바둑, 합창, 농구, 배구, 야구, 축구, 럭비 등 다양한 활동을 하였다. 하여튼 필수적으로 한두 가지씩은 제대로 해야 했다. 나는 1학년 때는 펜싱을 했으나 2학년부터는 태권도에 집중하여 2단까지 땄다. 저녁 6시에 저녁을 먹으면 밤 10시까지 의무적으로 도서관에서 공부를 해야 잠을 잘 수 있는데, 5교반 이하 학생들은 '야등夜燈'이라 하여 의무적으로 한두 시간 더 공부를 해야 했다. 야등을 하는 학생들은 기본적으로 혼자 공부하지만, 수학과 같이 혼자 하기 어려운 과목은 가끔 선배나 젊은 교수의 지도를 받기도 했다.

훈련받을 때는 제식훈련, 행군 훈련, 사격훈련, 유격 훈련을 비롯해 갖가지 고된 훈련을 받아야 했다. 특히 방학 때는 두어 달씩 집중훈련을 받았다. 선배들과 함께하기도 하고 동기생끼리만 하기도 했는데 1, 2,

3, 4학년 전체가 훈련할 때는 1개 연대가 되어 임시계급장도 달았다. 1명의 연대장에 4명의 참모가 있고 그 밑에 대대장, 중대장, 소대장 이런 식으로 군대조직같이 되어 체계적인 훈련이 이루어졌다. 나는 대대장 한번, 중대장 한번, 연대 참모를 한 번씩 했다.

'애국'과 '국가에 대한 충성'이 모든 교과목에 녹아있었고, 이 두 가지 외에는 생각할 틈도 없었다. 규율이 엄격하여 4년간 술 담배는 절대로 할 수가 없었고, 여자도 사귈 수가 없었으며, 명예제도가 있어 양심에 어긋나는 일을 했을 때는 자아 반성을 하도록 되어있었다. 거짓말, 도둑질, 컨닝, 술, 담배, 여자관계 이런 것을 어겼을 때는 바로 퇴학을 당했다. 우리 동기에서도 여러 명이 퇴학을 당했다. 이렇게 4년간 규칙 생활을 하며 절제된 생활을 하니 건강은 저절로 따라왔고, 거짓말이나 나쁜 일은 할 수 없는 체질이 되었으며, 나의 경우 평생 담배도 안 피우게 되었다.

아무튼 입학하고 처음 1년 동안은 안계 집에도 못 다녀오고, 정신없이 지나갔다. 1학년 겨울방학에 훈련이 끝나고 딱 1주일 남은 방학에 집에 내려왔는데, 밤이 되어도 남동생이 들어오지 않았다. 그때서야

－수철은 어디 갔어요?

했더니

－친구들하고 놀러 갔다.

고 해서 처음엔 그런 줄 알았다. 그런데 자세히 보니 1년 사이에 아버지, 어머니는 많이 늙으셨고, 아직 중학교 3학년인 수희의 얼굴에도 전에 없이 그늘이 있었다. 뭔가 이상하다는 걸 느끼게 되었다. 그리고 보니 지난 몇 달간 동생들이 편지 한 장도 안 보내주었다는 것도 그때서야 모두 생각이 났다. 나는 힘들고 엄격한 환경에 적응하느라 1년이 어떻

게 지나갔는지도 모르게 정신없이 지낸 날들이었다. 이제 정신을 차려 가만히 생각해 보니 내가 집에 왔을 때도 버선발로 뛰어나왔을 어머니가 눈에 눈물만 그렁그렁하였고 아버지도 넋 나간 사람 표정이었고, 여동생도 큰오빠 왔다고 팔짝팔짝 뛸 줄 알았는데 너무 차분했으며, 뭔가 얼굴에 그늘이 있다는 걸 확실히 알게 되었다.

　ー집에 무슨 일이 있죠? 수철은 도대체 어딜 간 거예요? 아버지 어머니는 일 년 사이에 왜 이리 늙으셨어요? 누나는 잘 있나요? 매형은요?

　마구 물어댔으나 아무도 대답해 주는 사람은 없었다.

　ー도대체 무슨 일이 있었던 거예요? 제발 말 좀 해보세요. 수희야 네가 좀 얘기해 봐.

　이 말을 듣는 순간 수희가 그만 울음을 터뜨렸다. 나는 가슴이 터질 것 같았다. 도대체 무슨 일이 있었기에 온 가족이 말을 못 하는지, 수희는 왜 우는지 답답하기 그지없었다. 수희를 꼭 안아주며,

　ー수희야, 왜 그러니? 오빤 답답해 죽겠다. 무슨 일이야?

　ー큰오빠, 작은 오빠가…

　ー응, 작은 오빠가?

　ー죽었어.

　ー뭐라고? 수철이가 죽어? 수철이가 언제, 왜 죽어? 이게 무슨 소리야? 아버지, 어머니, 수철이가 죽다니요? 이게 도대체 무슨 말이에요?

　ー미안하다. 다 애비 탓이다. 못난 애비를 용서해라.

　아버지가 풀이 죽은 음성으로 힘없이 말했다.

　ー뭐가 아버지 탓인데요? 무슨 일이에요?

　ー지난가을에 수철이가 복막염으로 저세상으로 갔단다. 다 내 잘못이다.

그랬다. 수철은 처음에 배가 아프다고 해서 병원엘 갔더니 맹장염이라고 하면서 빨리 수술을 해야 한다고 하였다. 그길로 바로 입원을 시키고 수술을 해야 하는데, 병원에서 보증금을 내야 입원하고 수술을 할 수 있다고 해서 돈 구하러 다니는 데 그만 이틀을 허비해 버렸다. 그 사이 맹장이 터져 복막염이 되었고, 그때서야 부랴부랴 입원을 하여 수술을 하였으나 이미 너무 늦어 그만 목숨을 잃은 것이었다.

이런 이야길 듣자 나는 완전히 이성을 잃어버렸다. 나는 이 세상이 너무나 싫어졌다. 그토록 위급한 환자를 돈 없다고 입원 안 시킨 병원도 용서가 안 되고, 아들 병원비 마련에 이틀이나 걸려야 했던 가정 사정도 너무나 야속했다. 알고 보니 끔찍이도 아끼던 아들을 앞세우고 어머니도 함께 죽겠다며 장지에서 하관을 할 때 관에 매달려 떨어지지 않아서 온 동네 청년들이 나서서 겨우 떼어 어머니를 업어서 집에 모셔 왔다고 한다.

─이렇게 하시면 안 됩니더. 이렇게 하몬 큰아들한테 해롭습니더. 큰아들이 그 좋은 학교에 다니는데, 어머니가 이러시면 안 됩니더. 정신 차리이소.

동네 사람들의 이런 말에 어머니가 겨우 진정을 하셨다고 한다. 당분간 큰아들한테는 알리지 않는 게 좋겠다는 모두의 의견에 따라 연락을 안 했다는 것이다. 하기야 이런 소식을 들었으면 나는 학교고 뭐고 때려치우고 내려왔을 것이었다. 나는 하늘이 무너지고 땅이 꺼지는 아픔과 슬픔과 분노와 안타까움으로 3일간 물 한 모금 먹을 수 없었고 잠 한숨 잘 수가 없었다. 1년 전 내가 육사에 합격하여 상경하면서

─우리 가족 잘 부탁한다. 수철아, 미안하다. 형의 짐을 네게 지워서….

라고 말하니 수철은

—형, 아무 걱정하지 말고 가. 우리 가족은 내가 다 알아서 돌볼 테니 형은 형의 길을 가. 난 형이 육사에 합격한 것만으로도 너무 신나고 자랑스러우니까.

라고 했던 의젓한 동생이 맹장이 터지고 수술을 한 며칠간 얼마나 고통스러웠을까를 생각하니 몸서리쳐지게 안쓰럽고 불쌍하고 미안했다. 인물도 준수하고 마음 씀씀이도 유난히 따뜻하고 기특했던 동생이었기에 아깝기 그지없었다. 사실 그 동생 믿고 지난 일 년간 잡념 없이 학교에 충실할 수 있었는데, 이제 그런 동생이 너무도 어이없이 죽었다고 생각하니 세상도 부모도 모두 원망스러웠다. '난 이제 어떡해야 하나?'

하느님은 너무도 무정하시다. 수철이가 무슨 죄가 있다고 열아홉 살 꽃다운 나이에 데려가시다니. '정말 너무 하십니다, 하느님.'

알고 보니 수철도 해군사관학교에 지원하여 합격을 해놓은 상태였다. '오, 하느님, 어찌 저희 형제에게 이런 형벌을 주십니까? 너무도 야속합니다.'

이제 내가 귀대해야 하는 날도 하루밖에 남지 않았다.

'내가 이런 상태로 다시 육사를 다닐 수 있을까? 난 이제 어떡해야 하나?'

도무지 머리가 정돈이 안 되고 몸에 기운이라고는 하나도 없는 나 자신을 어떻게 추슬러야 할지 막막하였다. 수철이가 미치도록 보고 싶었다. 1년 만에 만나 회포도 풀고 정말 해주고 싶은 얘기도 많았는데, 생각할수록 기가 막히고 억장이 무너졌다.

그러나 난 이제 남은 가족들을 위로하고, 내가 건재함을 보이고, 그들에게 힘과 용기를 주어야 할 이 집 맏아들이자 독자가 아닌가. 그렇다

면 내가 이럴 때가 아니다. 정신 차리자. 가족들의 슬픔을 덜어주지는
못할망정 걱정을 더 시켜서야 되겠는가.

이튿날 아침에는 죽을 먹고 정신을 차렸다. 온 가족이 수철의 묘에
가서 예를 올렸다. 나는 터져 나오는 눈물을 어쩔 수 없어 마음껏 울었
다. 그날 저녁부터는 밥도 먹고 이성을 되찾았다. 이튿날 아침 나는 부
모님께 하직 인사를 하고 누나와 매형에게 부모님 잘 부탁한다고 한 다
음 수희에게

―수희야, 너 이 큰오빠 믿지? 너는 아무 생각 말고 공부만 열심히 해
알았지? 대학은 서울로 보내줄 테니까 작은 오빠 몫까지 네가 다 공부
해야 한다. 무슨 급한 일 있으면 바로 이 오빠한테 연락하고 알았지?

―알았어. 오빠, 다음에도 근사한 옷 입고 근사한 모자 쓰고 와야 해.

나는 가족들 앞에 애써 평정심을 찾는 모습을 보여드리고 육사에 돌
아왔다. 돌아오긴 했으나 지난날처럼 훈련에도 공부에도 집중이 안 되
고, 자꾸만 의욕이 떨어졌다. 입맛도 없고, 잠도 잘 오지 않아 밤에는 뒤
척이기 일쑤였다. 한방을 쓰는 장기환이 무슨 낌새를 차렸는지

―이수혁, 너 이번에 휴가 갔다 와서 좀 이상해진 것 같아. 무슨 일 있
었어?

―응? 아니야. 너무 많이 쉬었더니 군기가 빠졌나 봐.

나는 누구한테도 이 엄청난 비극을 입에 올리고 싶지 않았다. 잠깐씩
이라도 쉬는 시간이나 잠자리에 누우면 영락없이 수철이 생각이 났다.
생각할수록 원통하고 분해서 미쳐버릴 것만 같았다. 평소에도 많이 웃
는 편이 아니었지만, 이후로 나는 웃음을 잃은 사람이 되어갔다. 성적도
뚝뚝 떨어지기 시작했다.

나는 '가난'이라는 적 앞에서 어찌할 바를 몰랐다. 육사 생도의 몸으

로 가난은 물리칠 수 없는 태산 같은 적이었다. 말하자면 나는 맨 손이고 가난은 탱크였다.

빨리 평상심을 찾는 것이 급선무라는 것을 머리로는 알겠으나 가슴은 따라주지 않았다. 자꾸만 비관적인 생각이 들고, 머릿속은 안개가 자욱하여 휘청거렸다. 몸은 그나마 단체로 움직이니까 도움이 되었다. 시간이 되면 자리에서 일어나야 하고, 훈련을 받아야 하고, 밥을 먹어야 하고 공부를 해야 했으니까. 그러나 머릿속은 자꾸만 엉클어졌으니 성적도 떨어지고 내무반 검열이나 훈련 중에 지적당하는 일이 잦아졌다.

다시 1년 뒤 겨울방학에 안계 집에 왔는데, 어머니가 안 보였다.

─어무이는?

하고 물었더니 수희가

─응 오빠, 엄마는 장독대에 있어.

라고 하여 나는 방으로 들어가지 않고 장독대 쪽으로 갔다.

'어무이요' 하고 막 부르려는데, 어머니는 두 손을 합장하고 절을 하고 있었다. 가만가만 가서 자세히 보니 장독대 옆 소나무 밑에 상을 놓고 그 위에 물을 떠놓고 상 앞에는 돗자리를 깔아놓고 두 손을 모아 절을 하고 계셨다. 가만히 들어보니

─천지신명이시여, 부처님이시여, 조상님들이시여! 이제 하나 남은 우리 아들 이수혁이가 오래오래 살고 성공하게 해주십시오. 저는 아들을 넷이나 낳았으나 다 죽고 이 아들 하나 남았사오니 부디 굽어살피시어 건강하게 해주시옵고, 성공하게 해주십시오. 비나이다. 비나이다. 천지신명께 비나이다. 부처님께도 빌고 조상님께도 비나이다. 우리 이수혁을 굽어살펴주옵소서. 그 아이가 장차 이 나라에 큰일을 하는 사람이 되게 해주시옵소서.

이렇게 빌면서 절을 수십 번을 하고는 자리에 털썩 주저앉았다. 나는 어머니를 뒤에서 감싸 안았다.

-어무이요, 저 왔어요. 어무이가 이렇게 기도하시니 저는 틀림없이 잘 될 거예요. 감사해요. 이 추위에 감기 드시겠어요. 어서 들어가세요.

-오냐. 왔나. 우리 수혁이 어디 얼굴 좀 보자. 많이 수척해졌구나. 이제는 모든 거 다 잊고 니 갈 길을 씩씩하게 걸어가야 한대이. 에미가 살고 있는 이유가 바로 너라는 걸 알제?

-그럼 알지요. 이제 정신 차릴게요. 제가 수철이 몫까지 다 살게요. 인제 그만 들어가 좀 쉬세요.

-그래, 어서 들어가자. 춥다.

나는 상을 들어 부엌에 갖다 놓고, 어머니와 함께 방 안으로 들어가서 아버지, 어머니를 나란히 앉혀 놓고 큰절을 했다.

-아부지, 어무이 절 받으시소. 그동안 평안하셨어요? 자주 연락도 못 드리고 인제 와서 죄송해요. 방학 때도 훈련을 받기 때문에 휴가 나오기가 쉽지 않아요.

-그래. 그런 건 걱정 안 해도 된다. 그냥 이렇게 건강히 살아있기만 하면 돼. 부디 마음 잘 추슬러서 학교생활 잘해 주면 우리는 더 이상 바랄 게 없다. 부디 집 걱정은 말고 너만 건강하면 된대이.

어느새 어머니의 눈가에 이슬이 맺혔다. 나도 눈시울이 뜨거워졌으나 애써 밝은 표정을 짓고

-걱정 마세요. 저도 건강히 잘 있다 왔고, 학교생활도 씩씩하게 잘 하고 있어요.

-수희야, 너도 학교에 잘 다니고 있지?

-응, 오빠.

온 가족이 너무나 반가워하면서 일 년 전보다 분위기가 한결 밝아져 있었다. 이제 2년만 있으면 내가 육사를 졸업한다며 새로운 희망과 기대에 차 있었다.

역시 시간이 약이었다. 수철이 떠난 지 1년 이상 지나니까 가족들도 어느 정도 마음을 진정하고 나름대로 일상으로 돌아가 있었다. 1년 사이에 뒤떨어진 건 나밖에 없다는 걸 깨닫고 다음 학기엔 반드시 명예 회복을 하리라 마음을 굳게 먹게 되었다. '어머니를 위해서도 내가 정신 차려야지.'

육사로 돌아갈 시간이 되어 나는 부모님과 누님에게 인사하고 수희한테도 공부 잘하라 당부하고 기차역을 향해 걸으면서도 연신 뒤를 돌아보니 온 가족이 계속 손을 흔들고 서 있었다. 코끝이 찡했다. 눈가도 촉촉해졌다. 청량리행 열차를 타고 가면서 차창을 내다보니 아직도 잔설이 남아 있는 황량한 들판이며 가로수지만 오늘따라 더 다정하고 평화롭게 다가왔다. 기차가 한참을 달린 다음에야 내가 집을 떠나올 때 엄마가 호주머니 속에 무언가를 넣었던 기억이 나서 꺼내 보았더니 꼬깃꼬깃한 봉투가 나왔다. 봉투 속에 든 걸 꺼내 보니 돈과 편지였다. 편지를 보니 다음과 같이 쓰여 있었다.

수혁이 보아라
너에게 에미가 아무런 도움을 못 줘 미안하대이.
그래도 씩씩한 너의 모습을 보면서 에미는 세상 사는 낙과 보람을 느낀다.
이건 아주 조금이지만 친구들과 자장면이라도 한번 사 먹어라.
집 걱정은 말고, 부디 몸조심하고, 다음 휴가 때 또 보자.
이 세상에서 제일 잘난 아들을 둔 에미가

뭉클했다. 봉투에서 나온 돈은 150원으로 자장면 열 그릇 값이었다. 이건 우리 엄마에게 있어 얼마나 큰 돈인지 아는 나는 감사하다 못해 오히려 원망스러웠다. '이렇게 안 하시면 더 좋을 텐데….'

아버지가 평생 직장이란 걸 못 가져보셨으니 엄마가 구멍가게를 해서 겨우 생계를 유지하는 터에 이런 봉투를 주시다니…. 가슴이 에이는 듯했다. '어무이요, 조금만 기다리세요. 제가 졸업하면 제대로 효도할게요. 고맙습니다. 어무이가 제 어무이라서 너무나 감사합니다.'

이후 마음이 흔들릴 때마다 매일 같이 정화수 떠 놓고 천지신명께 기도하는 어머니를 생각하고, 마음을 다잡아 먹었다. 4학년이 되니 대대장으로서 후배들을 훈련시키게 되어 나도 다시 내 자리를 찾아 성적도 다시 상위권에 들 수 있게 되었다.

나는 육사를 졸업하고 5년 후 착하고 지혜로운 아내 만나 결혼하고 삼 남매를 얻고, 군대에서도 승승장구하여 별도 두 개나 따고 전역한 뒤 그런대로 안락한 생활을 하고 있다.

─여보, 나도 이번 일요일부터 성당에 나갈까?

아내에게 말하니 반색을 하면서도 한마디 했다.

─웬일이세요? 내가 그렇게 졸라도 꿈쩍 않더니….

─나도 이제 늙긴 늙었나 봐. 죽기 전에 죄도 반성하고, 우리 가족을 위해 기도라도 드려야지.

─이유가 뭐든 성당에 나가겠다니 대환영이에요. 당신하고 함께 성당 다니는 게 소원이었는데, 이제 소원성취했네요. 잘 생각했어요. 고마워요, 여보.

아내는 상기된 얼굴로 말했다. 이렇게 하여 우리 부부는 성당에도 열심히 다니게 되었고, 아이들도 모두 건재해서 참으로 행복한 노후를 맞이했다고 생각하고 있었는데, 이 무슨 청천벽력 같은 소식인가?

준성의 급사 소식을 듣고 얼마 동안 대성통곡을 하고 나니 비몽사몽간에 선명한 한 장면이 눈앞에 나타났다.

어느 눈이 수북이 온 주말이었다. 나는 그 무렵 여러 가지 일로 밤 12가 넘어서 귀가를 하던 시절이었는데, 주말이 되면 피로가 몰려와서 아침 늦게 일어나곤 했다. 그날도 밤새 눈 온 것도 모르고 잠만 자고 있었다. 아침 8시가 지나서 일어났더니 아내의 눈빛이 냉랭했다. 나는 모르는 척하고 평소처럼 세수를 하고 거실로 나왔다.

아내 말로는 옆집에서 모두 나와 눈을 치우는데 우리만 안 치우면 욕을 먹을 것 같아 삼부자를 깨웠는데, 둘째 아이만 일어나서 엄마와 함께 눈을 치웠다는 것이다. 아내가 '아버지와 형이 있는데, 어린 네가 어떻게 눈을 쓸려고 하느냐? 아빠와 형을 깨우고 너는 들어가서 더 자라'고 해도 '아니요, 그럴 필요 없어요. 아버지와 형은 그대로 두세요. 제가 아빠 형 몫을 다 할 테니 엄마는 들어가서 아침 준비나 하세요.' 하더란다. 아내는 한편으로 준성이 대견하지만, 한편으로는 몹시 안쓰러웠다며 나를 원망하는 것이었다. 그때가 둘째의 나이 10살 때였다.

내 동생도 나보다 더 성격이 좋고 마음씨가 따뜻하여 가족과 친지 사이에서 신망이 두터웠고 특히 어머니가 좋아하셨던 아이가 그렇게 허망하게 갔었는데, 내 둘째 아들이 또 그렇게 가고 나니 난 정말 정신을 차릴 수 없었다.

우리 집안에 2대에 걸쳐 차남이 죽으니 '우리 집에 차남 징크스가 있는 것인가?' 하느님, 사랑의 하느님이 어찌 이리도 무정하고 무자비하신가요? 도대체 저희들이 무슨 죄가 있다고 이런 형벌을 주십니까? 준성이 같이 착한 아이가 무슨 죄가 있다고 이리도 일찍 데려가십니까? 착하고 유능한 아이라서 옆에 두고 쓰시려고 그러셨습니까? 정말 너무도 야속합니다. 저에게 죄가 있다면 저만 데려가시고 저의 자식과 손주들에겐 복을 내려 주셔야지요. 오! 하느님, 더 이상의 형벌은 안 됩니다. 제발 저희를 돌보소서.

푸른 영혼

궁리 끝에 나는 아이들 돌반지를 팔아 길거리 호떡 장사를 시작했다. 호떡이 제법 잘 팔려 기분이 좋았으나, 가끔씩 경찰들의 단속이 있으면 피해 다녀야 하는 것이 고달팠다. 그래도 이것이 가장 손쉬운 장사라 2년간 계속했다. 이렇게라도 하니 가족들 식량은 살 수가 있었다. 그럭저럭 큰아들 선재를 학교에 보내야 하는 때가 되었다. 옷 한 벌, 운동화와 가방, 학용품 등을 남대문시장에서 샀다. 선재는 새 옷과 새 신발, 새 가방을 메고 신나게 학교에 다니며 일일이 숙제를 봐주지 않아도 혼자서 잘했고, 꼭 엄마의 도움이 필요할 때만 도움을 청했다.

아무래도 호떡 장사는 수입에 한계가 있었다.

둘째인 선희가 학교에 입학하고는 2년간 하던 호떡 장사를 접고 보험회사 영업사원으로 취직하여 조금 더 안정적으로 살 수 있게 됐다. 보험 영업이 그리 호락호락한 건 아니었으나, 워낙 열심히 하니 그만큼 성과가 있었다. 보험회사 영업 사원은 실적만큼 월급을 받으므로 난 있는 힘을 다해 노력했다. 나는 보험을 팔기 위해 미장원, 목욕탕, 식당, 카페를 다니며 중년 여성들에게 접근하여 보험을 많이 팔았다. 특히 목욕탕에서는 손님들에게 때를 밀어주면서 성사되는 경우도 많았다. 설명만 잘하면 웬만하면 보험에 들었다. 그러나 이런 식의 영업에는 한계가 있었다. 나중에 터득한 것은 여자들 모임을 알아내는 게 가장 좋다는 것이었다. 회장단을 미리 방문하여 보험의 성격과 혜택을 얘기하고 회장단에게 첫 달의 불입금을 대납해주는 조건을 내걸면 회의 뒤 보험을 홍보할 기회를 주었다. 먼저 홍보물을 나누어 주고 설명과 홍보를 잘하면 몇십 명, 많게는 몇백 명이 한꺼번에 보험을 들기도 하였다. 이러니 일 년에 한두 번은 보험왕에 뽑혀 보너스도 두둑이 받았다. 어쩌다 남자들 모임을 소개받아 보험을 권유한 적도 있으나, 남자들은 생각보다 더 보수적이었고, 짓궂은 사람도 있고 엉뚱한 마음을 먹는 사람도 있어 되도록 남자는 피하고 최대한 여성 고객을 상대했다.

단골들은 또 다른 가족의 보험을 들거나 친구들을 소개해주기도 하고 친척을 소개해주기도 하였다. 물론 돈만 날리고 아무런 성과가 없을 때도 있었지만, 대부분 노력하는 만큼 성과가 있었다. 막상 보험에 들고 난 고객들은 매우 뿌듯해하고 든든해하였다. 생명보험, 화재 보험, 암보험, 자동차보험 등 보험은 종류도 많다. 초기에는 교육보험이 많았으나 최근으로 올수록 교육보험은 적어지고 생명보험이나 자동차보험 등을 많이 든다.

나는 아들 선재의 학업에 특별한 관심을 기울였다. 일단 맏아들만 대학에 잘 들어가면 둘째는 훨씬 수월할 것 같았다. 선재가 원하는 대로 과외나 학원 등 모든 뒷받침을 했다. 워낙 명석한데다 학구적이어서 기대를 많이 하게 되었다. 친가가 대대로 두뇌가 명석하여 4촌, 5촌, 6촌들도 대부분 S대학에 다녔고 전문직이 많았다. 선재의 아빠 즉 나의 남편도 공부를 잘 했으나 홀어머니에 동생이 셋이나 되니 등록금 적은 해양대학을 가야 했다.

오랜만에 집에서 커피를 마시며 잠시 쉬고 있는데, 꿈인 듯 생신 듯 어렴풋이 40여 년 전의 일이 떠올랐다. 우리 가족이 대구에 살던 때였다. 내 나이 18살이었다.

–오늘 우리 식구 낚시 가자.

아버지는 낚시대를 여섯 개나 준비하고 미끼도 다 준비하여 우리 보고 낚시를 가자고 하셨다. 당시 아버지는 택시 사업을 하고 어머니는 가게를 하고 있었다. 어느 일요일 아버지가 운영하는 택시 중에서 제일 큰 차를 운전하면서 여섯 식구를 태워 포항으로 갔다. 거기서 바다도 보고 대게를 먹었는데, 게 맛이 그렇게 좋을 수가 없었다. 생각보다 값이 비쌌지만 아버지는 게의치 않고 박달대게를 한 사람당 한 마리씩 먹게 해주셨다. 1kg나 되는 대게를 혼자 다 먹자니 배가 불렀지만 워낙 맛있으니까 다들 잘 먹었다. 나중에 비빔밥도 맛있어서 다 먹었다. 그리고는 온식구가 낚시를 갔다. 2,30분 지나자 아버지와 오빠는 크고 작은 물고기 한두 마리씩 잡았으나, 난 한 마리도 못 잡고 있었다. 낚싯대를 물에 담궈놓고 물고기들이 입질하는 것을 기다리는 과정이 지루하고 답답하기 짝이 없었다.

난생처음 하는 낚시질이라 더욱 그랬을 것이다. 한 시간쯤 지났을까 드디어 내 손에 신호가 왔다, 무언가 묵직한 것이 낚싯대에 걸린 걸 알았다. 아마 이런 순간의 짜릿함을 맛보기 위해 모두 낚시를 하는 모양이었다. 나도 모르게 '야호' 소리를 질렀다. 가족들이 일제히 나를 돌아보았다. 나는 조심조심 낚싯대를 들어 올렸다. 들어 올릴수록 무거워져서 매우 큰 고기가 잡혔다고 쾌재를 불렀다. 나혼자서는 힘들어 동생 정태를 불러 둘이서 낚싯대를 겨우 잡아 올렸는데 다 올리고 보니 죽은 까마귀였다. 허탈하고 기분이 몹시 나빴다. 처음 하는 낚시에 죽은 까마귀가 걸려들다니…. 다시는 낚시를 하고 싶지 않았다.

가족들 낚시하는 거 보며 쉬고 있는데, 정태가 와서는 다시 낚싯대를 물에 드리우고 기어코 낚싯대를 다시 잡으라고 했다. 할 수 없이 낚싯대를 잡고 있다가 설핏 잠이 들었다. 비몽사몽간에 꿩 한 마리가 내 앞에서 날갯짓을 하더니 물속으로 들어가 다시 나오지 않았다. 나는 손을 뻗어 꿩을 잡으려고 안간힘을 쓰다가 잠이 깼다. 깨고 보니 낚싯대를 잡고 있었다.

'도대체 이게 무슨 꿈일까?' 매우 언짢은 생각이 머리에 가득해졌다. 일생동안 처음이자 마지막으로 해본 낚시에서 불길한 일만 연거푸 당하니 다시는 하고 싶지 않았다.

이맘때를 생각하다 보니 그이가 갑자기 더 생각이 나고 종래는 나를 40년 전 그와의 첫 만남의 순간으로 인도했다. 내가 고등학교 3학년 때였다. 8·15를 맞이하여 상주 관내의 초중고 학생들이 상주고등학교에 모여 기념식을 하고 초등학교 학생들은 집으로 돌려보내고 중고등학생들은 시가행진을 하였다. 유사시에 대비해 훈련 겸 동원 태세를 점검하기 위한 것이었을 터이다. 상주여고에서는 내가 대대장으로서 여학생들의 행진을 지휘하였고, 상주고등학교에서는 대대장인 강진구가 지휘를 하였다. 물론 전체적인 지휘 감독은 상주고등학교 학생주임과 상주여고 학생주임이 하였다.

이 행진이 끝나고 학생주임 선생님들과 학생 간부들은 다시 모여 행진에 대한 평가회를 가졌다. 행진 속도가 빨랐다 느렸다 한다거나, 행진하는 학생들의 기강이 해이해서 행진하면서 줄을 잘 안 맞추고, 행진 중에 장난치는 학생도 있었다거나, 구령소리가 너무 작았다거나 하는 점 등이 지적되었다. 따라서 다음번 행진 때는 행진 시작 전에 학생들의 정신무장을 위한 일련의 조치가 필요하다는 데 모두 뜻을 같이하였다. 출발 전 각 학교별로 학생들에게 충분한 주의를 환기시키기로 하였다.

회의 중간에 잠시 휴식 시간을 가졌는데, 이때 강진구가 남이 안 볼 때 나에게 쪽지를 건넸다. 나는 남이 볼세라 쪽지를 얼른 가방 안에 넣고 나중에 혼자 있을 때 꺼내 보았다. 내용은 조만간 한번 만나자는 것이었다. 그러자고 답을 하려고 해도 이미 다 흩어졌기 때문에 진구에게 회신을 할 방법이 없었다. 속으로 아쉬워하면서 집에 돌아왔다. 이튿날 학교에 갔다가 하교하는데, 저만치 진구가 서 있었다. 나는 누가 볼세라 주위를 살피며 진구 쪽으로 다가갔다. 여학생과 남학생이 자유롭게 만날 수 있는 장소는 그 어디에도 없었다. 진구가 논둑을 걸으면 어떻겠냐고 손짓을 해서 나는 빠르게 논둑 쪽으로 걸음을 옮겼다. 우리는 결국 논둑을 걸으며 떨리는 가슴으로 대화를 했다. 피차 남자와 여자로 처음 느껴보는 수줍은 감정으로 처음에는 의미없는 대화만 하다가 대화가 한창 무르익게 되니까 진구가 고백을 했다.

—너 처음 보았을 때 공연히 가슴이 뛰었어.

—…

—꼭 한번은 만나야 할 것 같았어. 너의 마음을 알고 싶었거든. 우리가 지금 이럴 때가 아니지만, 막상 대학에 들어간 후는 상황이 어떻게 될지 모르니까 함께 상주에 있을 때 한번 만나고 싶었어. 너도 나와 같은 마음이면 좋겠다.

—네가 이렇게 말해주니 고맙다. 나도 너의 생각과 다르지 않아. 하지만 지금은 입시를 앞두고 있으니 우리 최대한 열심히 공부해서 같은

대학에 가자. 그땐 마음 놓고 만날 수 있지 않을까? 오늘은 이 정도로 서로의 마음을 나눈 것으로 하고, 일단 열심히 공부하여 좋은 대학 가자.

　─알았어. 네 말이 맞아. 우리 열심히 공부해서 좋은 대학 가자. 고마워.

　─응, 그럼 잘 가. 너의 성공을 빈다. 파이팅!

　─나도 너의 성공을 응원할게, 그때 우리 다시 반갑게 만나자. 파이팅!

　우리 두 사람은 분홍빛 가슴을 안고 각기 집으로 돌아와 평소보다 더 열심히 공부했다.

　그러나 이 아름다운 약속은 지켜지지 않았다. 몇 달 후 진구의 아버지가 교통사고로 돌아가시고, 진구는 등록금이 적고 졸업 후가 보장되는 해양대학을 가고, 우리 집도 가세가 급격하게 기울어 나는 대학을 갈 수 없는 상황에 이르렀다. 결국 나는 고등학교 졸업 후 은행에 취직을 해야 했다. 하늘은 우리 두 사람의 인연을 소중히 여겼는지 다시 만나게 해주었다.

　내가 여고를 졸업하고 부산의 C은행 부산진구 지점에 발령받아 창구일을 하던 어느 날이었다. 어떤 고객이 통장과 현금 한 뭉치를 내밀며 저금을 해달라고 하였다. 나는 그 고객의 얼굴을 쳐다보지 않고 입금을 하고 통장을 넘겨주었는데, 그 고객이 인사를 했다.

　─고맙습니다. 정순씨!

　나는 깜짝 놀라 그 고객을 쳐다보니 핸섬한 청년인데 얼굴이 익었으나, 금방 누군지는 생각나지 않았다. 고개를 갸우뚱하니 그 청년이 다시 말했다.

─벌써 나를 잊었어? 나 강진구야. 설마 이름까지 까먹은 건 아니지?

─어머나, 진구야. 반가워. 그리고 금방 못 알아봐서 미안. 이렇게 다시 만나다니…

─이제야 알아보는구나. 나 많이 변했지?

─완전 신사가 됐네.

─우리 이따 퇴근하고 만날 수 있을까?

─좋은데, 6시 반이 넘어야 퇴근할 수 있어.

─그럼, 7시에 은행 건너편 '가희다방'으로 와.

─알았어. 그럼 이따 보자.

이렇게 시작된 우리의 재회는 2년 동안의 뜨거운 연애로 이어졌고, 결국 결혼으로 마무리됐다. 우리의 나이가 26살 때였다. 상주에서 고등학교를 나온 우리가 어떻게 부산에서 다시 만나게 되었는지 지금 생각해도 참으로 신기했다. 나는 넓은 도시에서 취직하기 위해 외가가 있는 부산으로 갔고, 진구는 해양대학을 가기 위해 부산을 갔으니 인연도 정말 보통 인연은 아닌 것 같았다. 진구는 성실하고 온순하고 사리가 분명한 사람이었다. 나의 친정식구한테도 정을 많이 준 좋은 사람이었고, 아이들에게도 따뜻한 아버지여서 부부싸움을 할 일이 없었다.

해양대학을 졸업하고 일 년 중 반 이상은 원양어선을 타는 생활을 하니 결혼을 하고도 부부가 만나지 못하는 시간이 많아 늘 애틋한 마음을 가지고 있었고, 항상 그의 안전을 위해 기도하는 삶을 살았다. 그이도 본사에서 일하느라 집에 있는 시간에는 되도록 가족들에게 잘하려고 노력했으므로 아이들도 아빠를 무척이나 좋아하고 따랐다.

─여보, 우리가 이렇게 자주 만났다가 헤어졌다 하는 생활을 하니 당신에게 많이 미안해요. 배를 타야만 제대로 된 월급도 가져올 수 있으니

어쩔 수가 없네요.

　―힘든 것으로 치면 당신이 나보다 훨씬 더할 거잖아요? 배를 타고 풍랑과 싸우며 그 막막한 바다를 끝도 없이 가야 하니 얼마나 힘들겠어요? 잠시 육지에 내려서도 타향이니 어려움이 많을 것 같고요.

　―그렇게 말해주니 고마워요, 당신은 천사요, 천사. 당신이 있어 내가 몇 달이고 집을 비우면서도 큰 걱정 않고 일을 할 수가 있어요. 배를 타는 건 물론 고달프고 외롭지만 매우 낭만적이기도 하답니다. 끝없는 수평선을 가다 보면 때로는 멋있게 느껴지기도 하거든요. 가족과 함께 여행가는 것이라면 얼마나 좋을까? 생각하면서 눈시울을 적시기도 하지만.

　―그런 건 몰랐네요. 정말 그러고 보니 우리 가족은 외국 여행은 고사하고 국내 여행도 한 번 못 했어요. 다음번 당신이 국내에 있을 때 휴가 얻어서 우리 가족 여행 한 번 가요. 아이들도 너무나 좋아할 거예요.

　―그럽시다. 내가 그 생각을 미처 못 했네. 그저 집에서 가족들과 함께 있는 것만 좋게 생각했지, 여행갈 생각을 못 했네요. 이제 아이들도 손잡고 걸을 만하니 여행을 할 수 있겠어요. 올해 안으로 내가 주선할게요.

　―고마워요. 당신은 쉬고 싶을 텐데 내가 무리한 요구를 한 게 아닌지 모르겠네요.

　―천만에, 내가 미처 생각 못 한 걸 당신이 일깨워 주어서 고맙지. 나도 가족과 함께 여행가는 거 너무나 기다리던 일이에요.

　나중에 보니 이때가 내 인생에서 화양연화花樣年華였다.

　나의 남편 강진구도 공부를 잘했으나 아버지를 여의고 홀어머니와 살았는데, 아래로 동생이 세 명이나 있으니 자기가 일찍 취업을 해야 하는 상황이었다. 결국 등록금도 적고, 졸업하여 선장이 되면 보수도 많은 해양대학을 들어갔던 것이다. 특히 바다를 좋아해서 바다를 항해하는 직업이 마음에 들어 해양대학을 나오고 결국 원양어선이나 화물선의 선장이 되어 몇 달씩 바다에서 생활하게 되었다. 몇 달 만에 집에 돌아와 가족을 만나니 가족은 언제나 그리움의 대상이었다. 나와 남편은 계속 연애하는 기분이었다. 몇 달간 못 만나다 다시 만나고, 만나면 다시 헤어지고 하니 늘 새롭고 애틋한 정이 두 사람을 결속시켜주었다.

결혼 8년 만에 청천벽력같은 일이 일어났다. '어찌 이런 일이….' 남편이 어느 날 직장에 나가서 다시 돌아오지 않았다. 생사도 알 수 없고, 어떤 경로로 어떤 이유로 실종이 되었는지 도무지 앞뒤를 알 수 없었다. 남에게 원한을 산 일도 없고, 위험한 일을 하는 사람도 아니고, 아무 연락 없이 혼자서 여행 다닐 사람도 아니고, 무슨 나쁜 짓을 하여 경찰에 잡혀갈 사람은 더더욱 아니니 도무지 조그만 단서라도 잡을 수가 없었다. 회사에 가 보았으나 정상적으로 퇴근했다는 말만 돌아왔다.

나는 낚시할 때 죽은 까마귀와 물속으로 들어간 꿩을 생각해 냈다. 어쩌면 나의 앞날을 예시하는 것이었는지도 몰랐다. 남편 강진구가 갑자기 하늘로 솟았는지 땅으로 꺼졌는지 종적이 묘연하니 앞이 캄캄했다. 세상에 어찌 이런 일이…. 그야말로 청천벽력이었다. 아직 30대 초반인 남편이 행방불명이라니…. 차라리 죽고 없다면 처음 2,3년은 힘들겠지만 시간이 지나면 그래도 추억을 반추하며 살 수 있을 것 같은데, 실종이라니 사람이 미치기 딱 좋은 비극이고 불행이었다. 아이들한테도 할 말이 없고, 시댁 보기에도 민망하고 친정보기에도 민망했다. 나의 슬픔보다 양가 집안 어른들 보기가 더 괴로웠다. 특히 시댁은 나에게 무슨 문제가 있는 걸로 오해를 해서 억울하고 괴롭기 이를 데 없었다. 부부싸움 한번 한 적이 없는데, 난데없이 남편이 사라지니 별별 억측들을 다 했다. 나 역시도 별별 상상을 다 했다. 처음 1년간은 추우나 더우나 남편 찾는 일에 전력을 다했다. 그를 찾기 위해 할 수 있는 일은 다 했다. 신문에도 내보고, TV 광고, 라디오 광고도 해보고, 전국을 돌며 전단지도 뿌려보고, 사방에 광고도 붙이고 연락처를 남겼다. 전국의 경찰에 실종신고를 해놓았지만 도무지 감감무소식이었다. 몇 번 엉뚱한 전화만 오고 끝내 성과가 없었다.

아이들 둘이 아직 세 살, 다섯 살 때라 어디든 데리고 다녀야 했다. 일 년간 그러고 났더니 집에 먹을 게 아무것도 없고 돈 한 푼도 남아 있지 않았다. 이 상태로는 아이들을 먹여 키울 수가 없었다. 할 수 없이 식당에 취직을 했으나 세 식구가 겨우 밥만 얻어먹고 수중에 돈은 들어오지 않았다. 집을 팔고 전세로 가면 돈이 좀 생기겠지만, 그이가 돌아올 수도 있으니 이사를 할 수는 없었다.

하도 답답하여 하루는 유명하다는 무속인을 찾았다. 남편과 나의 사주를 주자 그는 책도 보고 손도 꼽아보더니

ㅡ생이별 수가 있는데, 지금 같이 살고 있나요?

하는 게 아닌가? 난 참으로 신통하다고 생각하면서

ㅡ맞아요. 남편이 행방불명됐어요. 찾을 길이 없을까요?

무속인은 다시 책도 보고 손도 꼽아보고, 눈을 지긋이 감고 생각을 하더니

ㅡ쉽지 않겠는데요. 두 분의 궁합이 완전 상극이네요. 이 정도 상극인데 결혼을 하다니요? 어디 좀 물어보고 결혼을 하시지, 쯧쯧.

ㅡ어떤 방법도 없나요? 이미 8년 동안 떨어져 살았으니 지금쯤은 회복되는 운이 없어요?

-두 분의 재회는 어렵겠지만, 자녀 운은 좋네요. 자녀들은 다 잘 되 겠어요. 그래서 노후는 편안하시겠어요.

'아, 그이가 이렇게 된 것이 우리의 나쁜 궁합 때문이라니…. 하느님 을 믿는 내가 답답하다고 눈잎에 보이는 무속인의 얘기를 듣다니….

그이가 어이없게 사라져 무소식이니 나혼자 아이들을 키우며 아빠의 빈자리를 메워야 했다. 경제적으로나 시간적으로나 신체적으로 참으로 어기찼으나 최대한 몸을 던져 아이들을 제대로 키우기 위해 안간힘을 다했다. 아이들이 잠이 들면 소나기가 쏟아지듯이 나는 눈물을 쏟아 내 곤 했다. 이 무렵에는 아이들도 갑자기 아빠가 안 보이니 아빠가 왜 안 오냐고 자꾸 물어보나 시원한 대답을 못 들으니 시무룩해지고, 잘 놀지 도 못하고 뭔가 모르게 기가 죽어 있었다.

그이의 실종 5년이 되었을 때 나는 이래서는 안 되겠다 싶어 아침이 되면 되도록 밝은 표정을 지으려고 노력했다. 이런 엄마 모습을 보고 학 교에 가야 아이들이 정상적으로 공부를 할 것이었다. 침체된 집안 분위 기를 밝은 분위기로 바꾸기 위해 집에 피아노도 들여놓아 아이들이 배 우게 하고, 아들에게는 태권도를, 딸에게는 발레를 가르쳤다. 집안 분위 기가 밝고 활기차게 되어야 아이들이 학교에서 기가 죽지 않을 것이었 다. 아비 없는 아이들이라고 얕보일세라 옷도 되도록 잘 입히고 도시락 도 잘 싸주었는데, 공부도 열심히 하여 성적도 좋고 리더십도 있어 반장 을 하니 아무도 내 아이들을 얕보는 사람은 없었다. 아이들이 워낙 어릴 때 아빠를 잃었기 때문에 시간이 지나면서 아빠를 잊고 활기찬 생활을 해주었다.

고맙게도 아이들이 모두 기대에 어긋나지 않게 공부를 썩 잘해 주어 서 큰 위로가 되고 힘이 되고 열심히 사는 보람을 느끼게 해주었다. 특히 아들 선재가 S의대에 합격하니 주위에서 많은 축하를 해주었다.

─축하한다. 우리 아들! 고맙고도 고맙다. 대단하다, 우리 강선재.

─모두 엄마의 공이예요. 감사할 사람은 저예요. 어머니 그동안 수고 많으셨어요. 정말 감사해요. 이제 몇 년만 기다리시면 제가 엄마를 편히 모실게요.

─말만 들어도 가슴이 벅차오는구나. 고맙다.

나는 참고 참았던 눈물이 터져나왔다. 그야말로 기쁨과 감격의 눈물이었다. 이 눈물이 15년간의 그 엄청난 혼란과 혼돈 속에서 온몸을 던져 일한 보람의 눈물이었다. 시댁 보기에도 떳떳하고, 남편한테도 떳떳하고 나자신에게도 떳떳했다. 남편의 부재 속에서도 흔들리지 않고 열심히 공부해준 아들 선재가 참으로 대견하고 자랑스러웠다. 선재의 성취는 우리집에 정서적으로도 안정을 갖다주었다. 그로부터 6년 후 의대를 졸업하고 성적이 좋아 모교에서 인턴, 레지던트 과정을 마치고 정형외과 의사가 되니 나의 기쁨은 이루 형언할 수 없었다. 2년 후배 여의사와 연애하여 결혼까지 하였다. 두 사람이 모두 의사이니 은행에서 대출을 받아 금방 아파트도 사고 2년 후 아들도 얻었으니 이제 더 이상 바랄게 없다. 모든 것이 그저 감사할 따름이다. 그동안 성당에 다니며 기도한 덕분인지 하여튼 하느님의 특별한 축복이 내려진 건 틀림없는 사실이었다. 딸 선영도 좋은 대학 나와 행정고시 합격하여 사무관으로 일하고 있고, 선배 공무원과 결혼까지 했으니 고맙고도 고맙다. 아버지 없이 키워도 자식 농사는 그럭저럭 잘 된 셈이다. 모든 것을 허락해주신 하느님께 감사할 뿐이다.

남편이 실종된 이후 이사도 못 가고 대문도 못 잠그고 살았다. 잠도 깊이 들지 않았다. 잠자리에 들면 자꾸만 구둣발 소리가 들리는 것 같고

'여보, 나 왔어요' 하는 소리가 들리는 것 같았다. 죽은 걸 확인 못 했으니 제사를 지낼 수도 없고, 단지 성당에서 연미사를 보는 것 외에는 할 수 있는 일이 없었다. 매일 묵주기도를 수없이 하고 한 주일에 세 번씩 성당에 나가 새벽미사도 드리지만 아무런 보람이 없었다. '주님, 어찌 이럴 수 있습니까? 저에게 왜 이런 고통을 주십니까? 만일 그이가 죽었다면 시신이라도 찾고 싶습니다.'

이 세상의 고통 중 가족 실종의 고통보다 더 큰 것이 있을까? 내가 무슨 죄가 있어 이런 형벌을 받아야 하는지 참으로 하늘이 야속하였다. 매일 씻을 수 없는 고통과 혼란을 겪고, 삶의 즐거움이라는 건 아예 가질 수 없는 원초적인 불행을 안고 사니 도대체 이게 무슨 일이란 말인가? 살아도 사는 게 아니다. '부디 저희 가족에게 은혜를 베푸소서. 제발 그이의 생사라도 알게 해주소서.'

시간만 나면 하루에도 수없이 화살기도도 드리지만, 아주 조그만 단서도 찾을 수 없으니 온몸에 진땀이 나고, 때론 경련도 일어난다. 너무나 괴로울 때면 나도 어디론가 달아나고도 싶고 죽고 싶기도 하였다. 그나마 나를 지금까지 버티게 해준 것은 아이들의 존재였다. 남매를 둔 어미로서 난 도망칠 권리도 죽을 권리도 없었다. 아이들을 탈 없이 길러내야 하고, 교육시켜야 하고 결혼까지 시켜야 비로소 내 소임을 다했다고 할 것이었다. 정신없이 살아낸 일생이었다. 아들딸이 모두 대학 졸업하고 취직하고 결혼도 하니 나는 비로소 자유를 얻었다.

남편이 실종되고 딱 30년이 되었을 때 나는 이제 마음에서 남편을 지우기로 결심하였다. 처음부터 없었던 사람처럼 생각하기로 한 것이다. 물론 이렇게 해봐야 다시 생각날 것은 분명하지만, 일단 일상생활에서 그를 잊을 수 있는 일을 최대한 많이 하기로 작정하였다. 우선 수영도 배우고 노래교실에도 다녔다. 적어도 이렇게 하는 시간에는 남편을 잊을 수 있었다.

지금쯤 기적이 일어나서 남편이 건강한 몸으로 돌아온다면 얼마나 좋으랴? 또 눈물이 핑 돌았다. '하느님, 부디 제게 한 번만 은덕을 베풀어주십시오. 제가 그리 큰 죄를 지었습니까? 당신의 노여움을 산 일이 있습니까? 저는 기억하지 못하겠습니다. 부디 저를 불쌍히 여기소서'

이제 보험 팔러 다니지 않아도 저금해 놓은 것도 있고, 나의 고객들이 계속 보험금을 내고 있기 때문에 조금씩이라도 수당이 매월 들어오므로 먹고사는 데 지장도 없고, 할 일도 없으므로 지금부터는 취미생활을 하고 싶었다. 가장 먼저 하고 싶은 일은 그림을 그리는 것이었다. 학교에 다닐 때 그림을 잘 그려서 선생님으로부터 칭찬도 듣고, 중학교 때 학교 대표로 미술대회에 나가 우수상도 받았었다. 커서도 계속 그림을 그리고 싶었으나 경제적으로나 시간적으로나 그림을 그릴 수 없었고, 결혼 이후는 먹고사는 문제에 봉착하여 그림은 꿈도 못 꾸었다. 이제 아이들도 모두 성가했으니 나는 할 일도 없고, 시간은 많으니 그림그리기에 딱 좋다.

마침 동네에 그림지도를 하는 집이 있어 개인 교습을 받기로 하였다. 일주일에 세 번씩 그림지도 받고, 매일 집에서 여섯 시간 이상 그림을 그렸다. 그림 그리는 동안은 다른 잡생각을 다 떨칠 수도 있고, 그림 삼매경에 빠질 수 있으니 정신건강에도 도움이 되었고, 하고 싶던 일을 하니 삶의 만족도도 높아졌다. 이제 그림을 마음껏 그리니 그동안 힘들었던 세월에 대한 보상을 받는 기분이었다. 처음으로 나자신을 위해 시간과 돈을 쓰니 참으로 감개무량했다. 지금부터 시작해도 20년 이상 그림을 그릴 수 있을 테니 그 사이에 전시회 두세 번만 할 수 있어도 행복할 것 같았다. 어쨌든 이제야 사람답게 살게 된 것 같고, 새로운 삶의 목표가 생긴 것 같아 기분이 좋았다.

개인지도를 받으며 그림을 그리다 보니, 갑자기 미술대학을 다니고 싶다는 생각이 간절해졌다. 대학 다닐 나이에 대학을 못 다닌 것이 한으로 남아 대학 이야기만 나오면 공연히 기가 죽고 슬프고 우울한 감정이 일었었다. 내가 벌지 않으면 안 되었던 친정, 결혼하고는 노후를 위해 돈을 벌어야 했고, 남편이 실종되고는 아이들 먹여 살리고 학비를 대기 위해 일하지 않으면 안 되었다. 돈은 내가 벌지만 나자신을 위해서는 거의 돈을 안 썼다. 명품 같은 건 아예 단 한 개도 산 게 없고, 직업상 그토록 많이 뛰어다녀야 했지만 자동차도 안 사고 대중교통만 이용했으며, 콘서트라던가 발레 같은 고급문화를 향유한 적은 한번도 없었다. 단지 자투리 시간이 있을 때, 마침 가까이에 미술전시회가 있으면 그림을 보면서 때론 대리만족도 하고 부러워하기도 하였다.

그림을 그리기 시작하고 보니 미대에 가서 제대로 배우고 싶어졌다. 미대에 가기 위한 특별 지도를 받고, 수능시험 준비를 시작했다. 학교에 다닐 때는 나도 공부를 썩 잘했으므로 새로 공부를 시작해도 그리 낯설지는 않았다. 물론 내가 고등학교 다닐 때 배우던 교과서의 내용이 많이 변했지만, 기본적인 내용은 다 대동소이하므로 생각보다 어렵진 않았다. 입시학원에 등록하고 다니기 시작했다. 1, 20대의 학생들과 함께 공부하는 것이 조금 어색하고 창피하긴 하지만 감내할 만했다. 더구나 내 나이 또래가 두세 명 더 있어 다행이었다. 공부한다는 사실 자체가 나에겐 너무도 즐거운 일이므로 공부에 능률도 올랐다. 수학이 조금 어려울 뿐, 다른 과목들은 자신 있었다. 따라서 시간을 반으로 나누어 반은 수학 공부에 투자하고 나머지 반으로 다른 과목을 공부했다. 수학은 주말에 아들이 집에 왔을 때 과외를 받기도 하여 보충하였다. 아들에게 물었다.

—어떠니? 내가 이런 실력으로 대학 갈 수 있겠냐?

—충분히 가능하겠어요. 어머니는 기대 이상으로 빨리 터득하시므로 수능 가까이 가서는 수학도 상당한 수준이 되실 것 같아요. 자신감을 가지고 공부하세요.

수재인 우리 아들이 이렇게 말해주니 용기백배하게 되었다. 공부를 본격적으로 하니 옛날의 실력이 조금씩 살아났다. 까마득하게 다 잊은 줄 알았는데, 막상 공부해보니 대부분 살아났다. 나는 대학 갈 생각을 하니 설레기도 하고 흥분되기도 했다. 공부는 나날이 잘 되어 하루가 지나면 그만큼 더 자신감이 올랐다. 국어, 영어, 국사, 사회는 혼자서도 되는데, 아무래도 물리, 화학은 학원에서 배우고 미진한 것은 아들한테 배우며 공부에 집중하니 남편 부재에 대한 그 무겁고 답답한 마음이 없어지고 새로운 희망으로 가슴이 활짝 피어났다. 거의 30년 만에 맛보는 정상적이고 의욕에 넘치는 하루하루가 되었다. 비로소 사람답게 사는 기분이 되고 가끔은 인생이 아름답다는 생각까지 들었다.

이제라도 이런 삶을 살게 된 게 다행이라고 생각하며 지금부턴 계속 이런 기분으로 살아야겠다고 결심하였다. 남편이 실종되었는데, 웃는 것도 안 되고, 생에 대한 의욕을 갖는 것도 미안한 것 같았다. 지금까지 죄인처럼 살았으니, 이젠 한 사람의 아내, 두 아이의 엄마 이전에 한 인간으로서의 존엄성과 자유, 그리고 행복을 누릴 수 있는 권리를 가진 독립된 인격체로서 좀 더 당당하고 능동적인 삶을 살아야겠다고 생각하게 되었다. '30년간 억울하게 살았으니 앞으로의 30년은 자유롭고 즐거운 마음으로 살리라.' 나는 여느 수험생 못지않게 열심히 공부했다. 이제 수능시험이 3일밖에 남지 않았다. 지금까지 공부한 것을 복습하였다. 고득점을 받게 해달라고 하느님께 기도했다.

드디어 시험날이 되었다. 아침을 해먹고 도시락을 싸고 보온병에 커피도 끓여서 넣고 가방을 챙겨 집을 나섰다. 택시를 타고 시험장소인 초원고등학교에 갔다. 학교에 도착하여 지정된 교실, 지정된 자리에 가 앉아서 잠시 머리를 가다듬고 기도를 했다. '하느님, 오늘이 수능시험일입니다. 오늘 하루 저와 함께 하여 주소서.' 중간에 점심시간 한 시간 외에 8시간을 꼬박 시험을 보고 났는데도 예상보다 덜 피곤했다.

－엄마, 시험 잘 봤지요?

－뭐 그럭저럭.

－피곤하지 않아요? 기분은 어때요?

－홀가분하지, 뭐.

－엄마, 시험 볼 때 실수 안 하고 공부한 건 다 썼지요? 이젠 다 잊고 푹 쉬세요.

－응, 알았어. 네가 애 많이 썼다. 네 덕에 수학과 과학을 어느 정도라도 썼다. 고맙다.

딸과 아들과 카톡으로 인사를 나누니 기분이 좋았다. 오늘과 내일만 쉬고는 다시 실기시험 준비를 해야 할 것이었다. 미대는 실기시험이 큰 비중을 차지하므로 실기시험 준비를 잘해야 했다. 학원 선생님이 친절하고도 명쾌하게 설명해주고, 그림 그린 것을 잘 살펴봐 주고 조언을 잘해줬다. 나이 많은 것 의식하지 않고 다른 학생들과 똑같이 잘 지도해주어서 고마웠다. 미대 실기시험은 학교에 따라 정물수묵담채화나 인물수묵담채화 중 한 가지를 요구하거나 두 가지를 모두 요구하는 대학이 있으므로 일단 두 가지를 모두 준비해야 했다.

K대와 S여대에 입학원서를 넣고 시험날까지 실기 연습을 했다. 드디어 시험날이 되어 K대에 가서 시험을 보았다. 이틀 뒤에 S여대에 가서 시험을 보았다. 두 대학 모두 두 가지의 그림을 요구했다. 시험을 다 끝내고 나니 기분이 매우 좋았으나 엄청난 피곤이 몰려왔다. 온몸이 누구한테 두들겨 맞은 것처럼 쑤시고 두통도 오고 탈진상태가 되었다. 아마 그동안의 피로가 병으로 나타난 것 같았다. 동네 병원에 가서 영양제 주사를 맞고 집에 와서도 며칠을 끙끙 앓았다. 타이레놀도 먹고 비타민C도 먹으며 일주일 이상 푹 쉬었더니 그제야 좀 정신이 들었다.

발표 때까지 뭘 할까 하다가 갑자기 수영이 배우고 싶어졌다. 당장 수영 가르쳐주는 곳을 찾아 등록하고 이튿날부터 하루에 한 시간씩 수영을 배웠다. 수영을 배우고 나니 수영이 너무나 좋아졌다. 이후 거의 매일 수영을 하니 폐활량도 많아지고, 몸매도 좋아지고, 정신적으로도 젊어지는 기분이 들었다. 아이들도 잘 생각했다고 칭찬을 했다. 이제 일을 하지 않으니 아이들이 용돈을 주었다. 물론 나도 노후 자금이 어느 정도는 있지만, 어느새 아이들이 다 커서 엄마한테 용돈도 주니 고맙고 뿌듯하였다.

수영은 하루 한 시간씩 하고 다른 시간엔 그림을 그렸다. 몇십 년간 못 그린 것을 벌충하기 위해서도 부지런히 그림을 그려야 했다. 이것은 너무나 즐거운 일이고 보람 있는 일이니까 매일 해도 싫증나지 않았다. 못 그려도 창피하지 않고, 잘 그려지면 기분이 좋았다. 주말에는 교보문고에 가서 그림에 관한 책도 몇 권 샀다. 이론에 관한 책은 우선 제쳐두고 회화집부터 살펴보았다. 유명한 화가의 그림은 확실히 잘 그렸다는 걸 알 것 같았다. 필선 하나하나가 모두 살아 있었다. '아! 이렇게 그리는 거구나'. 감탄을 하면서 그 중 두 가지를 골라 모사模寫를 해보기로 하였다. 다 모사해놓고 보니 기분이 좋았다. '내 실력으로 이만큼만 그릴 수 있으면 얼마나 좋으랴?' 그 이튿날도 모사를 하였다. 두 개의 그림을 모사하고 나니 내 실력이 좀 는 것 같아 입가에 미소가 흘러나왔다. 그러나 막상 다시 내 그림을 그릴 때는 모사할 때의 그 필선이 나오지 않았다. 모사하는 것과 실제 자신의 그림을 그리는 것은 전혀 다른 일이라는 걸 깨달았다. '역시 그림은 독창성이 생명이구나.'

대학입시 발표하는 날이 되었다. 가슴이 쿵쾅거렸다. 얼른 외출준비를 하고 내가 지원했던 K대학을 갔다. 발표 시간인 11시가 아직 안 되었는데 이미 많은 사람이 와있었다. 교무처 게시판과 학생회관 게시판에 합격자 명단이 붙어 있었다. 문과대학 다음에 미술대학의 합격자 명단이 있었다. 떨리는 가슴으로 미술대학의 한국화과韓國畫科 명단을 보니 30명의 중간쯤에 나의 수험번호와 '한정순'이라는 이름이 적혀있었다. 적어도 이 순간만은 내가 세상을 다 가진 듯 기쁘고 가슴이 벅차올랐다.

나는 몇 걸음 뒤로 물러 나와 아이들처럼 깡충깡충 뛰었다. '와, 나도 이제 미대생이 된다'

오랜만에 맛보는 삶의 희열 같은 것이 온몸에 퍼졌다. 정말 오랜만에 느껴보는 기쁨과 환희였다. 휴대폰을 꺼내 아들한테 전화를 했다.

─나 K대학 합격했다. 다 네 덕분이다.

─와, 역시 우리 어머니세요. 합격하실 줄 알았어요. 축하해요, 엄마! 이번 주말에 집에 갈게요.

─그래 고맙다.

다시 딸한테 전화를 했다.

─엄마, 합격했구나, 축하해요. 역시 우리 엄마는 훌륭하세요. 자랑스러워요. 주말에 갈게요.

─응, 그래 고맙다. 오빠도 주말에 온다고 했으니 그때 만나자.

오랜만에 사우나에 갔다. 뜨거운 물에 몸을 담그니 잠이 쏟아져서 깜빡 졸고 났더니 머리도 맑아지고, 눈도 더 밝아진 것 같았다. 한 시간 정도 사우나를 하고 집에 오니 마치 새집에 오게 된 것 같이 가슴이 설렜다. 참으로 오랜만에 입가에 웃음을 머금었다. 영혼이 푸르러지는 것 같았다. '그렇지, 푸른 영혼'

친정엄마한테 전화를 걸었다. 대학에 합격한 걸 자랑할 요량이었다.

─엄마, 저예요, 집에 별일 없어요?

─으음 (한숨)

─엄마 왜 그래요? 무슨 일 있어요?

─있고말고.

─무슨 일인데요?

─나 말 못하겠다. 그만 끊자. 하면서 수화기를 놓았다.

나는 급히 택시를 타고 친정에 도착했다. '세상에…'

동생 정희 내외가 정태가 운전하는 차를 타고 아버지 산소에 가다가 정태가 트럭을 들이박아 사고를 냈는데, 그만 정희 내외가 머리를 크게 다쳐 병원에 갔으나 한 시간 만에 숨이 끊어졌단다. 정태는 조금 다쳤으나 바로 구속되고…. 정태 댁은 이혼서류를 써놓고 아이들도 남겨놓고 집을 나갔다고 한다.

오빠는 택시 기사를 했는데 중간에 올케가 아이들을 데리고 가출하고 오빠는 폐암에 걸려 혼자 고생하다가 작년에 죽었다. 나이 63세였다. 너무도 착하고 양순한 사람인데, 어쩌면 그렇게도 복이 없는지 모르겠다.

─작년에는 오빠가 죽더니 올해는 또 정희 내외가 죽고 정태는 구속

되고…. 정말 우리 집에 이 무슨 재앙일까요?

　－다 내가 부덕한 탓이다.

　그리곤 엄마가 쓰러졌다. 태풍도 이런 태풍이 없었다. 엄마를 입원시켜 놓고 보니 그 많던 가족이 졸지에 다 떠나가고 정태의 어린 아들 딸 둘만 남았다. 처음엔 너무도 기가 막혀 나도 순간적으로 그만 죽었으면 좋겠다 싶었으나 어린 조카들을 생각하며 정신을 차렸다. 이틀 후 천만다행으로 엄마가 깨어났다. 엄마도 불쌍한 손주들을 생각하고 정신을 차린 모양이었다. 엄마는 아들 둘, 딸 둘 사남매를 잘 기르고 결혼시켰지만 이때에 이르러 온전하게 살아있는 자식은 나밖에 없었다. 정태가 징역을 살고 나올 때까지 엄마가 손주들을 키웠다. 나는 엄마의 맏딸이지만 내 살기 바빠 친정은 거의 외면하고 살아온 나날이었다. 이번에 처음으로 친정을 위해 할 수 있는 일을 다 한 셈이었다. 친정에 온 지 일주일 동안 돈도 제법 많이 썼다. 나는 엄마의 통장에 돈을 좀 이체하고 다시 집에 돌아오긴 했으나 친정 일이 완전히 머리에서 떠나진 않아 이후 내 용돈을 줄여 조금씩이나마 매달 엄마 계좌로 돈을 보냈다.

　친정만 생각하면 한숨과 탄식이 절로 나왔다. 법 없이도 살 수 있는 착하고 덕스러운 우리엄마인데 어쩌면 그리도 박복한지 옆에서 보기에도 참으로 딱하고 속상하다. 엄마는 평생 궁핍하게 살면서도 자식들을 정성으로 키우고 결혼시켰으나 단 한 집도 온전한 집이 없으니 가슴에 한이 켜켜이 쌓였을 것이다.

　나보다 몇 배는 더 불행하고 힘겨운 인생을 산 엄마를 생각하면 명치 끝이 쓰리다. 엄마는 85세에 이르러서야 둘째 아들이 출감하여 다시 전기기사로 일하고, 직접 기른 손녀가 공무원이 되고 손자가 은행원이 되어 할머니에게 효도하니 마지막 7년 정도 편안하게 살다가 돌아가셨으니 그나마 다행이었다. 향년 92세. 엄마의 한 많은 인생에 나의 인생까지 겹쳐져 나는 참으로 많이 울었다. 엄마를 생각하면 늘 가슴이 쓰라렸는데 이제 좋은 세상에서 안식하시기를 기도할 뿐이다.

나는 그렇게도 원했던 미대에 다니게 되었으니 모든 잡념 버리고 학교생활에 충실할 것이었다. 어떻게 들어온 대학인가? 나의 일생일대 과업이고 나의 인생 목표인 미대를 졸업하고 이름 없는 화가라도 되는 것이 나의 마지막 꿈이며 희망이다. 오랜만에 느껴보는 설렘이었다. '내가 처음 초등학교 갈 때도 이런 기분이었을까?'

입학식 날이 되었다. 나는 상기된 얼굴로 입학식에 참석해 보니 단상에 여러분들이 앉아있었는데, 나중에 소개하는 것을 보니 총장님 이하 학장님들, 처장님들, 그리고 재단의 높은 분들, 다른 대학 총장님들이었다. 총장님의 환영사, 입학생 대표 선서, 축사 등이 이어졌다. 나는 이런 입학식에 참석하고 있다는 사실이 감격스럽고 영광스러워 가슴이 뜨거워졌다. 실로 오랜만에 맛보는 젊음의 용틀임이었다. 적어도 이 순간만은 열아홉살의 꿈많은 청춘이 되어 하늘을 날아다니는 새들처럼 푸른 영혼으로 하늘을 훨훨 날고 있었다.

돌격대

포근한 햇볕이 눈부신 5월 어느 날 차영환은 집에서 들쭉차를 마시며 상념에 잠겼다. 지난날들이 흑백영화처럼 한 장면씩 떠오른다. 그는 연구에나 실무에서 좋은 실적을 올리니 승진도 순조롭게 되었다. 결국 평양전산원 연구부장까지 올라갔다. 원래는 김일성종합대학이나 김일성정치대학을 졸업하고 당의 간부가 되고 싶었다. 그러나 신분 때문에 그런 대학은 못 가고 평양과학기술대학에 간 건 아무래도 큰 상처가 되었다. 회사 창립기념일이라고 해서 어느 날 동료들과 함께 점심을 먹으며 대동강맥주를 두어 잔 마신 탓인지 무심결에 평소에 하지 않던 넋두리가 나왔다.

─내가 지금쯤은 당 간부로 일하고 있어야 하는데 죽으나 사나 컴퓨터만 만지고 있으니…

이 말을 들은 동료들이

─그게 무슨 소리요?

하고 물었다.

−원래 김일성종합대학에 가려고 했는데, 그놈의 연좌제 때문에 못 가고 평양과학기술대학에 들어가지 않았으매?

−아, 그렇게 됐구만요. 참으로 안됐수다.

−세상이 너무 공평하지 못해요. 내 성적으로는 김일성종합대학도 갈 수 있었는데, 얼굴도 모르는 친척 때문에 정치대학도 못 가다니. 정말 억울하고 속상해요.

영환은 더 이상 얘기하지 않고 점심으로 나온 옥수수빵과 두유를 다 먹고 다시 연구소로 돌아와 하던 연구를 계속했다.

그로부터 일주일쯤 지난 어느 날이었다.

보위부로 출두하라는 통지서가 날아왔다.

정해진 날짜와 시간에 보위부로 가니

−동무는 이제 수용소에 가게 될 거요. 당국을 비판하고 지도자를 원망한 죄요.

−저 그런 일 없습네다. 억울합네다.

−증인이 두 명이나 있는데도 시치미를 뗄 건가? 며칠 전 연좌제 때문에 원하는 대학 못 갔다고 불평하지 않았소? 그리고 우리 공화국이 공평하지 못하다고 원망하지 않았느냐 말이오. '재포'의 신분으로 거기까지 올라갔으면 감사부터 해야지 불평이라니….

−아, 그거군요. 꼭 불평한 건 아니고 그냥 지나간 이야기로 한 것입네다. 불손한 마음을 가졌던 건 절대 아닙네다. 저의 실수를 한 번만 봐주시라요. 지금까지 참으로 열심히 일했지라요. 부디 한 번만 너그럽게 봐주시면 이 은혜는 절대로 잊지 않갔시오.

−이미 위에도 다 보고되어 어쩔 수 없소.

영환은 청천벽력같은 벌을 받게 되었다. 가장 심한 벌인 사상범으로 몰려 정치범 수용소에 갇히게 된 것이었다. 원래 수용소는 전 가족이 갇히게 되므로 망연자실했으나 피할 방법이 없었다. 일주일 전에 동료라고 믿고 무심코 한두 마디 한 것이 이토록 끔찍한 벌로 돌아올 줄은 상상도 못 했다. 영환의 넋두리를 놓치지 않고 그들은 당에 고자질을 한 것이었다. 정말 억장이 무너졌다.

결국 영환네 가족은 청진수용소에 갇히게 되었다. 일단 수용소에 감금되면 살아나오기 어렵다. 수용소에 들어가 보니 과연 들은 대로 사람들이 짐승만도 못한 대접을 받고 있었다. 하루종일 강냉이죽조차도 배불리 먹지 못하고 매일 허기진 채로 엄청난 노동을 하는데, 조금만 태만해도 구타에 발길질은 예사였다. 심할 땐 임신한 여성위에 널판을 올려놓고 남자 두 명이 널뛰기를 하여 아기를 낙태시켰다. 하루에 30분간 햇볕 쐬는 시간을 주는데, 이때 수감자들이 배가 고프니까 닥치는 대로 풀을 뜯어 먹고 굼벵이를 보면 서로 먹으려고 싸움을 하는데, 감독들이 이 광경을 보면 사람들을 바로 죽였다. 도주하다 잡히면 쇠줄로 코를 꿰고 발뒤축에 대못을 박아 세워놓고 수감자들이 때려죽이게 했다.

몇십만 평의 수용소는 3미터 정도 높이의 담으로 둘러싸여 있고, 그 위에 2미터 높이의 전기 철조망을 설치해 놓았다. 담을 따라서는 드문드문 감시탑이 있고 자동소총과 감시견을 가진 몇백 명의 경비대가 순찰하면서 5만 명의 수용자들을 감시하고 있었다.

1년쯤 지나고 영환은 탈출을 결심했다. 아무리 감시가 심해도 방법은 있을 것이었다. 안 그래도 계속 억울한 삶을 살았는데, 이 수용소에서 온 가족이 죄도 없이 죽을 수는 없었다. 특히 인생을 얼마 살지도 못한 아들이 비참하게 죽게 할 수는 없었다. 평소에 수용소 담장도 살피고 경비대의 동태도 살펴 두었다. 매일 관찰을 해보니 새벽 두세 시에는 경비원들이 졸거나 자는 것을 알았다. 어느 날 새벽 세 시 영환네 가족 3명은 빛보다 빠른 동작으로 수용소의 담장을 넘었다. 탈출을 위해 밤중에 담장에 사람 한 명 빠져나갈 수 있는 구멍을 만들었다. 3일에 걸쳐 하룻밤에 벽돌 두세 개씩 뽑아 일단 제자리에 놓았다가 탈출할 때 한꺼번에 여덟 개를 빼내고 한 사람씩 빠져나갔다. 감시원들이 전기 철조망의 삐삐 소리를 듣고 눈을 부스스 뜨고 살필 때쯤 영환네 가족은 이미 수용소에서 1km 정도 벗어났을 때였다. 그때 뒤에서 탕탕 총소리가 들렸다. 세 명은 죽을힘을 다해 뛰고 또 뛰었다. 얼마를 달렸을까?

이제 더 이상 총소리가 들리지 않았다. 가쁜 숨을 몰아쉬고 정신을 가다듬었다. 돌아보니 아내도 아들도 함께 다 있었다. 안도의 한숨이 나왔다. 그 긴박했던 때를 생각하니 갑자기 몸에 경련 같은 것이 일었다. 이후 석 달간의 험난한 탈북 여정을 거쳐 대한민국에 안착하였다. 대한민국은 모든 면에서 상상 이상의 선진국이었다. 쾌적하고 자유롭고 풍요로웠다. 참담했던 돌격대 생활을 9년이나 하고도 안 죽고 살아남았고, 모두가 죽는다는 수용소에서도 살아남고 탈출에 성공하여 남한에서 이 모든 것을 누린다고 생각하니 감회가 새로웠다. 어쩌면 돌격대에서 살아남았기 때문에 오늘의 영화가 더 감격스럽고 행복한지도 몰랐다.

남한의 D신문사 허기호 기자가 만나자고 하여 한강이 보이는 J까페에서 만났다. 햇빛이 눈부시게 내리쬐는 창가에서 영환은 허 기자와 마주 앉아 커피를 마시며 창밖으로 시원하게 보이는 한강을 보면서 말했다.

－풍광이 참 좋구만요.

하며 동의를 구하듯 허 기자를 보며 입을 뗐다.

–예, 저도 여기가 너무 좋아 사람을 만나려면 자주 이리로 온답니다.

–아주 좋은 장소를 찾으셨네요.

수인사가 끝난 뒤 허 기자가

–북한에서 상당히 높은 지위까지 올라가셨는데, 왜 탈북하셨나요?

하고 물었다.

–억울하게 수용소에 갇혔으니까요. 아들의 장래를 위해 수용소를 탈출했지라요. 수용소는 짐승만도 못한 대접을 받는 곳이거든요. 도저히 견딜 수도 없고, 참을 수도 없는데, 이왕 죽는 거면 용이라도 한번 써 보고 죽자 했어요. 그래도 낙오자 없이 온 가족이 나왔으니 더없는 행운이지요.

–늦게나마 축하드립니다. 재일교포셨다는 얘길 들었는데, 왜 북한에 가셨으며, 북한에서는 어떤 생활을 하셨는지요?

–맞아요, 우린 재일 교포 가족이에요. 우리 부모님이 북조선은 대학도 병원도 모두 무료인 '지상낙원'이라는 선전에 속은 거죠.

–북한에서 가장 괴로운 게 뭐였나요?

–당연히 배고픈 것과 차별받는 거였지요. 북조선은 철저하게 계급사회가 되어있는데, 재일 교포는 최하위계층인 적대계층이 되거든요. '지상낙원'이라 속여 돈 많은 재일교포들을 불러다 놓고는 돈을 다 빼앗고, 철저하게 차별을 하는 거예요. 우리 아버지, 어머니야 재일교포가 맞지만 나는 북한에서 태어났으니 재일교포도 아니잖아요? 그런데도 부모가 재일교포면 자식도 무조건 재일교포가 되고 '재포'라고 하면서 차별을 하죠. 한번 북한에 발을 들여놓으면 다시는 일본에 돌아가지 못함은 물론이고, 이 도시에서 저 도시로 이동도 못 해요. 철저하게 통제

를 하거든요. 심지어 아이들도 학교에서 차별을 받으니까요.

―구체적으로 아이들이 어떤 차별을 받나요?

―재포아이들은 아무리 공부를 잘해도 학교 간부가 될 수 없고, 때론 학교에서 주는 사탕을 못 받기도 하고, 대학에도 갈 수가 없지요.

―아유, 속상하셨겠어요.

―무엇보다도 감시가 심하니까 숨이 막혔어요. 매주 토요일마다 '생활총화'란 이름으로 한 주일 동안 자기가 김부자를 얼마나 공경하며 살았는지 자아 반성하고, 상호비판을 하는데, 윗사람에게 잘 보이기 위하여 없는 죄도 만들어내고, 조그만 죄도 크게 부풀리기도 하여 이 시간만 되면 너무도 괴롭고 슬펐지요.

―그래도 부모님이 일본에서 북한행을 택하셨을 때는 일본에서도 행복하지 않았다는 말씀 아닐까요?

―그건 그렇죠. 일본에서도 차별을 받았으니까요. 우선 피선거권이 없고, 공무원도 될 수 없고, 어린아이가 태어나면 즉시 지문을 찍어야 하고…. 일본인들은 사형수로 확정된 사람만 지문을 찍는데, 조선인은 태어나자마자 지문을 찍어야 했으니까요.

―그래요? 지금도 그런가요?

―지금은 지문도 안 찍고, 지방공무원은 될 수도 있지요. 차별이 있다 해도 북조선처럼 지독하지는 않았고요. 그리고 '생활총화'라든가 '감시'도 없고요.

―부모님들이 많이 후회하시던가요?

―이만저만 후회하시는 게 아니었어요. 북한이 그토록 숨 막히는 사회라는 것은 상상도 못 하셨으니까요. 또 나라가 그렇게 가난한지는 전혀 모르셨대요. 1980년대까지도 북한에서 일본의 조총련계 학교에 돈

을 보내주었으니까요.

―그랬군요. 김 씨 우상 교육을 시키기 위해 조총련학교에 돈을 많이 보내주었나 보네요.

―예. 그러니 북한만 가면 북하이 선전히는 대로 대학까지 무료로 공부시키고, 병원도 모두 무료고, 배급받아서 아주 잘 사는 줄 알았으니까요. '그렇다면 고향에 가서 죽자' 하고 만경봉호를 탔지요. 북조선에서는 어른들이 재일교포들을 차별하니까 심지어 아이들도 '쪽발이'라고 놀리곤 했어요. 그래도 저는 공부를 썩 잘해서 12년간 전체 수석을 놓친 적이 없었기 때문에 당연히 좋은 대학에 갈 수 있을 줄 알았죠. 그러나 웬걸요. 재포는 좋은 대학은커녕 대학 자체를 들어갈 수가 없게 되어 있었어요. 어떻게든 대학에 가고 싶은데, 길이 없더라고요. 정말 그때는 죽고 싶었어요. 내가 잘할 수 있고, 좋아하는 건 공부뿐인데, 더 이상 공부를 할 수 없다니 살 의욕이 없어지더라고요.

그때 누군가 '돌격대'라는 곳에 가서 3년만 일하면 대학 갈 수 있다고 알려주어 전 주저 없이 돌격대에 입대했어요. 여긴 군대는 아니지만, 군대와 비슷하게 규율 생활을 하면서 혹독한 노동을 하는 곳이지요. 광산이든 농사일이든 건설일이든 돌격해서 일을 하는 조직이었어요. 노동이 그냥 노동이 아니고 고문이었죠. 매일 사람이 죽어 나가고 다쳐서 병신 되고….

전쟁터보다도 더 참혹했지요. 이를 악물고 '3년만 참자' 하고 죽을 용을 써서 버텼는데 3년 만에 내보내 주는 게 아니더라고요. 꼬박 9년을 일하고서야 겨우 풀려 나왔는데, 그래도 대학에 갈 수 있다니까 희망을 가졌죠. 하지만 내가 가고자 했던 김일성종합대학이나 금성 정치대학은 6촌 형이 남조선에 있다는 이유로 연좌제에 걸려 못 가고 결국 평양과학기술대학 전산학과에 들어갔지요. 여기서 열심히 했더니 졸업하고 컴퓨터 분야에서는 꽤 성공하여 전산연구소 연구부장까지 올라갔지요.

　－그런데 왜 탈북을 하셨어요?

　－위에서 얘기한 것처럼 너무 억울하게 수용소에 갇혔으니까요. 원하는 대학 못 갔다고 푸념 한마디 한 게 어마어마한 죄가 되더라고요. 온 가족이 모두 다 갇혔으므로 우리 아이의 장래까지 망치게 되어 괴로워하다가 죽을 각오로 탈출을 결심했지요. 이후 참으로 위험하고 힘든 여정을 거쳐 드디어 남한에 오게 되었는데, 정말 꿈만 같네요.

　－남한에 오시니까 좋긴 좋으세요?

　－그럼요. 좋은 정도가 아니죠. 여긴 천국이죠. 우선 자유가 있잖아요? 남한에 오니 자유가 너무 많아서 주체를 못 할 정도지요. 정말이지 여기서는 사람답게 사는 것이 무엇인지 알 것 같아요. 우리 아들도 얼마나 좋아하는지 몰라요. 물론 밥을 마음껏 먹을 수 있는 게 제일 좋지만, 그에 못지않게 자유를 누리고 산다는 것이 얼마나 행복한 일인지 알겠어요. 이곳 남한 국민들은 자유를 누리며 행복하게 사는데도 행복을 못 느끼는 것 같아 안타까워요. 우리는 온 가족이 함께 나오게 되어 얼마나 감사한지 몰라요. 꿈에 그리던 일본도 가서 할아버지 할머니가 사셨던 나가사키도 가보고, 아버지 어머니가 사셨던 오사카도 가 봤어요. 북한에서라면 상상도 못 할 일이죠.

　－지금 무슨 일을 하고 계세요?

　－예, 전산 관련 일을 하고 있어요.

　두 사람은 잠시 상념에 잠겨 창밖을 보니 오월의 포근한 햇살이 눈부시게 빛나고, 한강에는 파아란 하늘과 뭉게구름이 여기저기 내려앉아 한 폭의 그림을 그리고 있었다.

－한국에 오신 지는 얼마 됐습니까?

－3년 지났습니다.

－그럼 어느 정도 적응은 되셨겠네요. 하기야 이미 말씀하시는 게 서울 사람 같습니다. 처음 서울에 오셔서 문화 충격받은 선 없었습니까? 금방 적응이 되던가요?

－문화충격이 이만저만이 아니었지요. 마치 다른 세상에 온 것 같았으니까요.

－그래요? 그 정도로 뭐가 다르던가요? 생각나시는 거 몇 가지만 얘기해 주실래요?

－우선은 수도가 24시간 나오고 뜨거운 물도 나오는 것을 보고 얼마나 놀라고 감동스럽던지요. 북한에선 하루 두 시간밖에 안 나오거든요. 전기가 두 시간밖에 안 들어오니까 수돗물도 두 시간밖에 안 나와요. 그래서 물이 나올 때 많이 받아놓고 썼어요.

－정말 불편하셨겠네요.

－냉장고가 있어도 무용지물이고, 엘리베이터도 안 움직이니까 2, 30층도 걸어서 오르내려야 하지요. 수세식 화장실도 감동 그 자체였어요. 어디나 화장지가 비치되어 있고 비데까지 있는데도 많아서 얼마나 놀랐는지 몰라요. 물론 처음엔 비데가 뭔지도 몰랐지만요. 마치 다른 세상에 온 것 같았어요. 또한 카드 사용하는 것도 신기했어요. 현금이 하나도 없어도 카드로 생활이 가능한 걸 보고 신선한 충격을 받았지요. 카드라는 게 있는지도 몰랐으니까요. 국내건 외국에건 어디든 원하는 곳을 자유롭게 다니는 것도 신기한데, 외국 여행 때도 카드를 쓰는 걸 보고는 마치 달나라에 온 기분이 들었어요. 모든 국민이 은행을 이용하는 것도 놀라운데, 카드까지 사용하니 입을 다물지 못했죠. 북에서는 아직도 돈

을 집에 간수해야 하거든요.

─왜 그렇죠? 은행에 맡기면 되는데….

─입금은 할 수 있어도 출금은 안 되니까요.

─은행에서 왜 출금이 안 되죠?

─은행에서 돈을 안 내어주니까요.

─세상에 어찌 그런 일이…. 와, 정말 힘드셨겠네요,

─말도 못 하죠. 남한이 이토록 선진화되어 있을 줄은 상상도 못 했어요. 집집마다 자가용까지 있으니 매일매일 놀라고 감동받고 처음에는 정신을 못 차렸어요. 남북 간에 이렇게 차이가 나다니요. 그냥 북한보다 조금 더 잘 살고 조금 더 자유로울 거라고 생각했는데 정치체제의 차이가 이토록 큰 차이를 만든다는 건 상상도 못 했어요. 북한에선 쌀밥은 고사하고 강냉이밥도 배불리 못 먹는데, 남한은 쌀이 남아돌아 처치 곤란이라니 입을 다물지 못했지요. 김정은이 핵을 개발하지 말고 남한과 잘 지내면 쌀도 풍족하게 얻을 거고 전기도 도움받을 텐데 참으로 답답하네요.

─그러게요. 또 무엇이 있습니까?

─인터넷을 할 수 있는 것도 신천지였어요. 일반 국민은 컴퓨터도 없는데, 한국은 대부분의 국민이 컴퓨터를 가지고 있을 뿐만 아니라, 인터넷을 마음대로 할 수 있다니 정말 꿈같은 일이지요. 북한에서는 인터넷을 마음껏 할 수 있는 사람은 김정은밖에 없어요. 컴퓨터를 전공하는 사람들도 제한적으로만 인터넷을 사용할 수 있으니까요. 인민이 바깥세상을 알면 안 되니까 인터넷을 아예 할 수 없게 만들었지요. 다음은 여행의 자유에요. 국내든 외국이든 어디든 자기가 가고 싶은 곳을 마음껏 갈 수 있으니 얼마나 좋던지요. 시위하는 것도 신기했어요. 자기의 의

지에 따라 시위도 할 수 있으니 '아, 이런 게 민주주의구나'하고 깨달았지요.

북에서는 김 씨 사진이 있는 노동신문 한 장만 구겨도 무서운 벌을 받고, 말 한마디 실수를 해도 벌을 받으니 한시도 마음 놓고 살 수가 없어요. 한국에선 대통령 욕을 해도 된다니 환상적이더라고요. 국내 여행도 특별한 허가를 받아야만 갈 수 있고요. 비록 허가를 받아 간다고 해도 교통수단이 기차밖에 없는데, 전기 사정이 워낙 나쁘니 기차도 가다 서다를 반복하니까 승객의 불편은 이루 말할 수 없지요. 이러니 어디 여행을 한다는 것은 현실적으로 너무나 어려운 일이에요. 북한에 있을 때는 남한도 북한과 비슷하리라고 생각했는데 막상 와서 보니 남한은 별나라 달나라였어요. 매일 놀라고 감동하고 감탄하기가 바빴답니다.

–혹시 앞으로의 계획이 있다면요?

–북한의 실상을 세상에 알리는 데 앞장서고, 통일을 위한 노력을 하려고 해요. 여러 탈북단체들이 통일을 위해 힘쓰고 있는데 저도 힘을 보태야지요. 짐승보다 못한 대접을 받으면서도 밥을 굶는 북한 주민들이 겪는 참혹한 현실에서 하루빨리 벗어나도록 내 힘껏 돕고 싶어요. 북한 인민들에겐 최소한의 인권도 없으니까요. 특히 제3의 신분으로 차별 속에 사는 재포들을 구해내는 데 힘을 보태려고요.

–저도 도울 일이 있으면 언제든 연락주세요. 탈북민과 남한국민들이 힘을 합해야지요.

–감사합니다.

–뜻하시는 일이 모두 이루어지시기 바랍니다. 오늘 인터뷰에 응해주셔서 감사합니다. 다음에도 연락드려도 될까요?

–그럼요. 저도 감사드려요. 마음 놓고 북한 얘기할 수 있어서 좋았

습니다.

—안녕히 가세요.

하늘이 유난히 높고 푸른 9월 어느 날 영환은 한강이 내려다보이는 C 카페에서 아내 신지원과 커피를 마시며 서로를 애틋하게 쳐다보고 새삼스레 감회에 젖었다.

—이거 꿈 아니죠?

지원이 묻는다.

—아니고말고. 이제 우리의 조국은 대한민국이에요. 우린 이제 자유가 있고 밥이 있고 권리가 있는 대한민국의 시민이 됐지요.

—고생은 했지만 그래도 빠져나오길 잘했죠?

—그럼, 잘하고말고. 지금까지 산 건 산 것도 아니지. 어떻게 그 세월 다 살아냈는지….

—지금 생각해도 우린 참 대단한 사람들이에요, 안 그래요?

—그렇지요, 남들은 몰라줘도 우리 둘만이라도 서로를 인정합시다.

—그래야지. 이렇게 살아남았으니까 이젠 후회 없이 삽시다.

둘은 주거니 받거니 대화하며 행복에 젖어 그윽한 눈빛으로 서로를 바라보니 30년 전의 일들이 주마등처럼 스쳐 지나갔다.

영환은 중학교 3학년 때 일본 아이들과 패싸움을 한 적이 있었다. 처음부터 싸움을 하려던 것은 아닌데, 일본 아이들이 조선족 아이들에게 시비를 거는 바람에 결국 패싸움으로 이어진 것이다.

—조센진이 왜 일본에서 학교를 다니느냐?

스즈키 하루토[鈴木陽翔]가 시비를 걸었다. 이 말을 들은 조선족 학생 차영환은

—우리도 일본에서 태어난 니혼진인데, 왜 '조센진'이라고 하느냐?

-여기서 태어나면 뭘 해? 성이 조센진 성인데 니혼진이라니.

-우리도 똑같이 세금 내고 똑같이 교육받고 사는데, 이제 와서 조센진, 니혼진 따져야겠어?

영환 친구 이수형이 거들었다.

-그래 따져야겠다. 우린 너희 조센진이 싫어. 무조건 싫어. 제발 너희 나라로 떠나. 그러면 이런 말도 안 듣잖아?

-나는 어디까지나 일본인이야. 나는 조선에 가본 적도 없고, 조선에 대해선 아무 것도 몰라. 나의 조국은 일본이란 말이다.

김희철이 크게 말했다.

-아무리 그래 봐야 소용없어. 김이박최, 너희는 어디까지나 조센진이야, 알아듣겠어?

하면서 눈을 부라리던 하루토가 한 대 칠 것 같은 자세로 팔을 들어올렸다. 영환은 잽싸게 하루토의 팔을 뒤로 제쳐 힘을 못 쓰게 만들었다. '아야, 아야' 하더니 이번에는 발로 찰 자세를 취했다. 영환은 그 순간을 놓치지 않고 다리를 걸어 넘어뜨렸다. 영환은 어릴 때부터 배운 태권도 2단 실력을 이번 기회에 아주 조금 발휘하였다. 일본 아이들이 약간 기가 죽으며 한발 물러나는 모양새를 취했다.

이렇게 하여 큰 충돌은 일단 피했으나, 감정이 다 풀리진 않았다. 조선족 아이들은 일본 애들한테 매번 이런 모욕을 당하는 게 너무나 억울하고 분했다. 일본에서 태어나고 일본말을 모어로 배웠으며, 일본에서 교육을 받고 있고, 부모님이 일본에서 세금 내고 사는데, 조센진이라고 차별받는 게 도무지 이해도 안 되고 분통이 터질 것 같았다. 나중에 알고 보니 이렇게 아이들마저 조센진 운운하며 시비를 걸고 미워하는 데는 관동대지진과도 연관이 있었다.

1923년 관동지방에 7.9의 어마어마한 지진이 발생했다. 인명피해, 재산 피해가 막심했다. 국민들도 공황상태에 빠졌다. 이때 내각에서 민심을 수습하기 위해 조선인을 희생양으로 삼았다. '조선인이 폭동을 일으켰다, 조선인이 우물에 독약을 탔다'와 같은 유언비어를 만들어 조직적으로 확산시켰다. 이에 일본 자경단自警團이 수천 개나 만들어져서 조선인을 보는 족족 살해했다. 이때 억울하게 죽은 조선인이 부지기수였다고 한다. 이때부터 조선인을 미워하고 싫어하는 분위기가 조성되어 아이들조차도 조선인을 미워했다.

일본 강점기 시절에 일본에 건너간 수십만 명의 조선인은 일본에서 공무원도 될 수 없고, 공직자도 될 수 없고, 정치가도 될 수 없는 근본적인 차별을 받았다. 한일간의 자세한 역사를 잘 모르는 영환과 그의 친구들은 일본 아이들의 횡포도 이해하기 어려웠고, 왜 조선인이 일본에서 차별받고 사는지 그저 억울하고 속상할 뿐이었다.

더욱이 일본으로 귀화하여 고바야시 아오[小林碧]로 개명까지 한 자기 친구 이진수도 도매금으로 놀림을 받았으니 어찌 된 영문인지 도무지 알 수 없었다. 그러나 이 근원적인 문제를 혼자서 풀 수도 없으니 영환은 고민 끝에 부모님과 상의하여 고등학교는 조총련계의 조선학교에 입학하였다.

이 학교는 수업도 조선어로 하고 학생들도 모두 조선족이어서 일본학교에서처럼 차별을 하지 않아서 좋았다. 대신 조선인민공화국에 대한 충성을 강요받았다. 학교에 가면 우선 김부자 사진에 절을 하고 나서 수업을 했고, 수업에서는 무슨 과목이든지 김부자의 이론이라며 일단 김부자에 대한 존경심을 먼저 불러일으킨 다음 공부를 시작하고 조선인민공화국을 '어머니의 품'이고, '지상낙원'이라고 가르쳤다. 대학도 모두 무료이고, 병원도 모두 무료라고 하면서 시설 좋은 사진을 보여줬다. 모든 아이들이 조선인민공화국에 대한 환상을 가질 수밖에 없었다. 12년을 그렇게 공부하고 난 아이들은 자연스럽게 북한에 대한 동경을 하게 된다.

－조선인민공화국은 우리의 어머니 품입니다. 여러분들은 아무쪼록 열심히 공부해서 어머니에게 기쁨을 주시기 바랍니다.

교장 선생님의 훈화가 끝남을 알려주는 멘트는 언제나 비슷했다. 물론 교실에서도 선생님들이 비슷한 얘길 했다. 처음엔 김부자 충성교육에 고개를 갸우뚱했지만, 매일 반복되니까 자기도 모르는 사이에 빠져 들어 갔다.

영환은 '어머니의 품'이란 단어가 가슴을 따뜻하게 해주어서 어머니 품에 안길 수 있는 날이 오기를 기다렸다. 어느 날 마침 할아버지, 할머니가 북송선을 타고 북한에 가시겠다고 나섰다. 아버지, 어머니는 극구 말렸으나 할아버지 할머니는 고향 땅 길주에 가서 죽겠다며 북조선행을 서둘렀다. 영환은 며칠간 고민을 하면서, 아버지 어머니도 함께 가자고 졸랐다. 아버지 어머니는 북조선의 실상을 안다며 거짓 선전에 속아 넘어가면 안 된다고 오히려 영환을 말렸다. 그는 학교에서 선생님들이 하는 이야기와 할아버지 할머니가 하는 얘기는 같은데, 부모님의 얘기는 다르니까 잠시 혼란에 빠졌으나, 집안 형편이 어려워 일본에서는 대학에 합격해도 등록금 마련이 쉽지 않고, 졸업해도 제대로 된 직장도 갖지 못한다는 걸 생각하고 북한행을 결심하게 된다.

북한은 김일성대학은 물론, 모든 대학이 무료이고 병원도 무료인 지상낙원이라 하지 않는가? 차별받으며, 대학도 제대로 못 다니고, 졸업해도 공직에는 진출하지 못하는 일본에 있으니 북한에 가서 차별받지 않고 대학도 다니고 마음껏 꿈을 펼치는 게 훨씬 더 낫겠다는 생각이 들었다. 결국 그는 할아버지 할머니를 따라 설레는 가슴을 안고 북송선 만경봉호에 올랐다. 아예 떠나는 것도 안 보시겠다던 아버지, 어머니의 모습을 멀리서 보며 울컥했으나, 푸른 꿈이 있었으므로 큰 갈등 없이 배에 오를 수 있었다.

대부분의 재일 조총련계 교포들 중 북한 출신들은 꿈에도 그리던 고향과 고국, 북한이 선전하는 지상낙원으로 돌아간다는 장밋빛 환상에 젖어 만경봉호에 올랐다. 일본 당국은 가난하고 자주 범죄에 연루되는 골치 아픈 조총련계의 일부라도 북한으로 보내버리는 효과를 가져왔다.

조총련계는 일본에서 많은 차별과 불이익을 받았다. 우선 고등학교를 졸업해도 학교로 인정을 못 받아 대학에 입학할 수 없었고, 따라서 좋은 직장을 구할 수 없었으며, 공직에 진출하는 것도 금지되어 있고, 정계로는 더욱 진출할 수 없으니 울분에 못 이겨 술과 도박에 빠지거나 홧김에 법을 어기는 등 사회적인 문제를 일으키는 경우가 많았다. 일본 당국은 조총련을 북한에 보내게 되니 쾌재를 불렀고, 북한은 이들을 외화 유입과 대남공작요원 확보, 그리고 모자라는 일손을 채워 줄 사람들로 생각하여 환영했다.

북한으로 간 이들 재일교포들은 북한에 도착하는 즉시 '귀국자', '재포', '귀포' 등의 이름으로 불리며 최하계층인 적대계층으로 분류돼 감시를 받으며 피눈물 나는 세월을 보내야 했다.

그들은 청진에 도착 즉시 돈과 좋은 물건을 다 빼앗기고, 끔찍한 노동과 심한 차별, 배고픔, 숨 막히는 통제 속에서 인간 이하의 대접을 감내해야 했다. 다시 일본에 가는 것은 꿈도 못 꿀 일이었고, 지상낙원에서 김일성대학도 다니고 마음껏 능력을 펼쳐보겠다던 영환의 꿈은 산산이 부서져 갔다. 주체할 수 없는 후회가 밀려왔으나 돌이키기에는 이미 늦어도 너무 늦었다. 그가 처음 북한에 오고 얼마 동안은 조부모님도 계셨고, 일본에서 가지고 온 것도 조금 남아 있었으며, 할아버지가 일을 하셔서 굶지는 않았으나, 조부모님은 고향 땅에도 못 가보는 천추의 한을 안고 2년 만에 돌아가시니 영환은 몹시도 비통하였다. 그는 천애 고아로서 결국 꽃제비가 되어 떠돌아다니며 강냉이밥이라도 얻어먹고 훔쳐 먹고, 옷도 남의 집 빨랫줄에서 훔쳐서 입었다. 그는 부모님이 그토록 말리시는 데도 우기고 북한에 온 것이 뼈에 사무치도록 후회되고 부모님께 죄송했다. 대학은커녕 하루하루 연명하기도 여간 벅차지 않았다.

그래도 '이렇게 쓰러질 순 없다'는 생각에 정신을 바짝 차리고 살아갈 수 있는 길을 곰곰이 궁리해 보았다. 우선 학교에 다녀야겠다는 생각이 들었다. 아무리 어려워도 공부는 해야 했다. 처음 북한에 오려고 생각했던 가장 큰 이유도 무료로 대학 다니는 것이었으니까 어떻게든 대학은 나와야 한다고 생각했다. 사나이로 태어나서 부모님을 그토록 가슴 아프게 해놓고 북한에서 쓰러져 죽으면 너무 억울하고 한이 될 것 같았다. 워낙 공부를 좋아했고 잘했기 때문에 어떻게든 공부는 하고 싶었다. 복잡한 과정을 거쳐 평성고등중학교 2학년에 편입했다. 공부를 시작해 보니 역시 김부자에 대한 '혁명력사'가 제일 중요한 과목이었고, 모든 교과서의 머리말에는 김일성의 교시가 굵은 글씨로 한 페이지 제시된 다음 본 내용이 실려 있었고, 내용 안에서도 틈틈이 김부자에 대한 찬양과 충성을 강요하는 대목이 많았다.

옛날 일본에서 배울 때는 어리기도 했고, 북한을 몰랐기 때문에 그대로 믿었으나 이제 모든 걸 알고부터는 자꾸만 마음속에서 반감이 솟구쳤다. 그러나 내색을 하는 날 수용소나 교화소로 보내질 것이기 때문에 아무것도 모르는 척하며 철저하게 다른 아이들과 똑같이 행동하고 말하려고 안간힘을 썼다. 그런데 아이들이 '쪽발이'라고 놀려댔다. 영환은 너무나 억울해서 '내가 왜 쪽발이냐, 나도 조선인이다'라고 했으나 일본에서 왔으니 '쪽발이'라는 것이다. 그가 일본에서 왔다는 걸 알고는 놀려대고 무시하고 따돌렸다.

처음엔 놀림 받으면 분하고 속만 상했는데, 가만히 생각해 보니까 자기는 체격도 좋고 일본에서 어릴 때부터 태권도를 배웠으므로 아이들과 싸우더라도 얼마든지 방어하고 공격할 자신이 있었다. 두려워할 이유가 없었다. 이튿날은 마음을 단단히 먹고 학교에 갔다. 마침 이날도 어김없이 '천정석'이란 아이가 친구 몇 명을 앞세워 영환을 '쪽발이'라고 놀려댔다. 영환은 이때다! 하고 경고했다.

─내가 지금까지는 참았지만 이제 더 이상 참지 않겠다. 나는 일본인이 아니고 조선사람인데, '쪽발이'라고 놀리는 걸 더 이상 용서할 수 없다.

천정석이 나섰다.

─용서 안 하면 어쩔건데? 한번 해보겠다는 거네?

─그렇다. 말로 해서 안 되면 몸으로 상대해 줄 수밖에.

─어디 그럼 한번 해보시던가.

하면서 정석이 주먹을 날릴 자세를 취했다. 영환은 잽싸게 정석의 손목을 낚아채서 한번 비틀어줬다. 정석은 '아아' 하면서 씩씩거리다가 이번에는 발로 찰 자세를 취했다. 영환은 이때다! 하고 정석에게 다리를 걸어 넘어뜨렸다. 이 광경을 보던 아이들이 갑자기 눈빛이 달라지며 슬슬 물러서기 시작했다.

　－누구든지 덤비면 상대해주마.

　한 번 더 쐐기를 박았더니 그때부터는 그를 두려워하여 놀릴 엄두를 내지 못했다. 공부를 해도 영환이 가장 잘하니까 자연스럽게 그를 두려워하기도 하고 어떤 아이들은 아양을 떨며 친해지려고 하였다. 이후부터 학교생활에서는 큰 어려움이 없었으나 돈이 없으니 생활을 영위할 수가 없었다.

　궁리 끝에 과외를 하기로 마음먹었다. 소학교와 중학교에 과외 공부할 아이를 찾는다는 광고지를 붙였다. 전화가 없으니까 '희망하는 사람은 3월 18일 수요일 오후 5시에 평성고등중학교 교문에서 '차영환'을 찾으라고 썼다. 약속한 시간에 교문에 가 있었더니 그를 찾는 집이 세 집이나 있었다.

　그중에서 두 명에게 과외를 해주기로 약속이 되었다. 일주일에 나흘간 저녁때 소학교 학생 한 명과 중학생 한 명에게 수학을 가르치기로 하고, 저녁도 얻어먹고 얼마큼 돈을 받기로 하여 이제 경제적으로도 어려움을 극복할 수 있게 되었다.

　그는 학교에서 전체 수석을 하였다. 이제 김일성대학에 가려고 마음먹고 있었으나 재포는 최하위계층인 '적대계층'이므로 김일성대학은커녕 어떤 대학도 갈 수가 없었다. 결국 돌격대에서 9년이나 일을 하고 나와서야 대학을 갈 수 있게 됐다.

　영환은 이공계 대학으로 가장 좋은 평양과학기술대학 전산학과에 합격하였다. 공부가 재미있었다. 직접 컴퓨터프로그램을 만들어보니 성취감이 대단했다. 흥미를 가지고 공부를 하고 있는데 3학년부터는 주로 해킹만 가르쳐줬다. 그는 이 해킹하는 일이 너무도 괴로운 일이었다.

남한과 미국의 주요 사이트에 들어가 해킹하는 것만 배우니 학습이 전혀 즐겁거나 유쾌하지가 않고 한숨만 나왔다. 생산적인 프로그램을 만들거나 머리로 풀기 어려운 문제를 컴퓨터를 이용해 풀거나 하면 좋은데, 해킹만 하라고 하니 마음속으로는 반감이 생겼다. 그러나 겉으로는 절대로 티를 내면 안 되니 남모르는 괴로움이 쌓였다. 컴퓨터를 하면서 남모르게 인터넷을 접할 수 있게 되어 바깥세상을 알게 됐다. 남조선도 학교에서 가르쳐주는 것과 매우 다르다는 것을 알게 됐다.

탈북과정은 책을 한 권 써도 될 정도로 복잡다단했고, 배고픔, 신체적 고통, 심리적 불안과 공포 등 긴장의 연속이었지만 목표를 이루었으므로 지난날은 기억 저편에 희미하게 남아있다.

막상 서울에 오니 온통 낯선 것뿐이어서 배우고 익힐 것이 예상외로 많고, 거의 매일 신선한 충격을 받으니 북조선을 잊기에 충분했다. 남한이 이토록 선진화되었을 줄은 상상도 못 했기 때문이다. 경제적으로 세계 10대 강국에 드는 건 물론, 실제로 한국에 와보면 미국 영국사람들도 놀랄 만큼 모든 게 질서정연하고 편리하게 되어있다. 도회지나 지방이나 차이 없이 먹거리가 풍부하고 집집마다 자동차도 있고, 화장실도 매우 깨끗한 수세식이고 냉장고, 세탁기, 에어컨 등 가전제품이 완비되어 있는 걸 보고 놀라서 입을 다물지 못했다. 대중교통수단도 아마 세계에서 가장 잘 되어있을 듯했다. 요금도 싸고 국내외 여행이 완전히 자유로움은 물론, 이때도 카드 하나로 다 해결되어 그야말로 꿈같은 일상이 펼쳐지니 마치 달나라에 온 것 같았다.

영환은 햇빛이 눈부시게 내리쬐는 용산의 J카페에서 이번엔 A신문사 정동찬 기자와 마주 앉아 커피를 마시며 창밖으로 시원하게 보이는 한강을 보면서 말했다.

―참 좋은 광경입니다.

하며 동의를 구하듯 정 기자를 보며 입을 뗐다.

―그렇죠? 내가 여길 좋아해서 사람을 만나려면 대개 이리로 온답니다.

이제 선생님 얘기 들어볼까요? 한국에 오신 지는 얼마 됐습니까?

―예, 3년 지났습니다.

―그럼 어느 정도 적응은 하셨겠네요. 하기야 이미 말씀하시는 게 서울 사람 같습니다.

―서울에 오셔서 힘든 점은 없었습니까?

―남북의 말이 다른 게 많아서 처음엔 조금 힘들었지요. '주차'를 '파킹', '정지'를 '스탑', '외동옷'을 '원피스', '살림집'을 '아파트', '쬐기밥'을 '주먹밥', '열쇠'를 '키', '일없다'를 '괜찮다', '인차'를 '즉시', '위생실'을 '화장실'이라 하더라고요. 어느 학자가 그러는데, 남북이 2만 단어 이상이 다르대요.

―그렇게나 많대요? 그래 지금은 어떠세요?

―네, 많이 료해됐습니다.

―다행이네요.

―자녀는 몇 명입니까? 한국에 잘 적응하고 있습니까?

―1남 1녀인데, 모두 대학에 다니고 있어요. 이미 북조선은 거의 다 잊은 것 같고, 이곳에서 즐겁고 행복하게 잘 지내고 있지요. 꿈에 부풀어 있고요.

―듣기 좋네요. 그럼 차 선생님은 여기서 무얼 하고 지내세요?

―예, 컴퓨터 회사에 다니고 있습니다.

―거기서는 어떤 일을 하나요?

―주로 컴퓨터프로그램을 개발하는 일을 하고 있지요.

―하시는 일에 만족하세요? 월급도 괜찮나요?

―매우 만족합니다. 컴퓨터와 관련된 일은 내 전공이므로 재미있고, 월급도 상당합니다. 여기선 해킹 같은 거 하라고 안 하니 얼마나 좋은지 몰라요.

―다른 어려움은 없으시고요?

―신분이 계속 달라지는 게 좀 괴롭지요. 일본에서는 '조센진'으로 불리며 차별을 당하다가 북조선에 가니 '재포'니, '귀포'니 하며 또 차별을 하고, '쪽발이'라 놀림받았지요. 이게 싫어서 한국에 왔더니 이번엔 '새터민', '탈북민', '북한이탈주민'이라 부르더라고요.

―아, 그러시군요. 저는 '차 선생님'이라 불러도 되죠?

―그러면 저야 좋지요.

―차 선생님의 소원이 있다면요?

―당연히 남북통일이지요.

―통일을 위해 우리가 무얼 해야 할까요?

―군대는 군대대로, 정치가는 정치가대로, 학자들은 학자들대로, 언론인은 언론인대로, 국민은 국민대로 통일을 위한 일을 해야겠지요. 무엇보다 '통일의 필요성과 당위성'을 계속해서 주지시키면서 하나하나 준비해야지요. 군대는 북한을 완전 능가하는 힘을 기르고, 정치가는 통일을 주제로 회의도 하고 '통일자금법' 같은 걸 통과시켜 통일에 필요한 예산을 확보하고, 학자들은 통일방법과 통일 후의 정치, 경제, 사회, 문화의 통일을 위한 연구를 하고, 언론인들은 기회가 있는 대로 통일문제를 자주 심도 있게 언론에서 다루어야겠지요. 토론회도 하고 좌담회도 하고 세미나도 하고 여론조사도 하고 전문가들의 글을 소개도 하고 인

터뷰도 하고, 탈북자들의 이야기도 많이 다루는 등 할 일이 많겠지요.

—아유, 구체적으로 생각을 많이 하셨나 봐요.

—자나 깨나 통일이니까요. 정 기자님 같은 분이 통일문제에 적극적이시니까 힘이 납니다. 요즘 젊은이들은 통일에 관심도 없고, 당위성도 크게 느끼지 못한다고 들었어요. 전후 세대들은 구태여 통일할 필요 있느냐고 생각한대요. 남북의 경제적 차이가 너무 크니까 자기들 부담이 클까 봐 걱정하기도 하고요.

—아, 그럴 수도 있겠네요. 우리 기성세대가 그들을 잘 설득해야겠어요. 그런데 국민은 굶는데 김정은은 자꾸 미사일 쏘고 핵 개발하니까 한국의 젊은이들을 설득하기가 좀 더 어렵지요. 김정은이 생각을 조금만 바꾸면 북한 국민 굶지 않게 하고 전기 사정도 훨씬 좋게 할 수 있는데, 참 답답해요. 미사일 쏘며 위기 조성 안 하고 서로 교류하다가 자연스럽게 통일되면 얼마나 좋겠어요?

—그러게 말이에요. 저는 요즘 성당에 다니면서 통일을 위한 기도를 많이 한답니다. 조금만 시간적 여유가 있으면 돌격대 생각이 나서 괴롭거든요, 너무도 배고픈 상태에서 무지막지한 일을 하던 일, 힘차게 일 안 한다고 발길에 차이던 일, 굼벵이, 개구리 보면 서로 먹으려고 싸우던 일, 30g짜리 처벌밥 먹던 일, 하루에도 열 명 이상씩 죽어 나가던 일들이 생각나서 매일 우울해지더라고요. 성당에 다니고부터 조금 안정되기 시작했어요.

—아주 잘하셨네요, 축하드리고 환영합니다. 우리가 종교까지 공유하게 됐네요. 정말 반갑습니다. 그럼 본명은 뭐예요?

—바오로입니다.

—저는 안드레아입니다. 우리 가톨릭 형제가 된 걸 자축합시다.

－천주님을 위하여! 우리의 통일을 위하여!

두 사람은 잔을 들어 합창을 했다

－오늘 여러 가지로 고맙습니다. 가톨릭 형제가 되신 것도 축하드리고요. 또 뵈올 수 있겠지요?

－그럼요. 언제든 연락만 주시면 또 뵙겠습니다.

－고맙습니다.

－안녕히 가시라요.

－예 조심해 들어가세요.

두 사람은 각기 다른 환경에서 살았지만 '조국 통일'이라는 대의 앞에서는 완전히 하나가 되었다. 두 사람은 거의 동시에 '굳게 닫힌 통일의 문을 돌격대가 열어젖힐 수 있으면 얼마나 좋을까'라는 생각을 했다. 오늘따라 날씨도 청명하고 새들도 파아란 하늘을 마음껏 날고 있었다.

고진감래 苦盡甘來

대학 캠퍼스에는 하루도 데모가 없는 날이 없었다. 군부정권의 정당성이 없다며 퇴진을 요구하는 구호를 앞세우고 매일 데모를 했다. K대학은 언제나 학생 데모의 중심이었다. 이맘때는 학교 밖 운동권이 유인물도 만들어 제공하면서 학생들을 부추기기도 했다. 학생들이 데모를 하면 전경은 교문에 와서 최루탄을 쏘아댔다. 학생들은 보도블록을 뜯어 던지고 때로는 화염병도 던지며 응수했다. 지금은 보도블록을 다 없애고 아예 아스팔트로 포장을 해 버렸다. 정치적인 문제 외에도 학생들의 문무대 입소와 방학 중에 이루어지는 전방부대 훈련에 대해서도 강력히 저항했다.

우선 대학에 입학하면 남학생들은 일주일 후에 문무대에 입소하여 일주일간 훈련을 받게 되어있었고, 방학 때는 한 달간 전방부대 훈련이 예정되어 있었는데, 이걸 안 하겠다고 데모도 하고 농성을 하기도 했다. 사실 이 두 가지 훈련은 학생들에게는 실익이 있는 제도였다. 이 훈련을 받으면 나중에 군대 입대했을 때 두 배의 기간을 복무에서 감減해 주므로 학생들에게는 이익이 되는 것이었지만, 강제로 시키니 무조건 반발했던 것이다. 그냥 선택제로 하거나 안 했으면 되었을 것을 왜 강제로 시키는지 이해가 되지 않았다. 정치적으로 잘못된 정책이 고스란히 대학에 옮겨와 대학을 혼란 속에 몰아넣었다. 이렇게 학생들이 데모하고 농성하면 학교에서도 엄청난 손해가 났다. 몇백 대의 버스를 대기해 놓고 며칠이고 학생들이 타기를 기다려야 하는데, 그 버스 대절료가 학교의 재정에 막대한 손해를 끼쳤다. 이맘때는 데모를 하는 학생이나 안 하는 학생이나 교수들이나 최루탄 가스에 거의 매일 눈물을 흘려야 했다.

세희는 마음으로는 데모하는 학생들과 완전히 함께했지만, 실제로 데모에 가담할 순 없었다. 당장 먹고사는 문제를 스스로 해결해야 하고 반드시 장학금을 받아야 하는 자신의 처지로는 데모에 가담할 수가 없었다. 자기의 처지를 생각하다 보니 그녀는 문득 태백에서의 생활이 떠올랐다.

세희는 석탄가루 가득한 철길을 따라 학교에 다녔다. 가끔은 마스크를 쓰고 다니지만, 그것도 형편이 안 돼 매일 쓰지는 못했다. 공기 중에 떠도는 것이 모두 탄가루이므로 바람이 안 불어도 탄가루를 마실 수밖에 없었다. 바람이라도 불면 더욱 극성스럽게 탄먼지가 코로 입으로 들어오고 때론 눈으로까지 들어와 고통스러웠다. 그나마 학교에 가면 친구도 만나고 선생님도 만나고 책도 볼 수 있으니 큰 위로가 되었다. 공부하는 시간이 행복 그 자체였다.

그녀는 모든 과목을 다 잘했다. 국·영·수는 기본이고, 음악, 미술, 체육도 다 잘하고 리더십도 있으니 초중고 12년 동안 반장을 했다. 모든 과목이 다 재미있으니 성적은 늘 수석이었다. 학생들은 대부분 광부 딸들이라 기본적으로 다 가난하고 환경이 열악했다.

세희 아버지는 강원도 태백시 함태탄광 광부였다. 광부는 엄청난 완력과 체력을 필요로 하는 직업으로, 함께 일하던 동료들이 목숨을 잃을 때마다 그만두고 싶은 생각이 굴뚝같았다. 당장 먹고살기 위해 그만두지 못하니 느는 것은 한숨이요 온몸에서 아우성치는 건 근육이다.

탄광 안에서 분진폭발도 하고, 고여있던 가스가 폭발하거나 농도가 짙은 가스를 호흡기가 견디지 못해 질식사하기도 하였다. 때로는 지지대나 지반이 무너져 생매장당하거나 팔다리를 잃기도 한다. 심지어 수맥을 건드려 모든 장비가 침수되고 광부들이 익사하기도 하였다. 지하 1000~1500m 아래의 갱도 막장에는 지열이 엄청나서 39~40도에 이르고 습도도 100%이므로 산소가 부족하여 죽어 나가기도 하였다. 세희 아버지는 갱도에서 미끄러져 몇십 미터를 떨어져 내려 다리를 골절해서 넉 달 동안 일도 못 했다. 최근으로 올수록 장비가 발달하고 과학적 지식이 쌓여 수맥 관련 탐사와 유독가스 탐지 장비 등이 나와서 탄광의 노동 여건이 개선되고 있다.

세희네는 엄마도 탄부였다. 엄마는 갱도에서 일하는 건 아니고 밖에서 잡석과 석탄을 선별하는 일을 주로 하였다. 저녁때 두 분은 새까만 얼굴로 돌아와 샤워를 하고 옷을 갈아입어야 본모습이 보였다. 매일 저녁 새까맣게 된 작업복을 세탁해야 했다. 작업복을 세제에 담갔다가 빨래판에 밀어보면 연신 새까만 물이 나왔다. 열 번 이상 헹궈야 물이 깨끗해졌다. 때로는 엄마가, 때로는 세희가 빨래를 했다.

그녀는 저녁마다 새까맣게 되어 얼굴 모습이 제대로 안 보이는 부모님을 보는 게 너무도 괴롭고 슬펐다. 속도 상하고 세상도 원망스러웠다. 때로는 광산 옆 공동샤워실에서 샤워를 하고 옷을 갈아입고 오실 때도 있었지만, 오는 동안 다시 탄가루에 노출되므로 아예 집에 와서 씻고 옷을 갈아입을 때가 더 많았다. 아버지는 늘 무릎이 아프고 다리를 옮기는 데 힘이 든다고 하면서도 가족들 생계를 위해 매일 1000m 아래의 갱도에 들어가 탄을 캔다.

고생하는 것에 비해 월급은 그리 많지 않았다. 대신 관사를 받고, 점심을 제공받는다. 위험수당도 조금 나오지만 다섯 식구가 먹고살면서 아이들 학비 내고 보험료 내고 병원비 내고 나면 별로 남지 않는다. 세희 부모님은 태백 출신이고 태백을 떠나보지 않았으므로 바깥세상은 모르고 살았다. 태백이 세상 전부인 줄 알고 살아왔으니 어디 다른 곳으로 이사가는 일은 한 번도 생각해 보지 않았다.

아빠 엄마가 매일 일터로 나가니 집안일은 세희 몫이었다. 학교에서 돌아오면 집안을 치우고 저녁 준비하고 동생들의 숙제도 돌보아주고 자기 숙제도 해야 했다. 부모님이 돌아오시면 저녁도 차려드리고 세탁도 해야 했다. 일인 몇 역을 해야했다.

세희는 얼굴이 예쁘니까 학교에 가면 매일같이 동기, 선배 남학생들의 유혹에 시달렸으나 세희는 서울의 명문대에 입학하는 큰 꿈을 가지고 있었으므로 주위의 남학생에게 한눈을 팔지 않았다. 그녀는 윤두서의 시조를 속으로 읊으며 꿈을 향해 최선의 노력을 했다.

옥에 흙이 묻어 길가에 버렸으니
오는 이 가는 이 흙이라고 하는 고야
두어라 알이 있을지니 흙인 듯이 있거라.

그녀는 용돈을 벌기 위해 과외공부를 해주는 시간만 빼고는 도서관에서 공부를 했다. 각 과목마다 교수님이 읽으라고 하는 책을 두세 번씩 읽었다. 강의도 안 빠지고 열심히 들었다. 그랬더니 학기 말에 발표하는 장학생 명단에 들었다. 만일 성적장학금이 안 되면 저소득층 장학금을 신청하려고 했는데, 학과 수석이라 자동적으로 성적장학금을 받게 되었다. 두 번째 학기에는 수석을 놓치고 차석을 했지만 그래도 장학금은 받았다. 수석을 한 친구는 서울에서 공부한 장숙영인데, 키도 크고 인물도 좋고 인상도 매우 좋았다. 세희는 이 친구와 가까워지고 싶었다. 먼저 아는 체를 했다.

─축하해.

─뭘?

─이번에 수석한 것 말이야.

─응, 뭐 어쩌다 보니….

너 이름이 뭐니? 어디에서 왔어? 아주 예쁘구나.

─난 김세희야. 강원도 태백에서 왔어. 너도 멋있다. 키도 크고.

─너 공부를 아주 잘했나 보구나. 태백에서 우리 과 들어온 걸 보니.

난 서울 숙명여고를 나왔어.

─역시 그렇구나. 우리 앞으로 잘 지내자.

─응. 그러자.

그때부터 둘은 아주 친하게 지냈다. 세희는 마음속으로 자기와 비슷하거나 뛰어넘을 수도 있는 친구를 처음 보는 터라 긴장도 되고 호기심도 생겼다. 둘은 공부도 같이 하고 점심도 같이 먹고, 수업 중에도 옆자리에 앉았다. 세희는 좋은 친구를 한 명 얻었다고 생각하니 기분이 좋았다. 선의의 경쟁을 하면서도 서로 돕고 친하게 지내면 좋을 것 같았다. 안 그래도 세희는 친구도 없는데, 서울 사는 좋은 친구를 알게 된 게 기뻤다. 어느 날부터인가 남학생들이 숙영에게 우유도 사다주고 주스도

176

사다주고 꽃도 주면서 접근을 하였다. 알고 보니 세희를 소개받기 위해서였다. 숙영은 기분 나쁘기도 하고 성가시기도 했지만, 이왕 친구가 됐으니 친구 노릇 충실하게 하자는 생각으로 옥석을 가려 정말 괜찮다고 생각되는 사람은 세희에게 소개를 하고 영 아닌 사람은 확실하게 선을 그었다. 세희는 그렇게 해주는 숙영이 고맙고 든든했다. 둘은 함께 공부하면서 우정을 쌓았다. 그녀는 숙영 덕에 낯선 서울에서 혼자 지내는 외로움도 덜 수 있어 좋았다. 숙영이 자기보다 키도 크고 더 멋있는데도 왜 남학생들은 자기만 찾는지 도무지 이해가 안 되면서도 약간 기분이 좋기도 하고 숙영에게 미안하기도 하고 난감하기도 했다. 숙영도 기분이 좋을 리 없으련만 내색을 안 했다. 진정 고마웠다.

그녀는 구김살 없이 유복하게 자란 것 같은 숙영을 보면서 3년 전의 일이 떠올랐다.

그녀가 고등학교 2학년 때였다. 두 살 아래의 여동생 세영은 세화만큼 예쁘기도 하고 착하기도 하고 공부도 잘해서 그녀와 서로 의지하며 살았다. 막내 세철을 두 누나가 함께 보살펴주며 부모가 탄광에 나가 있는 동안의 공백을 메워줬다. 삼 남매가 의좋게 지내며 열악한 환경을 이겨냈다. 어느 날 세영의 얼굴이 백지장같이 되더니 갑자기 각혈을 했다. 그녀는 기겁을 하여 동생을 데리고 병원에 가서 혈액검사도 하고, 엑스레이를 찍어 보니 폐결핵이라면서 입원을 하라고 하였다. 그것도 1인실에 입원해야 한다고 하였다. 결핵은 전염병이므로 다른 환자와 함께 있을 수 없기 때문이란다. 입원수속을 하려니 보증금을 내야 한다고 했다. 그 시간에는 부모님이 집에 안 계시고 전화를 할 수도 없다고 하니 그럼 집에 갔다가 내일 부모님 모시고 다시 오라고 했다.

할 수 없이 이튿날 엄마와 함께 병원에 가서 입원을 하고 한 달 정도 있어야 한다고 했으나 세희네는 1인실 입원비를 한 달 치나 낼 형편이 안돼 2주 만에 퇴원을 시키면서 이후부터는 약물치료를 하기로 하였다. 의사가 그럼 집에 가서 매우 영양가 있게 먹고 많이 쉬면서 시간 맞춰 약을 잘 먹이라고 하였다. 일주일에 한 번 정도 돼지고기를 먹고 세영에게는 특히 신경을 써서 계란도 매일 먹이고 우유도 먹이면서 집안일도 못 하게 하고 요양시켰으나 학교가 문제였다. 학교를 휴학하고 치료를 해야 하는데, 세영인 조금 좋아지니까 휴학하기 싫다며 꾸역꾸역 학교를 다녔다. 학교를 다니는 것은 신체적으로도 힘들지만 왕복 한 시간 이상 걸어가야 하는데, 이때 탄가루를 많이 마시게 되는 것이 문제였다.

그 학기를 마치고는 다시 드러눕게 되었고, 약물치료를 하면서 집에서 요양했으나 결국 1년 뒤에 생명을 잃었다. 세희는 통곡을 했다. 세상을 다 잃은 것 같고, 언니인 자기가 동생을 제대로 돌보지 못한 것 같은 죄책감과 미안함에 정신을 차릴 수 없었다. 생각할수록 아깝고 슬프기 그지없었다. 그녀는 몇 달간은 하루에도 몇 차례나 울었다. 얼굴도 예쁘고 마음도 예쁜 똑똑한 16살짜리 동생을 그렇게 허망하게 잃었다고 생각하니 가슴이 미어졌다. 다른 가족들도 탄가루를 많이 마시므로 폐가 성할 리 없었다. 새삼스레 자기의 가정환경이 원망스러웠다. 몇 달을 고통스럽게 지내다가 마음을 독하게 먹고 '내가 어떻게든 공부 열심히 해서 서울의 좋은 대학에 가서 공부를 하고 돈을 많이 벌어 가족을 서울로 이사시켜야겠다'고 결심하였다. 동생의 몫까지 다 공부하고 살아야겠다고 스스로 다짐을 하였다.

평소에도 공부를 열심히 하고 성적도 뛰어났지만, 이때부터는 더욱더 열심히 하였다. 그런데 그녀도 그만 고3 말에 폐결핵 환자가 되어 버렸다. 기침을 많이 하게 되고 기침할 때마다 각혈을 하였다. 잠자리에 누우면 기침이 나와 잠도 깊이 못 잤다. 무엇보다도 몸에 힘이 없었다. 말하는 것도 어려웠다. 세영이와 한 방에서 생활했으니 전염되는 것은 자연스런 일이었다. 처음엔 이게 웬일이냐고 대학 준비기에 이렇게 된 게 너무도 속상했지만, 건강보다 중요한 것은 없다는 걸 깨닫고, 대학 1년 늦는 게 뭐 그리 대수냐고 마음을 느긋하게 먹기로 하였다. 세영의 죽음을 경험했으므로 부모님도 세희에게 각별히 신경을 써주었고, 그녀도 어떻게든 병을 이겨내려고 학교도 휴학을 했다. 의사가 시키는 대로 한 달간 입원하고 9개월은 집에서 쉬면서 약도 시간 맞춰 꼬박꼬박 먹고, 음식도 악착같이 잘 먹고 충분히 쉬었다. 1년 후 완치 판정을 받고 다시 복학하여 1년 아래의 후배들과 공부하면서도 어색하거니 주눅 들지 않고 당당하게 입시 공부를 하였다.

노력한 보람이 있어 그녀는 서울의 K대학 신문방송학과에 우수한 성적으로 합격하여 드디어 서울로 왔다. 처음엔 혼자 자취방을 얻어 살았으나 2학년부터는 입주가정교사가 되었다. 부잣집에서 중고 여학생 자매를 가르치며 숙식을 해결하고 용돈도 받으니 앞으로는 안정되게 학교를 다닐 수 있을 것이었다.

그녀가 가정교사하는 집에 입주한 지 석 달쯤 되는 어느 날 우연히 혼자 집에 있게 되었다. 그날따라 휴강이어서 일찍 집에 왔는데 마침 주인아주머니와 가정부는 시장에 가고 학생들은 아직 학교에서 돌아오지 않아서였다. 조금 후에 뜻밖에 주인아저씨가 돌아왔다. 문상問喪을 가야 해서 옷을 갈아입기 위해서란다. 집에 아무도 없는 걸 확인하고는 아저씨가 갑자기 세희의 손을 잡고 그녀의 방에 들어와서는 방문을 잠그더니 그녀를 덮치는 것이었다. 그녀는 기겁하여 아저씨의 팔을 힘껏 깨물었더니 아아 하며 물러났다. 이 사이에 죽을힘을 다해 빠져나왔다.

대문을 뛰쳐나가 골목을 달리고 또 달렸다.

어느 조그만 공원에 도착하여 의자에 앉아 가쁜 숨을 몰아쉬며 정신을 가다듬고 사방을 둘러봐도 사람이 없어 안도하면서 옷매무새도 가다듬고 숨을 골랐다. 당장 이 집에서 나와야겠다고 생각했다. 두 시간 뒤쯤 집에 들어가 주인아주머니한테 오늘 나가겠다고 했다.

─아니, 왜 갑자기 나가려고 해요? 우리 집이 맘에 안 들어요? 뭐 섭섭한 게 있나요? 우리 아이들이 이제 공부에 취미를 붙여 잘하기 시작했는데 김 선생님이 나가겠다니요? 혹시 월급이 적어서라면 더 올려드릴게요.

하며 간곡하게 붙잡았다.

─제가 갑자기 몸이 안 좋아서 학교를 좀 쉬려고 해요. 아무래도 부모님 밑에 가서 지내야겠어요. 죄송합니다. 승희, 승미는 좋은 선생님 다시 만나면 되지요. 저보다 좋은 사람 얼마든지 있으니까 다시 찾으세요. 그동안 감사했습니다. 안녕히 계십시오.

이렇게 둘러대고 인사를 하고는 가방을 끌고 허겁지겁 집을 나왔다. 학교에 와서 학생회관 사물함에 가방을 넣어 놓고 학생 게시판을 보았다. 구인 구직 광고가 여러 개 붙어 있었다. 그중에는 출판사에서 교정을 보는 아르바이트생을 구하는 광고도 있었다. 우선 학교 앞에서 하숙집을 구하고 출판사 아르바이트생을 구한다는 회사로 전화를 했다.

─이미 구했는데요.

하는 것이었다.

할 수 없이 다시 다른 광고를 살펴봤다. 마침 과외교사를 찾는 집이 두 집이 있었다. 한 집에 전화하니 입주하는 조건이고 한 집은 일주일에 세 번 시간제로 여중생에게 수학을 가르치는 조건이었다. 이제 입주하는 집은 피해야겠다고 생각했다.

일단 두 번째 집부터 전화를 했다.

─예, 그러면 우리 집으로 오시겠어요?

라고 하여 가보니 학교에서 가깝고, 아버지는 안 계시고 엄마와 딸 둘이서만 사는 조그만 집이었다. 일단 이 집에서 과외를 하기로 하고 한 달에 얼마를 받기로 했는데, 하숙비에 조금 모자랐다.

할 수 없이 첫째 집에 전화를 했더니 초등학교 5학년 남학생과 중2 여학생 두 명을 가르치는 조건이었다. 주인은 입주를 원했지만, 세희는 입주는 안 하고 일주일에 네 번 두 시간씩 과외를 하는 조건을 제시했다. 주인은 그럼 저녁은 자기 집에서 먹고 과외비는 얼마라고 하는데, 앞의 집보다 두 배가 넘었다. 여기서 하기로 결정한 뒤 먼저 가본 집에는 미안하게 됐다고 전화를 했다. 이제 일주일에 나흘간 과외를 하고 저녁을 얻어먹기로 하였으니 하숙집에서 저녁은 집에서 안 먹을 테니 하숙비를 조금 깎아달라고 하여 합의가 이루어졌다. 이젠 안전하게 대학을 다닐 수 있을 것 같아 마음이 뿌듯했다.

세희는 자신에게 접근하는 남자 문제를 숙영이 해결해 주니 한없이 고마웠다. 그러던 어느 날 신동호라는 공대 남학생이 나타났는데, 이번엔 그녀도 숙영도 동호에게 호감을 가졌다. 신동호는 다른 남학생들과 마찬가지로 먼저 숙영에게 접근했다. 숙영은 모처럼 자기도 좋아하는 남학생이 다가오니까 마음으로 기뻐하면서 호응하였다. 그때부터 동호와 숙영은 가까워지기 시작했다. 실제로 동호는 세희에겐 관심 없고 오직 숙영만 좋아하여 둘은 자주 데이트도 하였다. 숙영은 세희에게 전혀 귀띔을 안 했다. 얼마 후 세희가 숙영과 동호의 관계를 알게 되고는 숙영을 의심하기 시작했다. 동호가 그녀에게 접근하는 걸 숙영이 막고 동호를 가로챈 것으로 생각했다. 어느새 두 사람 사이에는 틈이 생기기 시작했다. 숙영은 모처럼 자기를 좋아하는 남자를 만나고 있는데 세희가 축하는커녕 싸늘한 눈빛을 보내는 게 섭섭하고 이상했다. 지금까지 세희의 남자들을 정리해 주느라 얼마나 피곤했는데, 세희가 그 생각을 전혀 못 하는 것이 허탈했다. 진정한 친구라면 친구 잘되는 걸 축하해 주고 응원해주어야 하는데, 처음으로 맘에 드는 남학생과 사귀는데, 친구가 축하는커녕 적대적인 눈빛을 보내니 속상했다.

세희와 숙영은 한참 동안 냉랭한 관계가 지속되었다. 서로 외롭고 슬펐지만, 세희 쪽이 훨씬 더 심했다. 숙영은 서울 친구들과도 잘 지내고 숙명여고에서 함께 온 친구들도 있어 별로 외롭진 않았다. 그녀는 숙명여고에서도 반장을 할 정도로 리더십도 있고 공부도 썩 잘해서 세희를 앞지르기도 했으니 반드시 장학금을 받아야 하는 세희 입장에서는 숙영이 친하고 싶은 친구이면서 경쟁해야 할 친구이기도 했다. 두 사람의 관계가 소원해지자 그 틈새를 양희정이 메웠다.

양희정은 세희와도, 숙영과도 친구가 되고 싶었다. 하루는 자기 생일에 몇몇 친구를 초대하면서 세희와 숙영도 초대하였다. 여덟 명의 친구들은 오랜만에 희정의 엄마가 차려준 푸짐한 생일 음식을 맛있게 먹고 윷놀이를 하며 즐거운 한때를 보냈다. 세희도 이 순간은 모든 스트레스가 풀리는 것 같았다. 양희정은 어느 날 숙영한테서 동호와의 관계를 들었다. 그리고 세영이 숙영한테 섭섭하게 한다는 것도 들었다. 희정은 분명히 세영의 오해에서 비롯되었다는 걸 직감하고 세희에게 귀띔을 해줬다. 세희는 자기가 숙영을 오해했었다는 걸 알게 되어 숙영에게 미안하다고 사과해야 할 상황인데 용기가 나지 않았다. 양희정이 이 사실을 알고 세희에게 더 늦기 전에 사과하라고 채근했다. 세희는 어렵게 용기

를 내어

　－숙영아, 미안해. 내가 오해했었어. 용서해줘.

　－…

　숙영은 사과 안 받았을 때 보다 기분이 좋아지긴 했으나, 없던 일이 되지는 않았다. 자기를 오해한 자체가 신뢰의 부족으로 느껴지기도 하고 자기의 인격을 다 믿지 못했다는 것도 불쾌했다. 완전한 회복을 위해서는 더 많은 시간이 필요했다.

　어느 날 세희에게도 진짜 남자친구가 생겼다. 이제 숙영이가 중간역할을 안 해주니 그녀가 직접 두세 번씩 만나 본 남학생들도 몇 명 있고, 실제로 조금이나마 마음을 주었으나 헤어진 경우도 있었다. 처음 2, 3년은 최대한 남자들을 피했지만, 4학년이 되고 나니 이제는 남자친구가 있어도 괜찮을 것 같았다. 아니, 오히려 좋은 울타리가 될 것 같았다. 마침 영문저널 '타임'반 동아리에서 만난 학생이 군대를 다녀와서 같은 학년이지만 나이는 3살 위인 이준호라는 학생을 도서관에서도 다시 만나 서로 자리를 잡아주든가 자리를 지켜주면서 알게 된 사이였는데 알고 보니 정치외교학과 과대표였다.

　너무 뜨겁고 급하게 다가오지도 않고 그렇다고 너무 무심하지도 않은 점잖은 학생이었다. 공부도 진지하게 하는 것 같았다. 도서관에서 공부하다가 가끔 만나 함께 차도 마시고, 일주일에 한두 번 같이 식사를 하면서 둘은 자연스럽게 조금씩 가까워져 갔다.

　세희로서는 이준호의 존재가 큰 의지가 되었고, 무엇보다도 숙영을 대신하여 다른 남학생들의 접근을 막아주기도 하여 실질적으로 도움이 되었다. 아직 장래를 의논할 정도는 아니지만 세희의 울타리 역할을 해주어 고마웠다. 그녀는 열심히 공부했다. 공부하는 것만이 자신을 구원

할 수 있다고 믿었다.

세희는 4년간 장학생으로 등록금을 한 번도 안 내고 대학을 졸업하게 되었다. 대학에 다니는 동안 틈틈이 과외를 하여 꽤 많은 돈을 저축했다. 남동생 세진에게 공부 열심히 하여 서울에 있는 대학으로 오면 누나가 학비를 대주겠다고 편지도 하고 전화도 하며 격려하였다. 그녀는 가정환경으로 봐서는 졸업하고 바로 취직을 해야 했지만 대학교수가 되고 싶었다. 그러려면 대학원에 가지 않으면 안 되었다. 태백에서는 이제 세 식구만 살므로 아버지 어머니가 받는 월급으로 충분히 여유 있게 살 것 같아 자기는 대학원에 가도 될 것 같았다. 대학원 입학시험을 치기로 결심하고 전공, 영어, 제2외국어 시험을 준비하였다. 합격하고 나니 대학원은 학부만큼 장학금이 없었다. 저축해 놓았던 돈으로 등록을 하고 대학원에 다니면서 틈틈이 과외를 하여 돈을 벌었다. 이준호도 대학원에 입학하였다.

남동생 세진이 대학에 가야 하는 때가 되었다. 남동생과 통화한 뒤 서너 개 대학 입학원서를 사서 보냈다. 결국 남동생도 자기가 다니는 K대학 경제학과에 합격하여 서울로 오게 되었다. 세희는 뛸 듯이 기뻤다. 이제 자기네 가족도 서울로 올 수 있다는 희망이 생겼다. 틈틈이 부모님께 편지를 쓰면서 서울로 이사 오라고 졸랐다. 다른 가족들이 진폐증이나 폐결핵에 걸리지 않을까 마음이 조마조마했다. 2년간 끈질기게 졸랐더니 부모님도 세영이 잃은 걸 생각하고 남은 자녀들을 위해 큰 용기를 내어 탄광 생활을 접고 서울로 이사를 오게 되었다. 우선은 K대학에서 가까운 동네에 조그만 아파트를 하나 전세 내서 네 식구가 오랜만에 함께 살았다. 부모님은 서울에 와서 아버지는 막노동을 하고 어머니는 가사도우미를 하며 돈을 벌었다. 3년 뒤부터는 청량리 시장에 점포를 얻어 부부가 곡식 장사를 하였다. 장사가 잘되어 청량리 근방에 있는 좀 더 큰 아파트를 사서 이사하였다. 세진은 대학을 졸업하고 대기업에 취직하였다. 세희는 모든 것이 꿈만 같았다.

그러나 이것이 끝이었다. 이번에는 아버지가 진폐증 환자가 되었기 때문이다. 병원에 입원하여 치료를 받았으나 얼마 후 폐암으로 발전하고 1년 후 결국 세상을 떴다. 수십 년 동안 탄가루를 마셨으니 어쩌면 당연한 결과였다. 온 가족이 지성으로 간병을 하였으나 60세로 생을 마감하였다. 세희는 슬프고 안타깝기 그지없었다. 이제 서울에서 행복하게 살 일만 남았는데 그렇게 떠나시니 허망하기 그지없었다. 새삼스럽게 아버지가 아깝고 가슴이 저며 왔다. 언제나 다정하고 너그러우셨던 아버지, 가족을 너무나 사랑하셨던 아버지가 이제 이 세상에 안 계신다고 생각하니 앞이 온통 먹구름이었다. 가족들에게 늘 미안해하시던 아버지! 당신의 괴로움을 가족들에게 보여주지 않으셨던 아버지의 높은 인격이 새삼스럽게 감동으로 다가오면서 아까운 생각에 목이 메었다. 아버지가 돌아가신 후 어머니도 웃음을 잃었고, 말을 잃은 사람이 되어 갔다. 그녀는 어머니를 위로하면서 자기 공부는 계속했다.

김세희와 이준호는 나란히 대학원에 합격하여 공부도 함께 하였다. 장숙영과 신동호도 대학원에 입학했다. 네 사람은 다 같이 친구가 되어 공부도 함께 하고 가끔 식사도 함께하면서 친하게 지냈다. 네 사람은 동시에 석사학위를 받고 박사과정에 입학하였다. 박사과정 첫 방학 때 준호가 세희에게 정식으로 프러포즈를 했다. 두 사람은 석 달 후 결혼하였다. 알고 보니 준호의 아버지는 한국 굴지의 대기업 전무이사고 준호는 외아들로서 매우 윤택한 집안이었다. 처음엔 준호 부모님이 반대를 하셨지만, 준호가 설득하여 결국 두 사람은 결혼하게 되었다. 시부모님이 시댁 가까이에 32평짜리 아파트를 사주셨다. 세희는 결혼 1년 후 딸을 낳았다. 아직 박사과정을 하고 있는 세희로서는 낮에 아기를 맡길 데라곤 가까이에 있는 시댁밖에 없으니 당연히 시어머님이 봐주실 줄 알았다. 더구나 도우미도 있으니까 손녀를 맡아 주시리라 기대했다. 하지만 시어머니는 학비는 대주지만 아기는 절대 봐줄 수 없다고 잘라 말했다. 하는 수 없이 친정엄마에게 부탁할 수밖에 없었다. 세희 엄마는 쾌히 외손녀를 맡아 길러줬다. 준호도 박사과정을 다 못 끝냈으므로 시댁에서 등록금도 대주고 생활비도 대주었다. 이 생활비에서 조금씩 떼어 친정 어머니께 드렸다.

한편 숙영은 세희보다 1년 후에 신동호와 결혼했는데, 신동호의 가정이 매우 어려워 가난한 동네의 작은 전세 아파트에서 어머니를 모셔야 했다. 시아버지는 일찍 돌아가셨고, 어머니 한 분만 모시면 되는데, 막상 모시고 보니 숙영에게 오히려 큰 도움이 되었다. 숙영은 대학원 공부하면서도 시간강사를 했다. 한 푼이라도 벌어야 했기 때문이다. 친정은 아버지가 고위공무원이어서 웬만큼 잘 살았고 서울에 집도 있었으나 경상도 사람들이라 딸은 철저하게 출가외인으로 여기는 집안 분위기였다. 더구나 잘난 딸이 가난한 집안에 시집가는 것이 억울하고 속상하여 아예 아무런 도움도 안 주었다. 숙영은 너무 섭섭해 친정과는 일정한 거리를 두고 살았다.

반대로 시어머니는 숙영이 공부하러 학교에 가거나 강의하러 가면 집안일을 다 해주시고, 나중에 아기를 낳아도 다 봐주셨다. 동호와 숙영이 나란히 교수가 되어 결혼 5년 차에 40평대 아파트도 사서 3세대가 화목하게 살았다. 시어머니는 87세까지 사시며 손자 손녀 남매를 대학 갈 때까지 키워주셨고 그동안 집안 살림도 다 해주셨다. 숙영은 고부 갈

등 한번 없이 24년을 함께 살다가 어머님의 소원대로 마지막 한 달쯤 연명치료를 안 하는 호스피스 병동에서 지내시다가 고통 없이 곱게 가셨다.

세상의 조화가 참으로 묘했다. 잘사는 집으로 시집간 세희는 딸 둘을 키우는 데 갖은 고생을 했지만, 홀어머니만 계시는 가난한 집에 시집간 숙영은 너무도 편안한 상태에서 남매를 낳아 키웠으니 말이다. 숙영의 아이들도 다 커서 아들은 S대를 졸업하고 군대 마치고 나와 굴지의 대기업에 취업하고 딸은 Y대학에서 석사학위 마치고 좋은 신랑 만나 결혼하고, 남편과 함께 유학을 갔으니 모든 게 감사할 뿐이다. 특히 사돈댁도 교수 집안이고 인심이 좋아 숙영은 하느님께 감사기도를 드렸다.

세희는 큰 애가 태어나고 1년 후 둘째 애를 임신하였다. 시댁은 자손이 귀한 집안이라 둘째를 가졌다니 남편과 시부모님은 매우 반겼다. 아마도 아들을 바라셨을 것이다. 그런데 이번에도 딸이었다. 시부모님의 실망이 역력했다. 세희는 시부모님 앞에만 가면 주눅이 들고 죄의식이 들어 기를 펴지 못했다. 다시 1년이 지나자 시부모님은 셋째를 가지라고 성화를 하셨다. 강남의 시댁 옆에 살면서 청량리에 사는 친정어머니께 아침에 두 아이를 데려다주고 종암동에 있는 학교에서 공부하고 저녁에 다시 청량리에 가서 아이를 데리고 강남 집에 가는 생활을 4년째 하고 있으니 너무 고달파 더 이상 임신은 자신이 없었다. 더구나 세 번째는 아들이라는 보장도 없고, 세 명의 아이를 친정어머니께 부탁하는 것도 말이 안 될 것 같았다. 더구나 부부가 같이 박사 논문을 써야 하는 상황이니 다시 임신을 할 수는 없었다.

시부모님은 노골적으로 며느리에게 셋째를 낳으라고 압력을 가하셨으나 남편은 가타부타 말이 없었다. 3, 4년간 팽팽한 긴장감이 두 집안을 휩쓸었다. 아들의 성을 이어받을 손자를 갖고 싶은 시부모님 입장을 이해 못하는 건 아니지만, 세희는 너무 괴로웠다. 학교를 그만두고 들어앉아 아이만 낳고 키울 수도 없는 상황이니 시부모님이 때론 야속하였다. 이제 아들딸 구별 않는 시대도 되었건만 부모님은 친손자를 갖고 싶은 마음을 쉽게 접지 않으시니 큰일이었다. 부모님은 처음부터도 가정적으로 너무 기우는 며느리를 보는 게 속상했는데, 손자까지 없다고 생각하니 가끔씩 화가 치밀었다. 인물 좋고 키 크고 성격 좋고 머리 좋은 아들을 닮은 손자 하나만 있으면 세상에 부러울 게 없을 터인데…. 예쁘고 공부 잘하는 며느리이긴 하지만, 그 위에 남편 내조 잘하고 아들 낳아 기르는 며느리면 얼마나 좋으랴.

그러던 어느 날 시아버지가 60대 초반인데 백혈병에 걸렸다. 온 가족이 초긴장 상태로 10개월간 갖은 노력을 다했으나 결국 돌아가시고 말았다. 돈도 소용이 없었다. 정말 백혈병이 얼마나 치명적인 병인지를 알게 되었다. 유일한 희망이 남의 골수를 공급받는 것인데, 골수 구하기가 너무도 어려웠다. 시어머니와 남편의 슬픔은 이루 말할 수 없었다. 세희도 박사 되고 교수 되면 마음껏 효도하리라 마음먹고 있었는데, 이렇게 일찍 돌아가시니 너무도 안타까웠다. 손자를 안겨드리지 못한 것도 새삼 죄송했다. 대학원 등록금도 몇 번이나 내주셨고 생활비도 대주셨는데, 갚지도 못하고 떠나신 게 참으로 섭섭하였다. 그동안 베풀어주셨던 사랑이 새삼 생각나 마음이 몹시 아팠다. 학위 끝나고 교수 되는 걸 보여드리지 못하고 떠나신 게 제일 아쉬웠다. 두 분이 함께 계실 땐 자주 찾아뵙지 못해도 크게 신경이 쓰이지 않았는데, 시어머니가 혼자가 되시니 전보다 더 자주 찾아뵈어야 하고, 전화도 자주 해야 하고 가끔씩 선물도 사드려야 했다. 아들은 잠깐씩이라도 매일 어머니를 찾아

뵙는 걸 보니 역시 효자구나 싶었다. 시댁과 가까이 사니 이럴 땐 도움이 되었다.

'고진감래苦盡甘來'라 했던가?' 드디어 학생 생활이 끝나게 되었다. 세희 준호 부부가 나란히 박사가 되고 대학교수가 되니 이제야 어깨가 활짝 펴졌다. 이제 시어머니도 더 이상 손자 타령을 하시지 않았다. 경제적으로도 완전히 독립하고 모든 면에서 행복하게 살 수 있게 되니 감개무량했다. 천지가 시커멓던 태백을 세상의 전부로 알고 살았던 자신이 서울에 와서 좋은 사람 만나 결혼도 하고 딸도 둘이나 낳고 자기와 남편이 모두 박사 되고 교수 됐으니 그야말로 '개천에서 용이 난 것'이었다. 그사이 큰딸이 S대학에서 석사를 하고 펜실베이니아대학으로 유학을 갔다. 거기 가서도 장학금을 받고 공부를 하는데, 별로 돈 보내달라고도 하지 않았다.

새해 첫날 저녁 10시쯤 카카오 벨이 울렸다. 조용한 밤에 울리는 벨 소리는 유난히 크게 들린다. 세희는 재빨리 스마트폰을 들고 파란 버튼을 누르니 민아의 얼굴이 나타났다.

－응, 그래, 민아야, 잘 있니? 얼굴 보니 좀 야윈 것 같구나.

－아니에요. 잘 있어요. 엄마, 아빠 모두 안녕하시죠? 자주 전화 못 드려 죄송해요.

너무 늦게 전화한 거 아니에요?

－늦긴, 너의 전화라면 언제라도 환영이다.

그래 건강은 괜찮니? 논문 쓰는 건 잘 돼 가고?

－예, 이미 반 이상 썼어요.

근데 엄마, 논문도 통과되기 전에 먼저 교수가 됐어요. 그것도 코넬대학에요.

─어머나, 세상에⋯ 우리 딸 대단하다. 장하다. 축하한다. 정말 고맙다. 엄마 생전에 최고의 기쁜 소식이구나. 우리 집에 경사 났다, 경사 났어. 하느님, 조상님들 감사합니다. 새해 첫날부터 이렇게 기쁜 소식이 오다니⋯. 이민아 교수님, 축하합니다.

─모두 엄마, 아빠 덕분이에요. 아빠는 안 계세요?

─응, 오늘은 학교에 일이 있어 늦으신대. 아빠 휴대폰으로 전화해봐라. 너에게 직접 들으시고 감격하시는 거 네가 직접 듣고 보면 좋지. 얼마나 좋아하시겠니? 네가 효녀다, 효녀. 그래 코넬대학엔 언제부터 근무하니?

─8월부터요. 아직 논문도 안 끝났는데, 지도교수님이 추천서를 아주잘 써 주셨어요. AI 시대의 경제학적 패러다임의 변화에 관한 최첨단 논문인데 5월까지 끝난다고 친절한 추천서를 써주신 것이 주효한 것 같아요. 미국에선 지도교수 추천서가 매우 중요하거든요. 거기 교수로 가기전에 소논문도 두세 편은 써야 해요. 지금부터 정신없을 것 같아요. 만일에 7월까지 모든 일이 끝나면 잠시 한국에 다녀올 수 있을지 모르겠어요. 아니면 여기서 바로 뉴욕으로 가야 할 것 같아요.

─그래, 형편대로 하여라. 그리고 뭐 필요한 건 없니?

─응, 엄마 매실장아찌가 먹고 싶어요. 멸치볶음하고요. 김도 좀 보내주세요. 무말랭이 김치도 있나요? 전 엄마 반찬이 너무 좋아요. 몇 가지 반찬 있으면 밥만 지으면 먹으니까요. 아, 소고기볶음 고추장도요. 엄마 반찬 먹으며 힘내어 논문 쓸게요. 바쁠 땐 반찬 하기가 힘들어요. 미국에 살면서도 왜 자꾸 한국 음식이 입에 당기는지 모르겠어요.

─나도 한국을 떠나면 한국 음식이 그립더라. 알았다. 내일 당장 보내주겠다. 그렇지만 이걸로는 영양이 부족하다. 고기도 먹고 우유와 계

란도 반드시 먹어라. 두부도 사 먹고 야채도 먹어야 해.

—예, 그럴게요. 이번 5월 저의 졸업식 때는 아빠, 엄마 오실 거죠?

—그럼, 가야지. 부디 밥 잘 먹고 잘 자고 건강 잘 돌보면서 논문 쓰기 바란다. 거듭 축하한다. 고모랑 이모한테 전화해야겠다. 너 덕에 내가 인사 많이 받게 생겼다.

—예, 그럼 또 연락드릴게요. 엄마, 사랑해요.

세희는 딸이 전해준 낭보가 생각할수록 감격스러웠다. 어느새 뜨거운 눈물이 줄줄 흘러내렸다. '아! 내가 오늘을 위해 60년을 살았구나.' 딸 민아의 성취가 곧 자신의 성취였다.

그녀는 딸 민아에게 가끔씩 반찬을 만들어 보내고 조금씩이나마 돈도 보내주었다. 그러기를 5년째가 됐는데, 코넬대학 교수가 되었다는 소식이 온 것이다. 딸이 미국에서 혼자 살며 박사 공부도 하고 명문대학 교수도 되었다니 대견하고 자랑스럽기 이를 데 없었다. 가슴이 벅차올랐다. 그동안 동생 세영 잃고, 자신이 폐결핵 앓고, 아버지 잃고, 아들 없어 마음고생 했던 것을 한꺼번에 다 보상받은 기분이었다. 시어머니도 무척 좋아하셨다. 세희는 다시 친정에 전화를 했다.

—엄마, 저예요. 별일 없으시죠?

—응, 그래 너희들도 모두 잘 있고? 민아한테서도 잘 있다는 소식 왔냐?

—예, 그럼요. 엄마, 기쁜 소식이 있어요.

—글쎄 민아가 미국의 유명한 대학인 코넬대학 교수가 됐어요. 모두 엄마 덕분이에요.

—아유, 세상에나. 고맙고 고맙구나. 기특한 것. 그래 언제 다니러 온다는 말은 없고?

─그건 모르겠어요. 많이 바쁜가 봐요. 아직 논문도 안 끝났는데 교수가 먼저 됐거든요.

그럼 형편대로 해야지. 보고 싶지만 참자. 어쨌든 우리 손녀가 코넬대학 교수라니. 이젠 죽어도 여한이 없다. 내 딸이 대학교수가 되더니, 내가 키운 외손녀가 다시 미국 일류대학의 교수가 되다니 내가 늦복이 터졌구나. 축하한다, 세희야! 다 너의 공이고 복이다. 열 아들 안 부럽다. 고맙다 기쁜 소식 전해줘서. '조상님들 감사합니다.'

─엄마, 다시 전화드릴게요. 다시 한번 감사드려요. 안녕히 계세요.

세희는 지난 60년의 세월이 주마등처럼 떠오르며 감개무량했다. 태백의 검은 먼지가 필라델피아에서 찬란한 빛이 되어 돌아왔다. '진인사대천명'의 심정으로 살았던 자신에게 하느님이 멋진 선물로 응답을 해주신 것이다. 온몸이 구름 위로 둥둥 떠다니고 있었다. '고진감래'가 맞구나. '하느님, 감사합니다. 찬미와 영광 받으소서'.

아, 옛날이여

정호가 공인중개소를 차린 지 3년이 되니 그럭저럭 사무실 유지하고 생활비 조금 넘는 정도의 수입이 되었다. 보통 한 달에 서너 건 계약을 성사하고, 운이 좋을 땐 대여섯 건 중개를 했다. 앞으로 더 잘 될 것을 확신하면서 이렇게 중개업을 하는 것도 나름대로 재미가 있었다. 이 경험을 잘 살리면 장래가 유망한 사업을 할 수도 있다는 희망과 꿈도 가지게 됐다. 예를 들어 좋은 매물이 나오면 자기가 사놓았다가 적당한 때 팔 수도 있을 것이었다. 이처럼 좋은 수익사업도 될 수 있고, 규모가 커지면 부동산 회사를 차려도 좋을 것 같았다.

그는 상계동의 25평짜리 아파트를 전세 내어 살고 있다. 일과가 끝나면 집에 돌아와 라면을 끓여 밥을 말아 먹거나 파스타를 만들어 먹기도 한다. TV를 보다가 쓸쓸히 자리에 누우면 지난날들이 흑백영화처럼 한 장면씩 떠올랐다간 사라졌다.

대학 1년을 마치고 군대에 갔을 때는 제대만 하면 남보다 더 열심히 살 거라고 다짐하였다. 군대에서 지내는 만큼만 사회에서 노력한다면 못 이룰 일이 없을 것 같았다. '안 되면 되게 하라'는 마음속 표어를 가슴에 달고 자신감을 가지고 제대하였다.

경북 문경고등학교 입학식 때 대표로 선서를 했던 자신이 졸업 땐 그저 평범한 성적으로 서울의 G대학 경영학과를 겨우 들어갔고, 1년 뒤 휴학하고 자진 입대하여 혹독한 훈련과 열악한 환경에서 건설 노동도 하고 농번기엔 농촌의 일도 도왔다. 힘들었지만 매일 매일 다짐을 했다. '내가 제대하여 사회에 나가기만 하면 남보다 몇 배로 열심히 노력하여 반드시 성공한다.' 3년을 복무하고 나와 복학하여 1년간은 정말 열심히 공부했다. 목표도 세웠다. 고시공부를 하여 판검사가 되겠다고. 처음 몇 달은 계획대로 진도가 나갔다. 그러나 고시 공부는 너무도 따분하여 포기하였다. 대신 학교 공부는 열심히 해서 우등으로 졸업했다.

S은행이 처음 생기고 행원을 뽑는다는 광고를 보고 지원했는데, 경쟁률이 15:1이나 되었다. 모두 창립 멤버의 꿈을 안고 다른 은행이나 회사에 가려던 사람도 여길 지원한 모양이었다. 결과는 하늘에 맡길 수밖에 없었다. 국어와 영어, 수학, 상식, 상법, 회계학 등의 과목을 시험 보고 나니 보름 후에 인터뷰 요청이 와서 인터뷰를 했다. 1주일 후 합격을 알려주면서 언제 어디로 오라고 하였다. 오라는 곳으로 갔더니 신입 행원 오리엔테이션을 하는 것이었는데, 이번에 합격한 사람은 150명 정도 되었다. 오리엔테이션이 끝나고는 모두 서울로 부산으로 대구로 광주로 흩어지고 같은 서울 안에서도 동서남북으로 갈리었다. 정호가 처음 발령받은 곳은 동대구지점이었다. 그는 입사 2년 만에 대리가 되었고, 서울 본사로 다시 발령이 났다.

20년 전 신입 행원으로 오리엔테이션을 받을 때였다. 어느 임원이 이런 말을 했다.

－신입 행원 여러분은 우선은 창구에서 일을 시작하게 되겠지만, 얼마나 진심을 가지고 집중해서 일하며 얼마나 큰 꿈을 가지고, 그 꿈을 위해 어떤 근무태도를 보이느냐에 따라 여러분들의 장래가 결정될 것입니다. '돈'을 '돈'으로 보지 않고 돈을 '사람'으로 보아야만 여러분들의 미래가 밝을 것입니다. 무슨 말인지 설명 안 해도 아실 줄 압니다. 나는 여러분들이 우리 은행을 한국의 최고 은행, 세계에서도 통하는 은행이 되게 하는 데 주춧돌이 되어주시길 기대합니다.

정호는 용솟음치는 전율 같은 걸 느끼며, 최고의 행원이 되겠다는 목표를 가슴에 새겼다. 입행한 지 3년쯤 지난 어느 날 D은행에 가야 할 일이 생겼다. 어떤 회사의 어음을 처리하는 과정에 D은행과 협조할 일이 생겨 부장을 보좌하는 행원으로 D은행에 가게 되었다. 마침 D은행의 부장도 수행 행원이 있었는데, 여행원이었다. 이 여행원과의 첫 대면에서 정호는 가슴이 뛰고 눈에서 불꽃이 일었다. 생전 처음 느껴보는 감정이었다. 서로가 명함을 주고받았는데, 그 여행원의 이름은 김아람이었다. 그다음부터는 일이 어떻게 진행되는지보다도 김아람의 일거수일투족에 눈길이 갔다. 가슴이 두근거리고 얼굴도 달아올랐다. 더욱 기막히는 것은 어느 순간 김아람의 눈빛도 자신에게 향해 있음을 느낀 것이었다. 정호는 가슴이 벅차올랐다.

일을 마치고 자기 은행에 돌아오는 즉시 전화를 했다. 당장 퇴근 후에 만나기로 약속이 되었다. 그때부터 두 사람은 1년간 불꽃 튀는 연애를 했다. 아람은 얼굴도 예쁘고 성격도 온순하고 여성스러우면서도 당찬 면이 있었다. 두 사람은 만날수록 점점 더 좋아졌다. 아람은 공무원인 아버지와 초등학교 교사 어머니의 1남 1녀 중 맏딸이었다. 집안이 모두 화목하고 평화로운 집이었다.

사귄 지 일 년 만에 정호는 프러포즈를 했다.

─아람 씨, 우리 이제 퇴근하고 같은 집으로 들어가고, 함께 저녁 먹고, 해 뜨는 장면 보고 함께 출근하면 안 될까요? 난 이제 아람 씨 없는 세상은 생각할 수가 없게 됐어요. 모든 걸 함께 하고 싶어요. 사랑해요, 아람 씨, 나의 사랑 받아주실 거죠?

─…

─빨리 대답해 주세요. '예'라고 한마디만 해주세요.

─예, 알았어요. 나도 정호 씨가 좋아요.

─고마워요. 정말 정말 고마워요. 내가 잘할게요.

─알았어요. 나도 잘할게요.

정호와 아람은 3개월 후 결혼에 골인했다. 처음엔 양가 부모님들의 반대가 있었다. 지역감정이 자칫 두 사람을 떼 놓을 뻔했다. 정호의 학벌도 문제가 되었다. 아람에 비해 지명도가 떨어지는 대학 출신이라는 것이 신부 측에서는 속상했다. 그러나 직장도 좋고 두 사람의 사랑이 너무나 굳건하므로 결혼을 허락하였고, 나중에는 양가 부모님들도 친하게 되었다. 영호남의 완전한 화합을 이룬 셈이었다.

과장 때 결혼하고 내리 두 명의 아들까지 얻었고 집도 강남의 42평짜리를 사서 행복하게 살았다. 다시 4년이 지나니까 부장이 되었고 2년 뒤 영등포 지점장이 되었다. 다시 2년 후에 충무로 지점장이 되었다. 성취감으로 가슴이 벅차올랐다. 마치 알프스 등정을 성공했을 때의 희열 같은 게 부풀어 올랐다. 다시 2년 뒤 본사 부장이 되었다. 이제 평사원으로 올라올 수 있는 곳까진 다 올라온 셈이다. 이렇게 올라가다간 임원까지 올라가게 되는 건 아닌가 하는 희망과 꿈도 생겼다. 물론 임원은 하늘의 도움이 있어야 한다. 아람도 한두 계단 차이로 정호를 따라 승진도 하고 아이들도 공부를 잘해서 정호와 아람은 하늘의 축복을 받았다고 생각하며 매일 매일 행복하게 살았다.

　어느 날 은행의 부장 4명이 저녁을 함께 하게 되있다. 모두 임원을 바라보는 위치에 있는 사람들이라 공감대가 있으면서도 선의의 경쟁자들이기도 했다. 어쨌든 현재는 모두 같은 부장이니까 통하는 면도 많고 생각하는 것도 비슷하여 시간 가는 줄 모르고 이야기꽃을 피웠다. 정치 얘기도 하고 은행 얘기도 하고, 재테크 얘기도 하고 군대 얘기도 하고, 여자 얘기도 하면서 술이 술을 불러 거나하게들 취했다. 이때 네 명 중 선임인 P가 이런 말을 했다.

　－자네들 모두 임원 되리라는 희망 갖고 있지? 미안하지만 꿈 깨. 지금까지 승진한 것과 임원 되는 것은 차원이 다른 얘기야. 모두 알겠어? 재무부 관리했던 사람이 올 수도 있고, 경제기획원 고위직을 했던 사람이 올 수도 있어. 일본통이 올 수도 있고. 미국통이 올 수도 있어. 임원부터는 정치야, 정치. 신입사원부터 시작한 우리가 임원이 될 것 같아? 천만에. 이 은행을 설립한 사람이 누구야? 사업가 아니야? 수많은 계산을 하여 임원을 시킬걸. 난 우리 4명 중 한 명도 임원이 되긴 어렵다고 봐. 그러니 우리 오늘 실컷 마시고 만년 부장할 각오를 하자 이거야. 고참 부장이 되면 그래도 월급은 오르지 않겠어? 내 생각에 부장을 10년 이상은 못 할 거라고 봐. 밑에서 올라와야 하니까. 길면 10년, 짧으면 5년 안에 우리의 이 자리도 내놓아야 할걸. 그러니 현재를 즐기자고. 내일은 없다 이거야. 오늘 원 없이 마셔보자고. 난 퇴직하면 시골로 가서 농사짓고 살 거야. 얼마나 배짱 편하겠어? 안 그래?

　정호가 들어보니 술 취한 사람이 그냥 횡설수설하는 것이 아니었다. 매우 심각한 얘기를 술을 빌려 하는 것이었다. 차마 평소에 맨정신으로 하기 어려운 말을 술김에 용기를 낸 것이다. 정호도 웬만큼 마셨으나 P의 얘기를 들으니 술이 확 깨는 것 같았다. 물론 정호도 자신이 임원이 될 거라는 확신은 없었다. 단지 운이 따라준다면 혹시 될지도 모른다는 막연한 기대는 했다. 하지만 P의 얘길 들어보니 그 가능성이 매우 희박하거나 아예 없다는 것을 알게 된 계기가 되었다. 그래도 은행의 임원 바로 아래까지 올라왔으니 이만하면 성공했다고 할 만했다. 누구를 만나도 자신 있게 명함을 건넬 수 있고, 월급도 상당한 수준이었다. 장관보다도 더 많은 월급을 받는다고 생각하니 기분이 좋았다.

문득 군대 생활을 하던 시절이 떠올랐다. 좋을 때나 나쁠 때 이상하게 군대 생활 시절을 떠올리게 된다. 좋을 때는 군대 생활하던 때와 비교해 행복해지고, 나쁠 때는 '그래도 군대 있을 때보다는 낫다'라는 생각을 하며 마음을 추슬렀다.

정호가 군대에 있을 때 1년 먼저 입대한 C에게 당했던 수모는 평생 지워지지 않을 상처였다. 같은 내무반에 있던 그 상관은 인간성 제로인 사람이었다. 자기 구두를 닦으라는 명령은 기본이고, 세탁부터 다림질까지 모두 정호에게 시켰고, 상관들 몰래 밤에 담배 사러 가는 일, 담배를 입에 물고 불을 붙이라는 것은 물론이고, 밤 간식으로 라면 끓여 바치기, 샤워할 때 때 밀기, 양말 벗기기, 양말 신기기, 군화 신기기, 군화 벗기 등도 모두 시켰다.

하루는 정호가 감기몸살이 나서 선임하사에게 양해를 구하고 타이레놀을 먹고 내무반에 누워있는데, 그 상관이

―왜 초저녁부터 누워있어?

하며 발로 차는 것이었다.

―아파서요.

했더니 꾀병이라며 더 많이 찼다. 벌떡 일어나 멱살을 잡고 뺨을 치고 싶었으나 아들 제대 날짜만 꼽고 계실 부모님을 생각하며 이를 악물고 참았다. 또 다른 상관 한 명도 비슷하게 저질이었다. 툭하면

―대학 물먹은 자식이 이 모양이야?'

하며 수모를 주었다. 아마 대학을 안 다닌 모양이었다. 아주 괜찮은 상관도 몇 명 있었지만, 그 두 명의 상관은 교대로 정호에게 골탕을 먹였다. 툭하면 발길질이고 주먹질이었다.

정호는 제대하고 나서 대학 졸업하고 취직하고 결혼하여 아들을 낳아 키우면서 '내 아들은 절대 군대에 보내지 않겠다'고 굳게 결심했다. 사병으로 입대하는 건 결코 시켜선 안 된다는 생각을 하고 또 했다. 물론 좋은 사람도 많이 있겠지만, 자기가 만났던 그 상관들보다도 더 나쁜 사람도 있을 수 있다는 생각에 사병으로 입대시키는 것은 절대로 하지 말아야겠다고 계속 다짐하게 되었다.

그러나 아들이 가겠다고 우기거나, 안 가서 나중에 사회에서 불이익을 당하는 것을 막을 방법이 없었다. 고관대작은 용케도 아들들 군대 안 보내기도 하지만, 일반 국민으로 사지가 멀쩡하면 안 갈 수 없다. 물론 인간성 좋은 상관 만나 덕을 볼 수도 있지만, 자기가 겪은 그놈들보다 더 악독한 상관을 안 만난다는 보장도 없었다. 오죽하면 군대에서 자살하는 사람도 나오지 않는가. 악독한 선임자를 만나면 참으로 견디기 힘들다는 걸 정호는 일찌감치 깨닫게 되었다.

정호는 혼자서 아들들의 군대 문제를 잠깐씩 고민을 하다가 큰아들이 고등학교 학생이 되면서 고민은 절정에 달했고, 결국 캐나다 이민을 생각해 냈다. 알아보니 거긴 군대가 지원제이며, 이민도 일정한 돈이 있고, 전과가 없으며, 신분이 확실하면 갈 수 있다는 것을 알고 그때부터

혼자서 영어공부를 시작하였다. 우선 가장인 자기가 어느 정도 영어를 구사할 수 있어야 캐나다에 가서도 제대로 자리를 잡고 살 것이었다. 주말에는 영어학원에 다니고 평소에는 운전할 때도 영어테이프를 듣고 저녁에는 영어 회화반에서 두 시간씩 공부를 하고 집에 들어갔다. 읽는 것은 어느 정도 자신 있지만, 말하기 듣기는 아무래도 공부를 해야 할 것 같았다.

3남 1녀의 형제들 중 둘째 아들로 태어난 정호는 재미있는 천재 교사 아버지와 따뜻한 천사표 엄마와 형과 누나, 동생도 있어서 무엇 하나 부러울 게 없는 가족이었다. 누구 하나 성격 이상한 사람도 없었고, 잘난 체하는 사람도 없어 매일 웃음소리가 그치지 않았다. 정호는 자신이 유머가 있어서 가족을 웃기는 게 늘 흐뭇하고 행복하였다. 시골 학교 교사의 월급으로 사 남매를 모두 서울에 있는 대학에 보내느라 부모님이 얼마나 힘드셨을지 알기 때문에 마음속으로 부모님이 항상 감사하고 자랑스러웠다. 꼭 성공하여 부모님을 기쁘게 해드려야겠다고 생각하면서 열심히 일했다.

똑같은 직급의 행원이라도 실적은 다르다. 운이 따라주기도 하지만, 인적네트워크가 좋은 행원과 그렇지 못한 사람 사이에서도 차이가 났다. 요는 누가 예금을 많이 유치해 오느냐, 대출해 간 사람이 얼마나 성실하게 이자를 내고 제때에 원금을 갚느냐, 또 은행에서 특별히 출시하는 펀드에 얼마나 많은 고객을 유치하느냐 등 평가 기준은 많았다. 동료들과의 관계, 상하 관계에 대한 동료 평가도 있고, 상하 평가도 있고, 행여라도 계산 착오를 일으킨 적은 없느냐, 서류를 정확하게 잘 관리하느냐, 지각이나 조퇴는 없느냐 등등 평가항목에서 결국 같은 직급의 행원 간에도 차이가 나타나기 마련이다. 정호는 이런 평가에서 늘 윗자리를 차지했으므로 승진에서 한 번도 밀리지 않았다. 운도 따라 주었지만 고등학교, 대학교 친구들의 의리가 가져온 결과이기도 했다. 다른 은행을 거래하던 친구, 선후배가 대부분 자기 은행으로 옮겨 와 주었기 때문이다. 심지어 친구의 친구, 선후배의 친구들까지 정호의 은행으로 옮겨 와 준 덕택이었다. 그중에는 기업가나 부자도 몇 명 있어 정호의 실적에 큰 보탬이 되었다.

덕분에 특별보너스를 타기도 하고, 승진도 동기생 중에 가장 빠른 그룹에 속해서 매일 매일의 긴장 속에서도 짜릿한 설렘이 있었다. 특별보너스를 받을 때는 아내 모르게 부모님께 용돈도 보내드렸다. 앞으로 5, 6년만 더 착실히 일하면 임원도 바라볼 수 있게 되었다. 사실 은행은 워낙 피라미드 조직이라 수천 명의 행원 중에 대여섯 명의 임원밖에 없으므로 천운이 있어야만 되는 자리지만, 하늘의 별은 아니었다. 꿈을 꿀 만한 별이었다. 그러나 얼마 전 P의 취중 진담을 듣고는 임원에 대한 꿈을 접었다.

아람은 남편이 갑자기 퇴근이 늦어지고 주말에도 혼자 나가버리는 것을 보면서 처음엔 바람이 난 줄 알았다. 하루는 퇴근 시간에 정호 은행 근방에서 기다렸다가 정호의 뒤를 밟아 보았다. 남편이 향하는 곳은 엉뚱하게도 영어학원이었다. 학원이 끝나도록 기다렸다가 그다음 행동을 보기로 하였다. 택시를 잡아 남편 차를 뒤쫓게 하였는데, 정호 차가 향한 곳은 다름 아닌 자기 집이었다. 아람은 놀라 얼른 택시를 보내고 주차하고 나오는 남편을 현관에서 만났다.

ー당신 오셨어요?

ー당신은 어디 갔다 오는 거야? 저녁은 준비해 놨어? 나 배가 배고파 죽겠는데…

─알았어요. 10분만 기다려줘요. 내가 얼른 차릴게요.

─일하고 돌아오는 남편 저녁 준비도 안 하고 대체 어딜 다녀오는 거야?

─오랜만에 친구들 만났어요. 저녁도 같이 안 먹고 달려왔어요. 미안해요.

아람은 진심으로 남편에게 미안했다. 지금 새삼스럽게 영어학원 다니는 건 이해하기 어렵지만, 성실하게 사는 남편을 의심했다는 게 너무 미안하고 부끄러웠다. 이튿날부턴 저녁도 더 신경 써서 준비해놓고 정호의 퇴근을 기다렸다.

정호는 일 년 전부터 한국을 떠날 생각을 하고 있었다. 갑자기 아들들 군대도 보내기 싫고 한국에서 대학을 시키기도 싫었다. 자기는 어쩔 수 없이 시골에서 고등학교까지 나와 성에 안 차는 대학을 나온 우물 안 개구리지만 자기 자식들은 더 넓은 세상에 나가 전 세계를 무대로 꿈꾸게 해주고 싶었다. 일단 모든 걸 알아본 뒤 우선 자기 혼자 영어공부를 시작했다. 운전할 때도 영어 테이프를 듣고 길을 걸으면서도 영어를 들었다. 또 영어회화책을 사서 몇 번이고 소리 내 읽으면서 연습을 했다. 주말에는 영어학원에 등록하여 비즈니스 영어반에서 공부를 했다. 이제 최소한의 영어는 준비되었으므로 1년 후 그는 자기 뜻을 아내에게 말했다.

─여보 너무 놀라지 말고 내 말 들어줘요. 실은 내가 1년 전부터 캐나다 이민을 준비하고 있어요. 우리 아이들에게 더 넓은 세상에서 마음껏 자기 능력을 발휘하도록 해주고 싶어서요. 당신도 지금부터 진지하게 생각해봐 줘요. 이틀 후에 다시 얘기합시다.

─이렇게 일방적으로 통보하면서 뭘 생각하라는 거예요? 그럼 내가

반대하면 안 갈 수 있어요? 주말마다 외출을 하면서도 영어학원에 다닌
단 말도 안 했잖아요? 철저하게 혼자 비밀스럽게 준비해놓고는 인제 와
서 나보고 생각하라고요? 도대체 우리가 뭐가 아쉬워서 낯설고 물선 데
를 가요? 정말 당신을 이해할 수 없네요. 난 반대할 수밖에 없어요.

　―알아, 당신 마음 이해해요. 당연히 그렇겠지. 그러나 이제부터 열
심히 생각해봐요. 우리 가족의 더 풍요로운 내일을 위해 더 좋은 곳으로
간다고 생각해줘요. 난 한국이 답답해요. 캐나다같이 넓은 곳에 가서
살고 싶어요. 아이들 군대 보내기도 싫어요. 아니 절대로 안 보낼 거예
요. 내가 3년간 군대 있어 보니 20대 가장 중요한 시기에 2, 3년간의 군
대 생활은 너무 억울했어요. 당신은 군대 안 가봐서 몰라요. 불과 몇 달
먼저 입대했다고 악질적으로 상관 노릇하는 선임병을 보면 그냥 패주
고 싶을 때가 얼마나 많았는지 알아요? 군대는 인내심 하나 배워가지고
나오는 거예요. 추위도 참고 더위도 참고 억울해도 참고 속상해도 참고,
힘들어도 참고 배고파도 참고…. 군대 생활은 우리 인생에서 마치 운전
해 가다가 긴 터널을 만나는 것과 같아요. 답답하고 자유도 없고, 햇볕
도 없고, 세상과 단절된 그런 상황 말이에요. 인생의 가장 중요한 시기
이고 능력이 최고조로 발달하는 그 시기에 군대에서 썩는 건 인생의 큰
손실이고 낭비예요. 난 우리 아들들을 군대 보내기 싫어요. 한국에서는
안 갈 도리가 없잖아요? 여보, 힘들겠지만, 내 뜻을 이해하고 따라줘요.
처음부터 당신과 의논 안 한 것은 나도 내 마음을 확신하지 못했기 때문
이에요. 일단 영어공부하면서 생각하고 또 생각하여 결심하는 데 시간
이 걸렸어요.

　―…

　아내도 당시 D은행에 다니고 있어서 아쉬운 것이 없는 상황이었다.

그녀는 남편이 생각하는 일이 전혀 달갑지 않았지만, 결국 그에게 설득당하였다. 아니 그의 뜻을 꺾지 못했다. 그로부터 1년 뒤 정호 부부와 두 아들 네 식구는 푸른 꿈을 안고 캐나다 밴쿠버로 이주하기에 이르렀다. 당시 그가 모아놓은 돈이 10억 정도 되고 아파트를 파니 20억이 되어 캐나다에 가서 몇 년 돈 안 벌어도 생활하기에 어려움이 없을 듯했다. 아내의 퇴직금 4억과 자기 퇴직금 6억을 합하면 40억이 되어 이중 5억은 아내 몰래 한국 계좌에 남겨두었다.

캐나다는 광활한 국토가 가슴을 탁 트이게 해주었다. 역시 오길 잘했다고 생각했다.

복작거리는 한국을 보다가 캐나다로 오니 마치 지하 셋방에 살다가 경치 좋은 곳에 있는 큰 아파트로 이사한 것과 같은 기분이 들었다. 집값도 한국보다 오히려 싸서 학군이 좋은 곳에 집도 사고 보험도 들고 아이들도 좋은 학교에 넣었다. 아이들이 처음 한두 달은 힘들어하더니 석달이 지나니까 영어도 잘하고 어느새 적응하여 학교에 가는 것을 즐거워하였다. 주말이면 공원에 가서 고기도 구워 먹고 자전거도 마음껏 탈수 있고, 스키를 탈 수 있는 기회도 많으니 좋아했다. 정호 가족은 캐나다의 맑은 공기와 쾌적한 환경을 즐기며 하루하루가 행복하였다. 캐나다에 와서 6개월이 됐을 때 아버지, 어머니, 형제들을 모두 초청해서 3주일간 캐나다와 미국을 관광시켜 보내니 뿌듯했다.

처음 캐나다행을 주선해주었던 친구가 돈이 있으면 석유회사 같은데 투자하면 거기서 배당금이 나오므로 은행 이자보다 훨씬 수익이 좋다고 알려줬다. 처음 캐나다에 올 때는 그것도 계획에 있었다. 막상 캐나다에 와 보니 석유회사에 어떻게 투자해야 하는지도 잘 모르겠고, 안다고 해도 무서워서 투자를 할 수가 없었다. 만에 하나 잘못되는 날엔 온 식구가 어떻게 될지 생각만 해도 무서웠다.

1년이 지나고 보니 이제 노는 것도 시들하고 뭔가 일을 하고 싶었다. 은행원이었던 경력을 살려 일할 곳은 없었다. 할 수 없이 막노동판에 뛰어들었다. 한국에서 17년 동안 펜대만 잡았던 자신이 막노동을 하자니 하루 만에 지쳐버렸다. 어깨부터 안 아픈 데가 없었다. '도저히 막노동은 못 하겠다.' 대신 한가지 기술을 배워야겠다고 생각하여 이리저리 궁리하고 찾아보다가 우선 가벼운 것으로 빵 굽는 기술을 배울 결심을 했다. 요리학원에서 빵을 주로 배우는 프로그램에 등록을 하고 다녔다. 손이 유연하지 않아 약간 민망했지만 그래도 재미가 있었다. 한가지 배우면 당장 집에서 실습해 볼 수 있으니 성취감도 있었다. 빵을 반죽하고 숙성하고 만들고 굽기까지의 전 과정을 두 달 동안 수십 가지 빵에 대한 공부를 하고 크림 만드는 법도 배웠다. 빵이 가장 맛있게 되기 위한 모든 노하우를 배웠다.

그다음은 스파게티 만드는 법을 배우기로 했다. 우선 국수 종류만도 14가지나 되었다. 종류에 따라 함께 넣는 재료도 달라진다는 걸 알았다. 그리고 면 종류에 따라 삶는 방법이나 소요되는 시간도 모두 다르다는 걸 배웠다. 다음은 피클 만드는 법, 스테이크 굽는 법, 햄버거 만드는 법, 피자 만드는 법을 모두 배우고 나니 여섯 달이 후딱 지나갔다. 서양 음식을 배웠다는 사실이 즐겁고 뿌듯하였다.

이제 배운 요리 솜씨로 음식점에 취직해야겠다고 생각했다. 신문도 보고 게시판도 보니 마침 주방보조를 찾는 광고가 있어 지원했더니 몇 가지 질문을 하고 간단한 시험을 보이더니 채용하겠다고 하여 몹시 기뻤다. 이틀 후 오라는 식당에 갔더니 우선 청소를 시키고 그다음은 음식 재료 다듬고 씻는 일이 주어졌다. 그다음은 칼로 자르는 일이 주어졌는데, 미처 칼질을 안 배워서 당황했으나 일이 주어졌으니 일단 썰기를 하였다. 손길이 너무 더디고 두께가 일정치 않으니까 주방장이 보더니 한숨을 푹푹 쉬며 나오라고 하고는 자기가 칼질을 하는데 보니 속도가 여간 빠른 게 아니었다. 마치 기계가 하듯 빠르면서도 두께가 일정했다. 정호는 아! 저 정도는 되어야 요리사가 되는 거구나 싶었다. 낭패감을 느끼며 엉거주춤 서 있는데, 이번에는 설거지를 시켰다. 자기는 부모 밑에서나 결혼 이후에나 설거지를 별로 안 했다는 걸 이제야 깨닫게 되었다. 결국 하루 일당만 받고 해고됐다.

정호는 그때서야 자기가 심각한 어려움에 처하게 되었다는 것을 느끼기 시작했다. 당장 돈을 벌 수 있는 직업을 가지는 게 간단한 일이 아님을 확실하게 알게 되었다. 설상가상으로 아들들이 기대만큼 공부를 잘못했다. 더구나 큰아들은 대학을 2년만 다니고는 직업군인이 되겠다고 나섰다. 기가 막혔다. 아들 군대 안 보내려고 캐나다까지 왔는데, 캐나다에 와서 직업군인이 되겠단다. 그것도 사관학교를 나와서 장교로 임관하는 것도 아니고 사병으로 직업군인이 되겠단다. 물론 사병이라도 직업군인은 생활비만큼 월급이 나오니까 사는 덴 지장 없다고 쳐도 캐나다에 와서 국제적인 인물이 되기를 기대했건만 일개 직업군인이 되겠다니 허탈하고 괘씸하기 짝이 없었다. 아무리 말리고 설득하려고 해도 이미 결심을 굳혔단다. 기가 막혔다.

둘째 아들은 그래도 어느 정도 공부를 잘해서 브리티시컬럼비아대학이나 토론토대학을 가겠다니 그나마 위안이 되었다. 이맘때부터 아내의 원망도 시작되었다. 한국에서 대학 나와 멀쩡한 직장 가지고 중산층으로 어려움 없이 살다가 공연히 캐나다에 와서 마음고생 하고 앞일을 걱정해야 한다는 것이 너무 억울하고 분하다는 것이다. 처음 남편이 캐나다에 가자 할 때는 마음에 안 들었지만 뭔가 대비책은 마련해 놓았을 거라 믿었다. 2년 동안 잔소리 한번 안 하고 기다려주었다. 2년이 한참 지났는데도 앞이 안 보이니 기가 막혔다. 위기의식을 느끼기 시작하자 오래 참았던 불평이 터져 나왔다. 정호로서도 변명의 여지가 없었다.

'어떡해야 하는가?'

그렇다고 지금 다시 한국에 돌아가는 건 너무나 창피한 일이고, 돌아간다고 해도 복직을 할 수 있는 것도 아니며, 다른 은행에 가려고 해도 다른 은행에서 부장까지 지낸 사람을 채용할 리가 만무했다. 진퇴양난이었다. 처음 캐나다에 와서 광활한 자연을 보고 감탄했던 마음도 다 사라지고 복작거리거나 말거나 한국에서 누구에게나 당당하고 떳떳하게 명함을 줄 수 있었던 그때가 얼마나 행복한 때였는지를 뼈저리게 느끼게 되었다. 당시는 아이들도 모두 공부를 잘했다. 이제 다시는 돌아오지 않을 황금기였다는 걸 확실히 깨닫게 되었다. 아, 옛날이여!

더구나 정호는 영어가 어느 정도는 되어 커뮤니케이션에 어려움은 없지만, 캐나다 사람처럼 되는 건 불가능한 것도 알게 되었다. 아이들은 이제 캐나다 아이들과 별 차이 없이 영어를 구사하는데 자기 부부는 그것이 되지 않아서 더욱 절망감을 느꼈다. 무슨 장사를 하려고 해도 무슨 품목을 어디서 어떻게 도매로 떼다가 어디에서 어떻게 팔아야 할지 모든 게 막막할 뿐이었다. 캐나다는 국토에 비해 인구가 적으므로 어딜 가도 한국이나 중국처럼 사람들이 바글바글 모이는 일이 매우 드물어 사람을 상대로 뭘 한다는 것도 도무지 자신이 없었다. 캐나다에 사는 한 영원히 소수민족으로 이방인으로 살아야 한다는 것도 절실히 느끼게 되니 떠나온 것이 더욱 후회가 되었다.

―이러려고 캐나다에 왔어요? 세상에 그 좋은 양쪽 직장 다 버리고

올 때는 그만한 대책을 세워놓았으려니 했어요. 사실 난 처음부터 마음이 내키지 않았지만 그래도 당신을 믿었어요. 이렇게 맹탕일 줄은 상상도 못 했어요. 참 어이가 없네요.

—면목이 없어요.

'이거 큰일 났네.' 마누라가 이제 잔소리를 시작했으니 매일 같이 시달릴 것이고, 큰아들이 직업군인이 된다는 것도 허탈하고 속상하기 그지없는 노릇이었다. 정호는 갑자기 사는 게 자신이 없고 앞으로 살아나갈 일이 까마득하게 여겨졌다. 이젠 집에도 들어가기 싫고 마누라 얼굴 보는 것도 무서웠다. '에라 모르겠다. 일단 오늘은 여기서 자자.' 날씨가 따뜻한 여름이니 얼어 죽을 일은 없을 것이다. 공원 벤치에 누워서 자기로 했다. 누워서 이리저리 궁리를 해보아도 달리 뾰족한 수가 없고, 부모 형제 친구 친지들이 있는 한국이 너무도 그리웠다. 자기도 모르는 사이에 뜨거운 눈물이 주르륵 흘러내려서 목을 타고 가슴으로 내려왔다.

아버지! 어머니! 조용히 불러보니 더 뜨거운 눈물이 뚝뚝 떨어졌다. 아들들이 최소한 이름있는 대학 나오고 이름있는 회사에 입사하거나, 공무원이 되거나 '사'자 돌림 직업은 가져야 하는데, 큰아들이 친구 따라 직업군인이 되겠다니 허탈하기 그지없었다. 아람의 질타도 점점 심해질 것이다. 노골적으로 불평하고 원망하고 타박할 것이다. 정호는 시간이 지날수록 집에서 겉도는 자신을 발견하게 되었다. 어느 날부터인가 아람이 제대로 식사도 잘 챙겨주지 않았다. 그럴수록 정호는 한국에 돌아가고 싶은 생각이 굴뚝같았다. 여기서는 죽으나 사나 마누라와 아이들만 만나야 하니 정말 재미없다. 한국에서는 퇴근 후에 온갖 재미있는 일이 다 있었는데, 이곳에선 아무도 만날 수 없지 않은가. 한국에 가서 포장마차를 하더라도 여기보단 낫겠지. 일과가 끝나면 친구들이나 동료들과 한잔할 수 있고, 어디든 자유롭게 여행할 수도 있다. 버스고 지하철이고 KTX고 편리하지 않은 게 없었다. 인터넷도 캐나다보다 빠르다. 한국은 또 배달문화가 기막히게 좋다. 1, 2만 원짜리도 배달이 되니 환상적이다. 정호는 캐나다 가기 전에는 한국의 나쁜 점만 보였다. 우선은 답답하였다. 지하철을 타도 사람이 바글거리고, 시장에 가도 사람이 많고, 고속도로도 항상 길에 차가 가득하였다. 자동차로 몇 시간만 가면 바다가 나오고 한국의 땅끝이 보였다. 아이들이 자전거를 탈 곳도 별로 없었고 놀이시설에 가도 항상 줄을 서서 기다려야 했다. 물론 제일 큰 원인은 아이들 군대 문제였다.

─여보, 아이들도 다 컸으니 우리 한국으로 돌아갑시다. 당신에게 매우 미안하지만, 어쩌겠어요? 아직 안 늦었다고 생각해요. 한국에 가면 여러 가지로 더 안정될 것 같아요. 아직은 돈이 제법 남아 있으니 돌아가서 무엇이든지 합시다. 당신에게 정말 면목 없어요. 날 용서해주고 이해해 줘요. 난 당신 없인 안 돼요.

─뭐라고요? 다시 한국으로 돌아가자고요? 당신은 참으로 어이없는 사람이네요. S은행 창립멤버라고 해서 임원이 될 줄 알고 있었는데 느닷없이 캐나다를 가자고 하질 않나, 캐나다에 와서 이제 영어도 되고 여기에 적응했다 싶은데, 이번엔 또 한국에 돌아가자고 하질 않나. 한국 가서 또 불편하면 그다음은 어디로 갈 거예요? 난 이대로는 창피해서도 한국엔 못 가니까 그런 줄 알아요. 가려면 당신 혼자 들어가세요.

정호는 더이상 설득하는 건 소용이 없다고 판단하여 결국 혼자서 한국에 들어와 우선 부모형제들을 만나니 너무도 반갑고 기뻤다. 다음은 친구들을 만나고 옛 동료들을 만나니 가슴이 뻥 뚫리는 것 같았다. 친구들과 술을 마시니 '이것이 사람 사는 재미인데….' 이번에 돌아와 보니 좋은 점만 눈에 들어오고, 캐나다에서 불편하다고 생각했던 것들이 한국에 오니 다 해결되었다. 재래시장부터 일류백화점까지 다 있어서 주머니 사정과 시간적인 여유에 따라 얼마든지 골라서 갈 수 있고 어딜 가나 깨끗하고 친절하다. 의료보험도 너무 잘 되어있고, 백화점이나 마트에서 물건을 사도 다 배달해준다. 인터넷도 캐나다보다 빠르고, 전자제품을 사면 와서 다 설치해주고, 고장 나도 금방 와서 다 고쳐준다. '이런 곳을 두고 엉뚱한 곳으로 이민을 가다니… 내가 참으로 어리석었구나.'

이제야 살맛이 났다. 가족과 친구들이 모두 환영해주니 더 이상 창피하지도 않고 그냥 여기서 살고 싶다는 생각밖에 안 들었다. 캐나다의 아내에게 이 사실을 얘기하고 한국에 들어와 달라고 졸랐다. 아내는 요지부동이었다. 그래도 자꾸 조르니까 이번엔 이혼을 하자고 하였다. 캐나다에 다시 들어와 살거나 이혼하고 혼자 한국에 살거나 선택을 하라고 단호하게 말했다. 정호는 아무리 아내가 이렇게 강경하게 나와도 결국은 자기 뜻을 들어줄 거라 믿었다. 설마 30년 동안 큰 불화 없이 함께 산 남편을 완전히 버리기야 하랴? 시간이 좀 지나면 한국에 들어오겠지.

나올 때 만일의 경우에 대비해 아내 몰래 돈을 좀 가지고 나왔고, 한국에 두고 온 돈도 있어 그나마 다행이었다. 그러나 '그 돈은 마지막 나의 생명줄 같은 것이다'. '지금부터 여기서 부지런히 돈을 벌어야 한다.'

마침 매형이 은행에서 퇴직하고 공인중개사를 하는데, 수입이 괜찮은 모양이었다. 자기도 매형처럼 공인중개사를 해야겠다고 마음먹었다. 무엇보다 공인중개사 자격시험을 쳐서 합격해야 중개사무소를 낼 수 있다. 3개월간 공부를 했다. 생각 보다 알아야 하는 내용이 많지만, 은행에서 일했던 경험이 많이 도움 되었다. 한 번에 붙어야 하니까 열심히 공부했다. 드디어 공인중개사 자격시험을 보았다. 문제를 보니 모르는 게 거의 없었다. 한 달 후 합격 소식이 나왔다. 이제는 실무를 익혀야 했다. 처음 석 달은 매형이 하는 복덕방에서 일을 배웠다. 매형도 은행에서 퇴직하고 이 일을 하므로 금방 말이 통했다. 우선 청소도 하고 전화도 받고 점심만 얻어먹고 매형을 도우며 일을 배웠다. 실제로 어떻게 매물을 받는지, 어떻게 홍보하는지, 어떻게 일을 성사시키며, 어떻게 계약하는지 잘 보아두었다.

손님이 오면 어떻게 친절하고도 유능하게 안내를 하고, 일을 처리하는지 눈여겨보았다. 손님 중에는 별별 사람이 다 있으므로 거기에 맞춰 잘 대응해야 한다. 일을 처리함에 있어서는 능숙하게, 실수하지 않고 정확하고도 신속하게 해야 상대방에게 안도감과 신뢰를 줄 수 있다. 처음 두 달은 관찰을 했지만, 석 달째에는 실제로 매형이 하는 일을 대신 해보기로 했다. 한 건이 끝날 때마다 매형이 코멘트를 해주었다. 매매계약서 쓰는 법, 상법, 부동산 법, 세법 등은 머리에 다 숙지해서 실무에 별 어려움은 없었다. 관련 법이 바뀌면 즉시 머리에 입력했다. 매형 밑에 넉 달 있다가 독립해 나왔다.

강남의 아파트 단지가 큰 곳에 복덕방을 하나 전세 내고 구청에 신고하고 영업을 시작하였다. 기존에 있던 복덕방은 손님이 많이 드나들었지만 아직 정호의 복덕방엔 손님이 별로 없다. 한 달이 가고 두 달이 지나고 석 달이 지나도 별로 나아지지 않았다.

궁리 끝에 광고지를 만들기로 했다. 광고지를 만들어 틈틈이 아파트 우편물함에 한 집 한 집 넣었다. 결국 2000세대에 홍보물을 다 돌렸다. 앞 동네 아파트에도 홍보물을 돌렸다. 그리고 전봇대나 동네 게시판에도 붙였다. 눈에 띄게 손님이 늘진 않았지만, 조금씩 영업이 호전되기 시작하였다. 앞으로 더욱 좋아질 거라 믿으면서 아내와 다시 만나 함께 행복하게 살날을 기다리게 되었다.

그러나 모든 것이 정호의 바람과는 정반대로 흘러가고 있었다. 그 사이 아내에게 결국 이혼을 당했다. 서로가 첫사랑이었으므로 이혼을 했어도 정호는 실감 나지 않았고 언제든 재결합할 수 있다고 철석같이 믿었다. 수입만 좋으면 얼마든지 상황이 바뀔 수 있다고 생각하면서 희망을 버리지 않았다. 어느 날부터인가 아내는 물론, 아들들까지 연락이 되지 않았다. 집도 이사갔는지 전화번호도 완전히 바꿔버렸다. '내 아들이 두 명이나 있는데, 설마 아빠한테 연락 안 하려고? 무슨 사정이 있겠지, 기다려보자.' 두 달이 지나고, 1년이 지나도 연락이 되지 않았다. 정호는 망치로 뒤통수를 얻어맞은 것처럼 아뜩해졌다. '어찌 이런 일이… 아무리 내가 밉다 해도 부자간의 인연을 끊을 수가 있단 말인가? 다 큰 아들들이 엄마의 뜻에 따라 부자지간의 연을 끊다니….' 그리고 자기의 첫사랑인 아람이 이토록 매몰찬 사람이었단 말인가?

정호는 망연자실하였다. '나는 결혼 후 30년 동안 가족을 위해서만 살아왔는데 이게 무슨 꼴이란 말인가? 이제 한국에서 다시 행복하게 살날만 기다렸는데, 가족들과 절연이라니…. 가슴이 찢어졌다. 오 하느님, 어찌하오리까? 아, 옛날이여!

진인사대천명

나는 오늘도 저녁 10시에 약국 문을 닫고 약국 안 좁은 침대에서 쪼그리고 잠을 잔다. 장위동 저택에 살면서 3분 만에 약국에 닿을 수 있었던 호시절도 있었으나, 지금은 멀리 양평으로 이사 가서 도저히 매일 출퇴근을 할 수 없다. 약국에 조그만 침대를 들여놓고 월요일에서 금요일까진 약국에서 자고 토요일 저녁때 집에 갔다가 일요일 밤이나 월요일 새벽에 다시 약국에 온다. 딸은 집에서 출퇴근을 할 수밖에 없으므로 좀 늦게 출근하고 일찍 퇴근한다.

이런 생활을 한 지 10년째다. 약국도 원래는 10평짜리에 있었다. 이때는 3년간 약사를 고용하고 나는 대한약사회 간부로 봉사하기도 했다. 지금은 4평짜리 조그만 약국에서 약을 팔고 있다. 단골도 다 바뀌었고, 손님도 많이 줄었다. 가까이에 큰 약국이 세 개나 생겼으니 대부분 그리로 간다. 그래도 약국을 접을 수가 없다. 죽으나 사나 단 얼마를 벌더라도 안 할 수가 없는 사정이니 내가 생각해도 내가 참 딱하다.

원래 나의 목표는 65세까지만 약국을 하는 것이었다. 나와 동갑인 남편이 정년퇴직하는 때에 맞추어 약국을 정리하고 부부가 함께 국내외 여행을 실컷 하리라 계획했었다. 그러나 역시 인생은 뜻대로 되지 않는 것인가. 내 나이 82세. 이 나이에도 약국에 나와 약을 팔아야 하는 내 운명이라니….

난 어릴 때부터 음악을 좋아해서 음대에 가고 싶은 생각도 있었으나 예천에서는 제대로 된 지도를 받을 사람도 없는 데다, 난 풍금이나 피아노도 칠 수 없는 신체적 결함을 가지고 있다. 어릴 때 왼팔을 다쳤는데, 지금처럼 의학이 발달하지 않아 제대로 재활을 하지 않아 팔을 구부렸다 펴지 못한다. 그러니 음악을 전공하려면 성악밖에 할 게 없으니 음악을 전공으로 하고 싶지는 않았다.

평생직업으로 의사는 자신 없고, 약사가 괜찮을 것 같아 약대 입시를 준비했었다. 사실 그 당시는 약사도 매우 인기가 있었다. 남들은 모두 부러워하는 S대 약대에 합격하여 매우 기뻤다. 그런데 약대 공부는 상상 이상으로 힘들고 재미없었다. 다시 태어난다면 약대는 안 갈 것 같다. 좀 더 자유롭고 다양한 일을 하는 직업을 갖고 싶다. 평생 약만 만지는 게 너무 지겹다. 약국을 하니 취미생활도 못 해보고 여행도 못 하고 친구도 사귈 수 없었다. 약국이 규모가 크면 약사를 고용하면 되지만 그럴 규모가 안 되니 죽으나 사나 내가 약국에 앉아 있어야만 한다. '무슨 팔자가 이렇단 말인가?' 그러나 후회하기는 늦어도 너무 늦었고, 달리 직업을 바꿀 방법이 없다. 나이 80이 넘어서 새로운 직업을 생각한다는 것은 웃기는 이야기다.

나의 아들은 미국에서 대학을 마치고 돌아와 대기업에 취직하여 장가도 가고 아들도 낳아 그런대로 집안이 화평하여 매일 웃음소리가 그치지 않았다. 곧 분가하여 나가리라 믿고 있었다. 남편은 대구의 H대학

음대 교수를 하면서 주말에 올라왔으므로 주말이면 행복한 가정의 모습이 되었다. 이때가 내 인생에서 그나마 가장 안정되고 행복했던 시기였다. 내 딸도 공부를 잘했고 대학도 괜찮은 데 나와서 잘 가고 있는 줄 알았다. 그런데 대학을 졸업하고 취직할 생각을 전혀 안 했다. 처음엔 중매도 좀 들어와서 결혼이라도 빨리 시켜야겠다고 생각했지만 내 딸에겐 흥미 없는 일이었다. 할 수 없이 내 약국에서 일하게 하고 꼬박꼬박 월급을 주었다. 이 아이는 약사가 아니므로 약을 팔 수는 없다. 단지 내가 서툰 컴퓨터 일을 맡겨 약을 주문하는 일과 약의 정리 정돈, 회계를 맡기니 나는 조금 편해졌으나 지출이 많아 수입은 현격하게 줄었다.

아들이 직장을 5년 만에 때려치우고 사업에 뛰어들었다. 어느 날 아들이

─어머니, 죄송하지만 제가 무역을 해보려고 하는데 조금만 도와주세요. 제가 미국에서 공부도 했고 영어도 잘하니까 미국에 한국 물건을 팔고, 미국 물건을 한국에 파는 무역을 해보려고 해요. 여러 가지 사업 아이템도 생각해 놨어요. 미국에 있고 한국엔 없는 게 있고, 한국엔 있고 미국에 없는 것이 있더라고요. 제가 처음부터 너무 크게 하지 않고 일단 소규모라도 해보고 싶어요. 조금만 도와주시면, 1, 2년 안에 갚을게요.

하는 것이 아닌가?

─생각을 좀 해보자. 현재 여윳돈이 없으므로 너를 도우려면 은행에서 대출을 받아야 한다. 나는 너를 믿는다만, 모든 일이 네가 뜻하는 대로 되겠느냐?

─조심조심할게요. 저는 승산이 있다고 봐요.

나는 고민을 하였다. 처음으로 하는 아들의 부탁을 거절하기도 어렵

고, 한 번도 안 해본 은행 대출받는 것도 무서웠다. 며칠을 고민하다 아들의 부탁을 외면하기도 어려우니, 일단 한 번이니까 도와주는 쪽으로 마음을 먹었다. 나는 우리 아들을 믿었다.

내가 거래하는 은행에 가서 대출을 신청했다. 처음으로 부탁하는 것이고, 액수도 너무 크지 않으니까 군소리 없이 대출을 해주었다. 그런데 무역이라는 것이 우리 아들이 처음에 생각했던 것보다 훨씬 더 까다롭고 위험하고 어려운 모양이었다. 미처 예상하지 못한 일들이 닥친 것 같았다.

결국 3, 4년 하다가 회사는 부도를 내게 되었다. 당장 어음을 갚지 못하면 내 아들은 구속되고 징역을 살게 된단다. 하나밖에 없는 귀한 아들을 징역살이하게 할 순 없었다. 내 명의로 집을 담보로 대출을 받고, 남편 이름으로도 대구에서 대출을 받아서 일단 급한 불은 껐으나, 결국 몇십억의 빚을 떠안게 되었다. 내가 생각했던 이상으로 무역 규모를 크게 했던 모양이었다. 우선 집을 팔아 양평의 작은 아파트로 이사를 하고 차액으로 원금을 좀 갚고 남편의 연금으로 가족생활을 하고 내가 버는 돈으로는 은행 이자와 원금을 조금씩 갚아나가기로 했다. 그런데 약국에서 번 돈으로 많은 빚을 갚기에는 역부족이었다.

할 수 없이 약국을 좀 작은 곳으로 옮겨 보증금 차액으로 원금을 조금이라도 더 줄였다. 그러나 약국 수입이 점점 줄어들었다. 할 수 없이 딸에게 주는 월급도 반만 주고 은행 이자와 원금의 일부라도 매달 갚아나가야 했다. 이것도 한계가 있었다. 약국을 더 작은 곳으로 옮기고 남는 돈으로 원금을 아주 조금이나마 더 갚았다. 그리하여 지금은 겨우겨우 은행 이자를 내고 원금을 아주 조금씩이나마 줄여나가고 있다.

난 오늘도 네 시에 일어나 세수하고 4시 반에 새벽기도를 나간다. 60

년째 단 하루도 빠지지 않고 새벽기도를 다니고 일요일엔 정기 예배에 참석한다. 30년간 교회 제대祭臺의 꽃을 담당했고, 25년간 성가대를 했으며 60년째 꼬박꼬박 십일조를 교회에 바쳐왔다. 만 40살에 교회 처초로 권사가 되기도 했는데, 만일 내가 이렇게 살지 않았으면 벌써 큰 환자가 되어있거나 죽었을지도 모른다. 나는 어릴 때부터 몸이 허약해 부모님의 특별한 관심과 사랑을 받고 컸다. 경북 예천에서 고등학교까지 다니고 대학에 합격하여 서울로 왔다. 10년간 국립병원에서 제약을 담당하고 독립해 나와 약국을 차렸으니 약국을 경영한 지 46년째다. 젊은 시절 약국이 잘 될 때는 가난한 집 할머니 할아버지가 오시면 무료로 약을 지어드리고 건강 정보도 드렸다. 나와 나의 가족에게도 필요한 약을 먹이니까 이만큼이라도 건강하게들 살고 있다.

생각하면 할수록 억울하고 속상하지만 나에게 닥친 현실을 어이 할 도리가 없다. 하나밖에 없는 아들과 연을 끊을 수도 없고, 아들이 징역을 살게 할 수도 없으니 아들의 빚을 모두 내가 떠안을 수밖에 없었다.

나는 문득문득 도망치고 싶은 생각이 떠오르지만 현실을 벗어날 수가 없다. 아직도 갚아야 할 빚도 남았고, 도망쳐도 먹고살 자금도 없다. 모든 현실이 너무도 야속하다. 매일 열 번 이상 주님께 기도를 드린다.

'주님, 도와주십시오. 저의 아들이 직장을 구해서 독립하게 해주십시오. 그동안 전 열심히 일하지 않았습니까? 60년간 하루도 안 빠지고 새벽기도도 다녔고, 주일 예배 단 한 번도 빠지지 않았습니다. 당신도 아시다시피 전 교회에도 오랫동안 봉사를 했고, 당신 계명을 어긴 적이 없습니다. 불쌍한 저를 도와주소서. 지금 제가 처한 현실이 너무도 힘에 겹습니다. 부디 저의 아들을 일으켜 세워주시고, 저도 아주 조금만 쉴 수 있게 해주소서. 저의 딸에게도 짝을 찾아 주십시오. 주님, 사랑의 주

님! 저에게 조금만 은총을 베풀어주실 수 없나이까?'

매일 매일 기도를 드려 보지만 주님은 아직 내 기도를 들어주시지 않는다. 내 신심에도 조금씩 회의가 생기려고 한다. 하늘은 우리가 감당할 수 있을 만큼의 시련을 준다고 하지만, 이젠 나도 한계에 이른 것 같다. 어쩌면 좋단 말인가? 더 인내하고 더 분발하기에는 내 나이 너무 많을 걸 느끼게 되고 자꾸만 세상이 야속해진다. 있는 힘을 다해 기도를 하고 어렵게 마음을 추슬러본다. 아주 조금만 더 견뎌보자. 설마 주님이 날 아주 버리기야 하시겠는가? 내 아들을 완전히 외면하실 리가 있겠는가? 이렇게 다잡아보다가도 자꾸만 억울한 생각이 든다.

신흠은 이런 시를 남겼는데 난 도대체 무얼 남긴단 말인가? 아니, 남기진 않더라도 죽기 전에 한가지 즐거움은 맛보고 죽어도 죽어야 할 것이 아닌가?

人間 三樂　申欽(신흠)

閉門閱會心書(폐문열회심서) 문을 닫으면 마음에 드는 책을 읽는 것
開門迎會心客(개문영회 심객) 문을 열면 마음에 맞는 손님 맞는 것
出門尋會人境(출문심회인경) 문을 나서면 마음에 드는 경치를 찾는 것
此乃人間三樂(차내인간삼낙) 이것이 사람의 세 가지 즐거움이 아니겠는가

나는 운명적으로 독서, 친구, 여행 세 가지 낙樂 중 단 한 가지도 가질 수 없는 직업을 가졌고, 자식문제에서 헤어날 수 없는 운명을 가졌다. 누굴 원망하며, 누굴 탓하겠는가? 모두 나의 업보인 것을….

내가 약대를 나온 것도 후회되고, 아들 유학 보낸 것도 후회되고, 사

업 도와준 것도 후회된다. 내가 약국을 안 했더라면 유학도 못 보냈을 거고, 아들이 사업한답시고 내게 도움을 요청하지도 않았을 것이다. 모두 내 탓이다. 만일 내가 죽으면 이 모든 문제가 해결될 것인가? 그리고 보니 나는 아들과 진지한 대화도 한번 안 한 것 같다. 이제라도 아들과 얘기를 좀 해야겠다. 엄마의 고통을 아는지 모르는지 백수로 사는 아들은 마누라 해주는 밥 먹고 자기 아들하고 놀며 희희낙락한다. 아무래도 얘길 좀 해야겠다. 어느 일요일 오후 교회에 다녀와서 아들을 불렀다.

—아범아, 나하고 차 한잔하자.

—예, 어머니.

나는 보이차를 끓인 물에 두어 번 헹궈 내고 아들의 잔과 나의 잔에 부어 마시며 얘기를 시작했다.

—이 차 맛이 어떠냐?

—글쎄요? 썩 좋은 것 같지 않은데요.

—맞아, 특별히 맛있거나 향이 좋은 건 아니지. 그래도 이 차가 세계에서 가장 안전한 차라는구나. 누구에게나 다 좋대.

—그래요? 차 이름이 뭐죠?

—응, '보이차'라고 너도 들어봤지? 워낙 품질에 차이가 많아서 값도 천층만층이야. 이건 상급에 속하는 보이차야. 마음 놓고 마셔도 돼. 맛은 따지지 말고.

—알았어요. 잘 마실게요.

—너는 요즘 어떻게 지내니?

—뭐, 그냥 효진이랑 놀아주고 공부도 봐주고 그래요.

—응, 효진이가 예쁠 나이지?

—예. 너무 예뻐요.

−너도 그 나이엔 세상에서 제일 예쁜 어린이였단다.

−그래요? 저도 그렇게 예뻤어요?

−넌 더 예뻤지.

−아, 예. 감사해요.

−너 내 나이 알고 있니?

−그럼요. 82세 아니세요?

−알고 있구나. 그럼 82세가 어떤 나이인지도 아니?

−예? 무슨 말씀이세요?

−내가 약국을 하기엔 너무 늙었다는 생각 안 드냐?

−저는 어머니가 아직 젊으셔서 그런 생각 못 했어요.

−내가 젊다고?

−예, 아직 60대로 보여요.

−60대로 보이는 것과 실제의 나이는 다르지 않니? 내 친구들 중 3분의 1은 이미 죽었고, 산 사람도 반 이상은 누워서 지내.

−요즘은 모두 오래 살잖아요?

−물론 오래 사는 사람도 많지만, 80세가 넘으면 죽음을 생각하게 된단다.

−오늘은 왜 이런 얘기만 하세요? 아직 어머니는 이런 얘기 안 어울려요.

−어울리는 사람이 따로 있냐? 내가 왜 이런 얘길 하는지 모르겠니? 너 몇 살이니?

−마흔여덟 살요.

−마흔여덟이면 네가 지금 어떤 위치에 있어야 하겠니?

−회사라면 부장 이상은 되어있어야겠지요.

─그래, 알고는 있구나.

─근데 저는 직장생활 하지 않으니까 승진 때문에 신경 쓰지 않아도 되어서 좋아요.

─넌 평생 이렇게 살 작정이냐?

이젠 네가 우리 집 가계를 책임질 나이가 아니냐 말이다.

─아, 네. 그건 그렇지요.

─아범아, 나 솔직하게 말하겠다. 이제 난 좀 쉬고 싶다. 초등학교 입학 후 지금까지 쉬어보지 못했어. 무려 75년간 공부하거나 일만 했어. 나도 죽기 전에 여행도 다니고 싶고, 친구도 만나고 싶고, 영화도 보고 싶고, 콘서트에도 가고 싶다. 아무튼 좀 쉬고 싶다. 80이 넘은 에미는 손바닥만 한 약국에서 밤 10시까지 일해야 하고 48살인 너는 집에서 아이하고 놀기만 한다는 게 말이 되냐? 어떻게든 일자리를 찾아서 내 짐을 좀 덜어다오. 나 이제 더 이상은 못 하겠다.

─일자리가 마땅치 않아서요.

─찬밥, 더운밥 안 가리고 찾으면 왜 없겠니? 네 가족은 네가 벌어서 먹여 살려야 하고, 네 빚도 네가 벌어서 갚아야 하지 않겠니? 그동안 내가 할 수 있는 건 다 했지만 역부족이구나. 나도 너의 빚을 갚기 위해 최선을 다했으니 너도 이젠 나머지 빚을 갚고 독립해 나갈 수 있도록 최선을 다 해주면 좋겠다. 그래도 큰 빚은 다 해결했으니 이젠 네가 직장을 찾아서 네 힘으로 나머지를 갚아라. 이젠 네가 나를 도울 차례. 이제나저제나 네가 스스로 깨달아주길 바랐지만 넌 나의 어려움을 너무 모르는 것 같구나.

─죄송해요. 어머니. 노력해 볼게요.

─그래, 고맙다. 잘 부탁한다. 난 좀 누워야겠다.

－예, 그럼 쉬세요.

나는 내 방에 와서 침대에 누우니 나도 모르게 눈가가 시큰해지며 뜨거운 눈물이 하염없이 흘러내렸다. 닦아도 닦아도 계속 흘러내렸다. 엉엉 소리 내 울고 싶었으나 손자 효진을 생각하고 억지로 참고 흐르는 눈물만 소리 없이 닦고 있는데, 거실에서 TV를 보던 남편이 내 방에 들어왔다. 나는 얼른 돌아누웠다. 남편이

－어디 아파요? 졸려요?

하며 말을 걸어왔다. 자는 척하고 아무런 대꾸도 안 하니 머쓱한지 그냥 휙 나가버렸다. 다시 눈물이 하염없이 나왔다.

'이대로 눈을 감을 수 있으면 좋으련만.'

하느님을 믿는 내가 자살을 할 수는 없으니 언제 어떻게 하면 죽게 될지 답답하다. 죽음을 생각하다 보니 갑자기 58년 전의 일이 주마등처럼 떠올랐다.

결혼식을 하고 3박 4일간 부산으로 신혼여행을 갔다가 신혼집에 돌아오니 시부모님이 와 계셨다. 그냥 다니러 오신 게 아니고 함께 살기 위해 모든 살림살이를 가지고 들어와 계셨다.

우리는 옷을 갖춰 입고 큰절을 했다.

－그래, 잘 다녀왔느냐? 너희들 없을 때 우리가 들어와 있구나. 아무래도 이젠 너희들과 같이 살아야 할 것 같아서…. 어멈이 직장 다닌다고 하니 밥도 해주고, 손주 태어나면 손주도 봐주어야 할 것 같고….

－예, 잘하셨어요.

남편이 대답을 했다. 난 속으로 무척 당황했으나 표현을 할 수는 없었다. 주어지는 대로 살 수밖에 없다. '성경에도 부모에게 효도하라 하지 않았는가. 그래 부모님 모시고 살면 좋은 점도 많을 거야.'

단지 1년 정도의 신혼생활을 하고 나서 부모님을 모셨으면 좋았을 것이었다. 그러나 현실을 받아들일 수밖에. 나중에 알고 보니 우리 신혼집을 살 때 친정아버지와 시아버지가 반반씩 부담하셨는데, 시아버지는 돈이 없으니까 당신 살던 집을 팔아 보태신 것이었으니, 살 집이 없어 우리 집에 오신 것이었다.

ㅡ그럼 쉬세요. 저는 제방으로 가서 옷을 좀 갈아입겠습니다.

나는 내 방에 와서 평상복으로 갈아입고 나니 피곤이 몰려와 잠시 침대에 누웠는데 깜빡 잠이 든 모양이었다.

ㅡ여보, 좀 일어나 봐요.

남편이 깨워서 겨우 눈을 뜨니

ㅡ저녁밥 지을 시간이에요. 어서 좀 일어나요.

나는 화들짝 놀라 일어났다. '그렇지, 내가 이제 이 집 며느리지, 단 하루도 쉬지 못하는 며느리지.'

나는 얼른 앞치마를 입고 부엌에 나갔다.

먼저 쌀을 씻어 밥솥에 안치고 무슨 재료가 있나 냉장고를 열어보니 몇 가지 채소도 있고 두부도 있어 된장을 끓이고 두 가지 나물과 계란찜을 해서 상을 차렸다. 갓 결혼한 새색시가 차린 상치고는 너무 초라했지만 어쩔 도리가 없었다. 부모님이 집에 와 계신 걸 알았으면 시장이라도 보고 들어왔겠지만, 상상도 안 했던 터라 방법이 없었다.

ㅡ미처 장을 보지 못해 이렇게밖에 못 차렸어요. 죄송합니다.

ㅡ아니다. 내가 장을 봐서 밥을 해놓고 너희들을 기다렸어야 하는데, 미안하다. 짐 들여놓고 나니 시간도 없고 여력이 없더구나. 이만하면 훌륭하다. 모두 식사하자. 너도 피곤할 터인데 수고했다.

어머님이 그래도 상황 설명을 잘 해주셔서 고마웠다.

식사가 끝나고 설거지를 하고 방에 들어와 침대에 눕자마자 곯아떨어졌다.

이튿날부턴 아침 일찍 일어나 가족들에게 아침상을 차려드리고 내 도시락을 싸고 서서 몇 숟갈 먹고는 간단히 화장하고 직장에 가야 했다. 일단 출근하고 나면 국립병원의 약제실 약사로서 퇴근 시간까지 정신없이 돌아갔다. 그땐 모든 환자가 진료받은 병원에서 약을 탔으므로 하루에 처리해야 하는 일이 어마어마했다. 하루에 천 명 이상의 약을 조제해서 주거나 병실로 보내야 하므로 약사 10명이 일하는데도 참으로 바빴다. 대충 한 명의 약사가 100명 이상의 환자 약을 지어야 했으므로 점심시간이라고 어디 식당에 가서 제대로 앉아서 먹을 수가 없다. 각자 도시락을 싸가지고 가서 두 명씩 교대로 5분 안에 먹어야 했다. 오후 5시부터는 무슨 약이 얼마나 남아 있는지 체크하고, 주문해야 하는 약은 주문을 하고 나서 저녁 6시쯤 퇴근을 하지만 4교대로 야간 근무도 해야 했다. 입원환자 약과 진료가 아주 늦게 끝나거나 늦게 퇴원하는 사람들, 응급환자들의 약을 야간에 지어야 했기 때문이다. 직장이 집과 너무 멀어 출퇴근에 두 시간 이상 걸렸다. 하루하루를 마치 치열한 전투하듯 살아내야 했다.

시부모님들은 비교적 좋으신 분들이라 마음고생을 시키진 않으셨으나 민간신앙을 너무 믿으시는 분들이었다. 툭하면 점을 보고 오셔서는 '…하더라', '…하더라'가 너무 많았다. 심지어 부적을 사 오셔서는 아들한테도 주고, 나에게도 주셨다. 난 모태 기독교 신자인데 부모님이 민간신앙만 이토록 철저하게 믿으시니 괴롭기 그지없었다. 난 매일 기도하며 시부모님을 주님 앞으로 인도해달라고 기도했지만 얼른 응답이 없었다.

이래서는 안 되겠다 싶어 어느 일요일 오후 부모님과 마주 앉았다.

－아버님, 어머님, 이제 일요일엔 저희들과 같이 교회에 가세요. 거기에 가시면 좋은 얘기도 듣고 친구 되실만한 분들도 많이 계세요. 미신 같은 거 믿지 마시고 하느님을 믿으셔야지요.

－우리는 안 간다. 거기 다니면 제사도 안 지낸다더라. 그런 사람들 가는 데 우리가 왜 가냐? 나는 너희들이 교회에 가는 것도 마땅치 않지만 참고 있다.

아버님이 단칼에 거절을 하셨다.

－딱 한 번만 가보시고 정 안되시겠으면 다시 가시자고 안 할게요. 딱 한 번만 가세요, 네?

－한번 가고 안 갈 거 뭣 하러 가느냐? 우린 교회라는 데 가볼 생각 한 번도 해본 적 없다. 대신 너희들이 가는 건 말리지 않겠다. 우리 보고 가자는 말은 말거라.

어머니도 의외로 강경하셨다. 한 달을 꼬박 졸랐지만, 허사였다.

난 병원에 일주일간 휴가를 얻고 곧바로 단식을 시작했다. 부모님이 교회에 가셔야 한다는 조건을 내걸고 단식투쟁을 벌인 것이었다. 일주일간 물조차 안 마시는 완전한 단식을 계획했다. 5일째 되던 날 내가 쓰러지다시피 기력을 잃으니 시어머니가 먼저 교회에 갈 테니 단식을 철회하라고 하셨다. 아버님은 말씀이 없으셔서 죽을힘을 다해 단식을 풀지 않고 버텼다. 이튿날 아버님도 교회에 갈 테니 밥을 먹자고 하셨다. 나는 감사하다고 하고 우선 물을 좀 마시고 일주일 만에 죽으로 시작해서 결국 밥을 먹게 되었다.

토요일에 공중전화로 목사님께 전화해서 자초지종을 얘기하고, 내일 특별히 저희 부모님이 깨달을 수 있는 설교를 해달라고 부탁했다. 이튿날 주일에 온 가족이 교회에 갔다. 목사님이 우리 부모님께 딱 맞는 설교를 하시니 부모님은 설교를 들으면서 우셨다. 이후 부모님도 교회에 열심히 다니셔서 나중에 아버님은 장로가 되시고, 어머님은 권사가 되어 명실상부한 모범적인 기독교 집안이 되었다. 그 많은 제사도 싹 없앴다. 즐겁고 평화로운 날들이 이어졌다.

어느 날 나는 갑자기 밥 냄새도, 된장 냄새도 너무 역하고 음식을 먹으면 다 토했다. 현기증도 났다. 처음엔 위장장애인 줄 알았다. 나중에 보니 내가 임신을 한 것이었다. 결혼한 지 육 개월 만이었다. 모든 일이 너무 빨리 일어나 정신을 못 차렸다. 나의 입덧은 열 달 내내 계속되었다. '진정한 여자가 되기 위해선 이러한 고통을 겪어야 하는구나.'

결혼 당시의 체중이 51kg였는데, 9개월 만삭일 때 46kg였다. 원래 만삭이 되면 체중이 10kg은 불어야 하는데, 오히려 더 많이 빠진 것이다. 난 기형아를 낳을 거라는 공포에 시달려야 했다. 열 달 동안의 끔찍한 입덧과 18시간의 무지막지한 산통을 겪고 딸을 얻었다. 비록 체중은 적어도 정상적인 애가 태어났다. '하느님, 감사합니다.' 이때 내 나이 스물일곱이었다. 나는 다시 아기를 낳고 싶지 않았다. 그런데도 2년 뒤 둘째를 낳았다. 손이 귀한 집이라 첫째가 딸이니 적어도 한 번은 더 노력하는 게 도리일 것 같아 둘째를 가졌는데, 고맙게도 아들이 태어나 주었다. 이번에도 심한 입덧과 어마어마한 산통으로 죽을 고생을 했지만, 낳고 나서 아이가 자라는 모습을 보니 모든 고통은 잊어졌다.

우리 아들은 3대 독자라고 조부모님의 각별한 사랑과 관심 속에서 무럭무럭 자랐다. 이목구비가 반듯한 미남형 얼굴이고 적어도 고등학교 1학년까진 공부도 잘했다. 이 시절 우리 집안은 많은 사람들이 부러워하는 집이 되어있었다. 남편이 대학교수고, 내가 잘 나가는 약사고, 아들딸이 모두 공부를 잘하는 집이었으니까. 또한 시아버지와 남편이 모두 장로이고 시어머니와 내가 권사로서 기독교 명문가 반열에 들었으니까. 아마 이때가 우리 집의 첫 번째 골든타임이었을 것 같다. 그러나 남들의 질시를 받았음인가. 슬슬 조금씩 배가 기울어지기 시작했다. 우선 그토록 애지중지 키운 아들이 고등학교 2학년부터 성적이 뚝뚝 떨어지더니 학년 말에는 최하위 수준으로 떨어지고, 말투도 좀 거칠어지는 것 같았다. 나는 이거 큰일 났다 싶어 남편과 의논을 하였다.

 ─여보, 오늘 얘기 좀 해요.

 ─그럽시다. 뭐 특별히 할 얘기가 있어요?

 ─예, 우리 동준이 말이에요. 지금 심각해요.

 ─좀 자세히 얘기해 봐요.

 ─성적표를 안 내놓길래 내가 학교에 가 봤더니 65명 중에 62등이더라고요. 1학년 땐 반에서 1, 2등 하던 애가 아니었어요?

 ─그렇죠. 이유를 알아요?

 ─예, 담임선생님하고 얘기해보니 노는 아이들과 어울린대요. 그 애들은 아예 학교에서 제쳐놓은 아이들이래요.

 ─그럼 그 아이들과 떼놓는 게 중요한데, 어떻게 떼 놓지?

 ─여보, 뭐 좋은 방법 없을까요?

 ─멀리 이사를 가면 제일 좋겠지만, 당신 약국 괜찮겠어요?

 ─교회도 그렇고, 약국도 그렇고 이사는 곤란하지요.

 ─그럼 미국으로 유학 보낼까?

 ─미국으로요?

 ─응, 미국학교는 생각보다 엄격해요. 현재 성적으로는 한국에서 좋은 대학 들어가는 건 어차피 어렵게 되었으니 아예 미국에서 다시 시작

하는 게 낫지 않을까? 미국의 좋은 사립고 보내면 전원 기숙사에 넣어서 엄격한 지도를 받고 대학 진학 문제도 다 도와준다고 들었어요.

─그럼 당신이 좀 더 자세히 알아보고 무슨 학교에 보낼지 돈은 얼마나 들지 알아봐 주세요.

─알았어요. 2, 3일 후까지 모든 걸 알아보리다.

3일 뒤 남편은 모든 걸 알아보고 나서 얘기를 했다.

─여보, 우리 동준이 보낼 학교를 찾았어요. 원래 보딩스쿨은 매우 비싼데, 미시간주에 등록금도 싸고 학교도 명문에 속하는 크랜브룩학교가 있어요. 그리로 보내면 될 것 같아요.

─그럼 최대한 빨리 보내도록 합시다. 여보, 고마워요.

남편이 미국 펜실베이니아대학에서 연구교수를 1년 하였으므로 미국에 대한 최소한의 문화를 알고 있어서 미국 유학을 생각해 냈던 것이다. 미국은 상상외로 학교생활이 엄격하단다. 지각만 해도 부모가 시말서를 써내야 하고, 담배, 술, 마약 이런 건 엄격하게 금하기 때문에 오히려 한국보다 낫단다. 만일 공원에서 맥주라도 마시다 들키면 바로 잡혀가고 벌금도 낸단다. 공부도 스파르타식으로 잘 가르친다고 하니 동준이를 이곳의 친구들과 격리시키려면 그 방법이 제일 좋을 것 같았다. 우리 아들도 순순히 부모 말을 들어서 미국으로 유학 보내게 되었다. 한국에서 2학년을 마쳤지만 영어 때문에 1학년부터 다시 시작했는데, 그런대로 잘 적응하여 성적이 좋아 대학도 명문 미시간대학에 갔다. 아마 그때가 우리 집안의 두 번째 골든타임이었을 것이다.

그런데 얼마 안 있어 시어머니가 뇌졸중에 걸리셨다. 오! 주님 어찌 저에게 또 이런 시련을 주십니까? 뇌졸중은 사람이 걸릴 수 있는 병 중에서도 가장 힘든 병이었다. 대소변을 받아낸다든가, 밥을 먹여드리는 것쯤은 아무것도 아니다. 가장 힘든 게 움직여드리는 것이다. 스스로는 움직이지 못하므로 누군가가 제대로 움직여드려야 하는데, 척 늘어져 계시므로 내 힘으로는 방바닥에 선 상태론 할 수가 없고 침대에 올라가야만 한참씩 몸을 움직여드릴 수 있었다.

안 그러면 몸에 욕창이 생기고 자칫하면 패혈증으로 발전할 수도 있으므로 하루에 20번 이상 침대에 올라가서 몸을 이리저리 많이 움직여드려야 한다. 이 일을 할 사람이 없다. 아들이 있지만 자기는 그런 건 못하겠다며 외면하기도 하고 주중에는 대구에 있으니까 할 수도 없다. 그렇다고 손자 손녀도 할 생각도 안 하니 죽으나 사나 나하고 시아버지하고 할 수밖에 없었다. 아버님은 그래도 체격이 좋으시니까 침대에 안 올라가시고 땅에서도 시어머니 몸을 움직여드릴 수가 있어서 나보다는 좀 나았다.

낮에는 시아버지가 하시고 밤엔 내가 해야 했으니 나는 잠을 못 자서 죽을 지경이었다. 하루종일 병원에서 시달리다가 집에 오면 녹초가 되는데, 나는 그때부터 나의 일과가 다시 시작되는 것이다. 형편이 안 돼 도우미를 쓸 수도 없으므로 저녁을 해서 온 가족 먹이고 설거지하고 나서 다시 나는 어머니 간병을 해야 했다. 씻겨드리고, 옷 갈아입혀 드리고, 2, 30분마다 침대에 올라가서 5분 이상 어머니를 최대한 움직여드려야 했다. 이렇게 하여 그래도 3년간 한 번도 욕창이 안 생겼으니 뿌듯했다. 나는 아주 잠깐씩 토막잠으로 몇 차례에 걸쳐 자며 힘들게 견뎌내고 있었는데 급격하게 심한 건망증이 왔다. 택시비를 안 내고 내리려다가 봉변을 당하거나, 두 번을 낸다거나 하는 일들이 생겼다. 도시락도 싸놓고 안 가져가기도 하고 병원에서 집에 올 때 도시락 가방을 안 가져

오기도 하는 등 크고 작은 실수를 많이 했다. 오른쪽 귀 뒤쪽에는 원형 탈모도 생겼다. 직경 4cm 정도의 탈모가 와서 만져보면 아기 피부보다도 더 보드라운 피부만 만져지고 머리털은 한 개도 안 났다. 그래도 위머리를 내려뜨리니까 남들은 잘 몰랐을 것이다.

직장에 가면 약사로서 환자들의 약을 짓는 일이 주된 일인데, 집중해서 하지 않으면 큰일 나므로 정신을 똑바로 차리고 일을 해야 한다. 사람의 생명이 달린 일이므로 절대로 실수를 해서는 안 되는 일들이다. 그무렵 나는 혼신의 힘을 다해 가정일과 직장 일을 했던 것 같다.

그렇게 3년을 사시다가 어머니가 돌아가시고 나서 한숨 돌리는가 했는데, 이번엔 아버님에게 치매가 왔다. 처음에는 말씀하시다가 단어가 생각 안 나서 답답해하시는 정도였는데, 점점 심해지니 가족 얼굴조차 못 알아보시는 지경에 이르렀다. IQ도 갓난아기 수준으로 떨어져 버리니 의사소통도 안 되고 사리 분별을 못 하시니 괴롭기 그지없었다. 더구나 폭력성 치매여서 닥치는 대로 물건을 집어 던지고 불같이 화를 내시곤 했다. 나는 가장 나쁜 병과 두 번째로 싸우고 있었다. 너무도 힘든 역경을 다 겪고 있는 셈이었다. '주님, 너무 하십니다.' 소리가 절로 나왔다. 아버님도 그렇게 4년을 앓으시다가 돌아가셨다. 나는 만신창이가 되었다.

마침 아들이 대학을 졸업하고 한국에 돌아와 굴지의 대기업에 좋은 조건으로 입사하여 오랜만에 웃을 수 있었다. 여기저기서 중매가 들어와 몇 군데 선을 보고 아들이 좋아하는 색시와 결혼하고 2년 뒤 아들까지 낳았다. 내 손자는 예쁘장하게 생겼고 영특하여 온 가족의 사랑을 독차지하였다. 아마 이때가 우리 집안의 가장 행복한 시절이었을 것 같다.

이러한 시절도 얼마 못 가고 우리 집은 또다시 내리막길을 걷기 시작했다. 우선 맏이인 딸이 40대가 되었는데도 결혼을 못 했다. 좋은 대학을 졸업하고도 취직도 안 했다. **슬슬** 딸이 아픈 손가락이 되어 가고 있는 중에 이번에는 아들이 그 좋은 직장을 퇴사하고 사업을 한다며 우리 집안에 그늘을 만들기 시작했다. 얇은 아버지의 월급봉투와 단 100원도 수입과 지출이 틀려서는 안 되는 투명한 약국에서 큰 액수의 돈이 들어오는 일이 없으므로 빚을 내어 아들 사업자금 대주면서 배가 기울어지기 시작하였다. 조금 기울어졌을 때 빨리 바로잡아야 하는데, 그만 아들의 과욕이 화를 불렀다. 급기야 아들 회사가 부도가 나서 몇십억이 되는 빚을 나는 '엄마'라는 이유로 떠맡아야 했다. 아들을 유치장에 보내지 않으려면 다른 선택지는 없었다.

현재의 나의 상황은 너무 안 좋다. 우선 신체적으로 너무 힘겹다. 정신적으로도 너무 피폐해져 있다. 약국의 수입도 형편없다. 진지하게 약국 폐쇄를 고민할 수밖에 없는 지경에 이르렀으나 출구가 보이지 않는다. 일전에 아들과 대화를 했으니 가까운 장래에 무슨 변화가 오면 좋겠다. 우리 아들이 떨쳐 일어나 이름 없는 중소기업에라도 취직해주기를 기도할 뿐이다. 그러면 나는 약국을 접고 우리 딸은 조그만 가게라도 하나 내던가, 취직을 하면 나는 남편과 같이 외국은 아니더라도 한국의 구석구석을 여행하고 싶다. 한국도 어딜 가나 깨끗하고 쾌적하며 지역마다 볼거리, 먹을거리, 즐길 거리가 많다고 하니 즐거운 여행이 될 것 같다. 남편이야 음대 교수니까 물론이고, 나도 음악을 매우 좋아하므로 오페라, 뮤지컬, 콘서트, 발레공연 같은 걸 볼 수 있다면 금상첨화일 것이다. 상상만 해도 즐겁고 살맛이 난다.

하지만 지금 내가 처한 현실은 암담할 뿐이다. 하느님의 특별한 은총이 너무도 절실하다. 지금까지의 나의 신심을 헤아리신다면 기적 같은 은총을 내려 주실 것으로 믿고 싶다. 사랑의 하느님이 아니시더냐? 진인사대천명盡人事待天命이라 하지 않더냐? 지금까지 나는 진인사한 셈이니, 이젠 대천명할 차례다. 오늘따라 높고 푸른 하늘에 학이 대여섯 마리 떼를 지어 평화롭게 날고 있는데, 새하얀 깃털이 햇빛에 반사되어 눈부시게 빛났다. 나는 학 떼를 보니 공연히 가슴이 설렜다. 상서로운 기운이 밀려오는 것만 같다.

어느날

어제는 날씨가 쾌청하더니 오늘은 하늘이 점점 어두워지고 있었다. 곧 비라도 퍼부을 기세로 구름이 계속 세를 불리더니 시커먼 구름이 온 하늘을 완전히 뒤덮었다.

주말을 맞아 동진과 인혜는 인절미 두 개와 우유 한 잔으로 가볍게 아침을 먹고 모처럼 함께 앉아 설록차를 마시고 있었다. 동진이 먼저 입을 뗐다.

—오늘은 비가 올 모양이네요. 기상예보에서도 비 온다고 했죠?

—그런 것 같네요. 외출할 생각 말고 집에 있읍시다.

—우리가 이렇게 한가하게 마주 앉아 함께 차를 마시는 게 얼마만이오?

—당신이 항상 바쁘니 그렇잖아요? 가끔은 쉬기도 하고 가족들과 여유있는 시간도 좀 가져야지요.

—그래야겠네요. 공부는 주중에만 하고 주말에는 당신과 함께 보내리다.

－고마워요.

이때 따르릉 따르릉 전화벨이 울렸다.

－여보세요.

－아버지, 저예요.

－응, 그래. 너희들 모두 잘 있나?

－예. 그런데 저 말씀 못 드리겠어요. 죄송해요.

하면서 엉엉 울면서 끊는 게 아닌가?

－ 얘야, 아범아 무슨 일이냐?

전화는 이미 끊겨 뚜뚜 소리만 내고 있었다.

동진은 머리가 띵해졌다. '도대체 무슨 일인가?' 나이 50살이나 된 맏아들이 무슨 일로 전화를 걸어놓고 말은 못하고 울기만 하는가?

－여보, 우리 영호가 전화에 대고 아무 얘기도 못하고 울기만 하다 전화를 끊었어요.

－그래요? 무슨 일이지요? 당신이 다시 전화걸어봐요.

－알았어요.

동진은 다시 아틀란타로 전화를 했다. 마침 며늘아기가 전화를 받았다.

－예, 아버님. 안녕하셨어요?

－그래, 왜 애비가 전화걸고는 아무 말도 못하고 울면서 전화를 끊으니 도대체 무슨 일이냐? 애비가 무슨 나쁜 병에라도 걸렸니? 아이들한테 무슨 일이 있나?

－아니요, 저희가 아니고요. 도련님이에요.

－영수가 왜? 저희도 금방 전에 동서한테서 연락받았어요. 부모님께 차마 연락 못 드리겠다고 저희보고 연락드리라고 해서요.

−그래 무슨 일이냐?

−도련님이 간밤에 심장마비로…

−심장마비라니, 설마 죽었니?

−예. 저도 가슴이 터질 것 같아요. 그리 착하고 똑똑한 도련님이 이렇게 가시니 정말 속상하고 안타까워 죽겠어요. 아범이 지금은 우느라 정신이 없는데, 오늘 밤 LA로 간대요. 부모님은 오시지 말라고요. 아범이 LA 가서 장례를 치르고 와서 부모님께 연락드릴 거에요.

−오냐, 알았다.

전화를 옆에서 함께 듣던 아내가 땅을 치며 통곡을 시작했다.

'하느님, 이게 무슨 일입니까?' '영수야, 네가 이 부모를 두고 떠났단 말이냐?'

나도 아내와 함께 통곡을 시작했다. 눈물이 끝없이 나왔다.

불과 일주일 전에 한국에 와서 우리와 시간을 함께 보냈던 내 아들이 단 하루 앓지도 않고 그렇게 죽을 수 있는가? 나이 90이 넘은 사람이 지병을 가지고도 아직 살고 있고, 10년 이상 병원에서 살고 있는 사람도 있는데, 49세의 건장한 내 아들이 그렇게 쉽게 목숨이 끊어지다니 말도 안된다.

그동안 부모형제에게 기쁨만 주던 아이였다. 착하고 배려심 많은 사람이었다. 아이큐도 150이 넘는 수재였지만, 항상 이타적이고 따뜻하던 아이였다. 12년 반장에 총학생회장까지 했지만, 늘 겸손하고 반에서 뒤처진 아이들을 도와주고 이끌어주던 아이였다.

동진과 인혜 부부는 동시에 30년 전의 일이 생각났다. 영수의 일에 서로의 의견이 달라 갈등을 겪고 있었다. 동진은 둘째 아들 영수가 이왕 갖게 된 미국시민권을 살리는 게 좋다는 생각을 했고, 인혜는 영수가 미국 체질이 아니고 한국 체질이므로 공부를 마치면 한국에 들어와야한다는 생각을 하고 있었기 때문이다. 가족들의 의견도 둘로 나뉘었다. 큰아들 영호는 엄마와 생각이 같고, 막내딸은 아빠와 같은 생각을 했다. 두 의견이 팽팽하게 맞섰다. 두 의견 모두 나름의 이유와 명분이 있었다.

─남들은 미국시민권을 얻기 위해 편법도 쓰고 무리도 하는데, 미국에서 태어나 자연스럽게 얻은 미국시민권을 부모의 의견에 따라 한국으로 바꾸는 것은 월권이지.

명분으로 보면 아무래도 아빠인 동진의 의견이 옳은 듯했다.

─난 그래도 어쩐지 영수가 한국에 들어와서 지도자가 되는 게 더 좋을 것 같아요.

그애는 미국에서도 김치 된장 없으면 밥을 못 먹는 아이예요. 인혜는 영수의 성격과 능력과 포부를 볼 때 한국에 나와서 한국에서 마음껏 뜻을 펴는 게 영수에게 더 유리할거라는 생각을 하고 있었다. 그리고 자식 중에 가장 마음 맞는 아들을 한국에 들어오게 하고 싶은 욕심도 있었고, 한국에 들어와야만 성공할 것 같은 일종의 '촉'이 있었다. 이러한 '촉'은 물적 증거가 있는 것도 아니고, 명분에서도 밀릴 수밖에 없었다. 그야말로 아들의 장래가 걸린 문제이므로 조심스럽기도 했다.

그런데 막상 영수 본인은 확고한 의견을 가지고 있지 않았다. 미국에서 계속 살아도 좋고, 한국에 들어와도 좋다는 생각이었다. 일단 대학을 졸업하고 혹은 대학을 다니면서 생각해도 늦지 않다고 생각하면서 우선 대학 지원이 눈앞에 닥친 일이므로 우선 대학 입학부터 하고 볼 일이었다. 일단 미국대학 몇 군데에 원서를 냈다. 동부 명문대학에도 내고 서부 명문대학에도 냈는데 서부 명문에 합격하여 서부 명문대학에서 공부를 하게 되었다. 경제학 공부를 하면서 한국에 대해 전보다 더 큰 자부심을 갖게 되었다.

알고 보니 경제학에선 대한민국처럼 교과서적인 예가 없어 경제학 강의에서는 반드시 한국을 언급한다는 것도 알게 되었다. 1960~1970년대에 민주주의와 시장경제를 근간으로 하면서 약간의 계획경제를 도입한 것이 국가 발전에 크게 기여했다는 것이 경제학자들의 공통된 견해였다. 아마도 이런 사례가 처음이어서 경제학자들도 주목한 것 같았다.

영수는 한국이 경제학자들의 관심을 받고, 주요 나라로 평가받는 자체가 너무 기분 좋고 어깨가 으쓱해졌다. 그리고 나니 경제학 공부가 더욱 좋아졌다. 그래서 학부를 졸업하고 대학원에 진학하여 석사학위까지 받았다. 내친김에 박사 코스로 올라가야 하는데, 망설이게 하는 일이 생겼다. 형과 동생이 모두 한국에서 대학을 하고 미국으로 유학을 왔기 때문이다. 이렇게 되면 삼남매가 모두 미국유학을 하는 셈인데, 부모님의 부담을 생각하니 이번엔 자기가 포기해야 할 것 같았다.

유학을 9년씩이나 한 자기가 취직해서 돈을 벌어야 할 것이었다. 금융회사에 취직하여 다니며 여자도 만났다. 같은 직장의 동료인데 5살 연상의 음대 출신이었다. 특별히 예쁘거나 훤칠하지는 않았지만, 자기 가족들에 비해 매우 화려하고 멋내는 모습이 색다르게 다가왔다. 호기심 같은 게 생겼는데, 그쪽도 자기에게 너무 잘하니 자기도 모르게 그 여자에게 마음이 쏠렸다. 결국 둘은 사랑에 빠졌다. 영수는 가족들의 심한 반대에도 그 여자와 결혼을 강행했다. 양가 부모님의 불참에도 불구하고 그들은 직장 동료들과 처남 두 분의 축하만으로 미국 교회에서 결혼식을 하고 아파트를 얻어 신접살림을 차렸다.

신혼 때는 연애하는 기분으로 행복하게 지냈다. 결혼한 지 1년 만에 아들을 얻었는데, 아내가 아이를 거의 돌보지 않았다. '아, 내가 결혼을 잘못했구나.' 결국 영수가 아기를 돌볼 수밖에 없었다. 분유 먹이고, 기저귀도 갈아주고, 안아서 달래고 목욕도 시키고 잠도 재워야 했다. 조금 피곤할 뿐, 아기를 돌보는 일 자체는 나쁘지 않았다.

자기의 피를 받고 아기가 태어났다는 사실이 참으로 신비롭고 황홀했다. 세상에서 이보다 신기하고 가슴설레는 일은 없을성싶었다. 아기가 태어났단 소식을 들은 영수의 부모님은 이때에 이르러 아들의 결혼을 인정해 주고 손자를 보러 LA에 왔다. 양가 사돈이 만나 인사도 하고 서로 예물도 주고 받고 서로의 한복도 맞추어 주고 했다. 영수는 막상 자식을 키워보니 우선 귀엽고 소중하여 누가 돌보든 크게 개의치 않고 영수가 집에 있을 땐 대부분의 시간을 아기 보는 데 할애했다. 아이 엄마의 게으름과, 주부로서의 책임감 실종은 참을 수 없었지만, 사랑하는 아들을 낳아준 그 공 하나로 모든 걸 덮었다. 영수가 아이도 돌보고 집안일도 다했다. 목마른 사람이 우물 판다는 말이 맞았다.

그러나 회사에 가는 시간에는 이 모든 일을 할 수가 없으므로 석 달째 되는 날부터 아기를 어린이집에 맡겼다. 적어도 일년 정도는 온전히 부모의 보살핌으로 키우는 게 이상적이지만, 두 사람 모두 직장에 나가니 어쩔 도리가 없었다. 그래도 일단 집에 데리고 오면 영수가 아이 목욕시키고 우유 먹이고, 안아주었다. 아이 엄마가 하는 일은 밥먹고 나서 식기세척기에 그릇 넣는 것과 자기 샤워하는 것, 한시간씩 피부 매만지고는 자는 게 다였다. 영수가 회사일이 밀려 집에서 해야 할 때는 아기를 재우고 나서 10시 이후에 일을 해야했다. 새벽 2, 3시경에 자도 아침에는 6시에 일어나야 했다. 아침 준비해서 먹고 아기 우유 먹이고 어린이집에 데려다주고 8시 전에 회사에 가야 했다. 동부와 시차가 있어

원래는 6시부터 회사에서 일을 해야 하지만 사장에게 사정을 얘기하고 당분간 8시부터 일을 하기로 하였다. 물론 반드시 6시까지 회사에 가야 하는 월요일은 어쩔 수 없이 모든 집안일은 아내에게 맡기고 6시에 출근한다. 정말 숨막히는 일정을 소화해야 했다.

2년 후에 아내는 다시 임신을 하여 이번에도 아들을 낳았다. 영수는 환영했다. 힘은 들어도 우선 아기가 좋고 또 아들 혼자 키우는 것보다 형제를 키우는 게 좋을 것 같았다. 서로 친구가 되어 줄 수 있기 때문이다. 자기도 형과 동생이 있는 게 좋았기 때문에 자기도 형제를 키우고 싶었다. 영수는 이제 아기 두 명을 보살펴야 하니 더 바쁘고 힘들었지만 전력을 다해 아들 둘 키우며 직장생활을 했다. 아내는 여전히 집안일엔 등한하고 자기를 꾸미는 데만 몰두했다. 무슨 연예인같은 차림으로 직장을 다녔다. 나이 53세에 배우학교를 다닌다며 퇴근하고 학원갔다 오느라 매일 밤중에 오질 않나 주말에도 무슨 핑계라도 대고 집을 나갔다. 조금만 언짢은 말을 하려 해도 먼저 화를 냈다.

어느덧 이 형제들이 커서 고등학생이 되었다. 이때에 이르러 아내가 이혼을 요구했다. 적반하장이었다. 자기가 초등학교 동기생과 바람나서 한국에서도 만나고 미국에서도 만났지만, 아이들을 생각하여 없던 일로 하려고 했는데, 오히려 아내 쪽에서 이혼을 요구했다. 어이가 없었지만, 아이들을 생각해 이혼은 안 하겠다고 하였다. 아이들이 이제 고등학교 3학년, 1학년인데 아이들 장래에는 관심이 없고 오로지 자기의 기분만 생각하니 기가 막혔다. 이치로 따지자면 영수가 이혼을 요구해야 마땅하지만, 그는 아이들을 생각해 대학 보낼 때까지는 집안이 평온해야 하므로 큰소리로 싸우지도 않고 이혼도 요구하지 않고 아내의 모든 허물을 덮으려 했다. 그런데 아내는 하루가 멀다 하고 끈질기게 이혼을 요구했다.

할 수 없이 영수가 집을 나오고 아이들은 엄마와 살던 집에서 안정되게 살라고 하였다. 대신 주말에는 자기가 아이들과 시간을 보내며 공부도 봐주고 아이들의 요구사항도 들어줬다. 그런데 일요일 저녁 9시쯤엔 아이들을 집에 데려다 주어야 하는데, 그 시간에 아내가 집에 없었다. 어느 때는 밤 12시에 들어오기도 하고 월요일 새벽에 들어오기도 했다. 그래도 아이들 앞에서 싸우기 싫어서 싸움을 피했다. 영수는 아이들을 아예 자기가 맡아 키우고 싶지만, 큰 회사의 부사장으로 뉴욕으로 텍사스로 플로리다로 출장을 많이 다녀야 하는 탓에 아이들을 데려와 키울 수는 없었다. 그러던 어느날 사장(오너)이 한국에 지점을 내고 싶으니 최부사장이 가서 지점을 내기 위한 시장조사를 해 오라며 출장을 부탁했다. 영수는 속으로 기뻤다. 부모님을 너무 오래 찾아뵙지 못하였고 동생도 보고 싶고 조카들도 보고 싶고 친구들도 보고 싶었는데, 한국에 다녀오라며 출장비를 두둑하게 받게 되니 신이 났다.

영수는 회사에 2주일간의 시간을 얻어 한국 시장조사 프로젝트를 실행하기로 하였다. 서울에 온 김에 부모님도 뵙고 여동생과 조카들도 만나고 고등학교 친구들도 만나니 너무나 반갑고 기뻤다. 처음 보는 조카들을 데리고 롯데 월드에서 하루 꼬박 놀아주었다. 어린 조카들이 외삼촌을 너무나 잘 따르고 좋아하였다. 영수는 오랜만에 자식노릇도 하고 오빠 노릇, 삼촌노릇을 하니 기분이 좋았다. 부모님과 함께 조부모님 산소에도 가고 외가에도 다녀왔다. 옛날 친구도 두세 명 만나고 초등학교 6학년 때 담임선생님도 찾아뵈니 매우 반가워 하셨다. 담임선생님이

—네가 여기 있었으면 국회의원도 했을 텐데…라고 하셔서 울컥했다. '엄마와 같은 말씀을 하시는구나'

금방 일주일이 지나고 다음 일주일은 꼬박 시장조사를 하였다. 한국에 이미 진출해있는 다른 외국금융회사의 사정도 알아보고, 한국의 국내 금융회사의 사정도 알아보고 새로운 외국계 금융회사 진출의 생태계도 알아보고 적당한 위치와 소요 재원, 회사의 적정규모와 마케팅방법, 마케팅 비용, 인재 영입 방법, 한국인들의 외국계 금융회사에 대한 인식조사 등 여러 가지를 조사하고 돌아왔다. LA로 돌아가니 또 이번에는 형과 조카들이 너무나 보고 싶었다. 주말을 이용하여 비행기를 타고 처음으로 아틀란타의 형네 집엘 가서 형과 형수, 그리고 조카들을 보니 너무나 반갑고 행복했다. 처음으로 형과 함께 술을 마시며 밤새 얘기를 했다. 이렇게 친가족과 모두 회포를 풀고 나니 오랜 숙제를 한 것 같기도 하고 소원을 이룬 것도 같아 매우 흡족하였다.

회사로 돌아오자마자 또 미국 내의 출장 스케줄이 기다리고 있었다. 계속 새로운 상품이 개발되니 이 새로운 상품설명회와 각지의 영업 현황 파악을 위해 동서남북을 한 바퀴 돌아야 하는 스케줄이었다. 열흘간의 미국 내 출장을 끝내고 LA로 돌아오니 엄청난 피곤이 몰려왔다. 상품개발팀에 최고의 엘리트들이 있는데, 이들이 계속 새로운 상품을 개발해내므로 이것을 각 지역에 주지시키기 위해 영수는 회사를 대표하여 새로운 상품을 설명하고 홍보해야 하는 것이었다. 이런 일을 시키기 위해 40대에 파격적으로 부사장 자리를 준 것이었으므로 출장을 피할 방법이 없었다.

회사에는 여러 인종의 사원들이 있고, 고객도 다양한 인종이 있으므로 황인종인 영수가 여러 가지로 가장 적당한 사람으로 선택되었다. 리더십도 있고, 워낙 인상도 좋고, 언변도 좋으며, 경제학과 법학을 모두 통달했으므로 어떤 질문도 다 시원하게 답변할 수 있으니 각 지역을 돌며 새로운 상품에 대한 설명을 영수처럼 잘할 사람이 없었다. 영수로서도 출장을 다니면 한 달 수입이 평소 월급의 두 배가 되므로 나쁠 건 없었다. 사람을 많이 알게 되는 것도 좋은 일이고, 여행을 하는 것도 나쁘지 않으나, 계속되는 출장은 시차에 미처 적응하지 못 해 심각한 불면증을 일으켜 영수의 건강을 좀먹고 있었다.

그날은 오랜만에 친구들과 만나 반주를 곁들인 저녁을 먹으면서 많이 웃고 떠들었다. 유쾌한 시간을 보내고 밤 10시는 되어서야 집에 들어와 잠자리에 들었다. 그런데 이밤이 이승에서의 마지막 밤이 될 줄은 꿈에도 몰랐다. 하느님의 뜻에 따라 하늘나라로 옮겨 가 영원한 삶을 누리게 되었다.

동진과 인혜는 영수의 소식을 듣고 아무것도 할 수 없었다. 잠도 잘수 없고 밥도 먹을 수 없어 괴로워하다가 성당에 가서 미사를 드리고 수녀님을 만나서 의논을 했더니 50일간의 추모 방법을 알려주었다. 일단 50일간 매일 미사예물을 바치고 위령미사에 참여하고, 매일 묵주기도를 50번 이상 하란다. 이대로 다 따라 했더니 조금 안정이 되었다. 이후로도 최대한 평일 저녁미사에도 참여했다. 1년이 지나니까 많이 안정되었다. 동진 인혜 부부는 이후 '영수가 죽은 게 아니고 지금 LA에 살고있다, 어차피 평소에도 2,3년 만에 한번 밖에 만나지 못하였으므로 지금 당장 못 만나는 중'이라고 생각하기로 하였다.

인혜는 영수 생각만 하면 남편이 너무나 밉다. 자기가 주장한대로 영수가 공부 마치고 한국에 돌아왔다면 결혼 상대도 달랐을 거고, 그렇게 되었다면 비명에 죽을 일도 없었을 것 아닌가. 그때의 일이 떠오르면 안타깝고, 속이 상해 죽을 것 같았다. 정말 남편과 크게 싸우거나 이혼하여 영수가 살아날 수만 있다면 무슨 일이라도 하고 싶다. 그러나 이미 쏟아진 물이므로, 남편을 아무리 미워하고 원망한들 달라질 것은 없으니 미운 마음을 억지로 누른다. 남편도 자식 잘 되라고 미국체류를 권했지, 잘못되라고 그렇게 조언한 것은 아니니 지금 와서 잘잘못을 따진들 무슨 소용이 있겠는가.

―우리 다른 사람들에게 이 사실을 말하지 맙시다.

―맞아요. 어차피 난 누구에게도 말할 자신이 없어요. 누구든지 영수 안부하면 그냥 잘있다고만 대답할 거예요.

―그렇지요. 우리자신도 그렇게 생각하고 삽시다.

―그 애가 우리에게 기쁨을 주었던 일들만 생각하면서 그 기분으로 살아요.

1등 성적표 가지고 왔을 때, 반장이 되었을 때, 수학경시대회에 학교 대표로 나가서 금상을 받아왔을 때, 모범어린이 서울교육감 표창장을 받아 왔을 때, 할머니 누워계실 때 다리 주물러 드렸을 때, 우리 생일 때 직접 만든 축하카드를 주었을 때, 크리스마스 미사에서 형제가 나란히 복사했을 때, 처음으로 수영을 했을 때, 학교 농구 선수로 뽑혔을 때, 총학생회장이 되었을 때, 미국의 명문대학에 합격했을 때, 국제변호사가 됐을 때, 미국 굴지의 금융회사에서 부사장이 되었을 때….

많기도 많지요.

―그래요, 되도록 이런 때만 생각하면서 아들이 LA에서 살고 있다고 최면을 걸면 그렇게 생각이 될 거예요. 어차피 한국에서 함께 살고 있지도 않았으니…

―이젠 큰아들네 가족들을 위해 기도 많이 해야겠어요. 손녀는 대학 졸업하고 진로를 모색 중이고 손자는 고3이니 이 가족들을 위해서 기도를 많이 해야 해요. 특히 손자는 이번에 대학 지원해야 하니 특별 기도

를 해야겠어요. 매일매일요. 우리 집 장손이잖아요? 그 애가 어느 대학을 가느냐가 당면한 문제지요. 그 애가 워낙 아이큐가 높으니 성실하지는 않을 수도 있어요. 성실한지는 모르겠지만 일단 수학과 물리, 화학은 고등학교에서 배울 게 없어 대학에 가서 공부를 한다는데 성적이 괜찮게 나와야 하는데….

－잘할 거예요.

－그렇죠. 우리집 손자가 어련하겠어요? 공부 잘한다고 꼭 원하는 대학에 합격한다는 보장도 없으니까 기도는 많이 해야겠어요.

이후 큰 며느리와 자주 연락하면서 들어보니 대학 과목들도 모두 100점을 받는다고 하여 안도하였다. 손자의 성공을 응원하는 의미로 자주 한국 음식 재료를 사서 보냈다. 북어포, 오징어포, 미역, 김, 멸치, 말린 표고버섯, 말린 새우, 오징어젓, 명란젓, 무말랭이 김치, 깻잎장아찌, 곶감, 유과 등. 송료가 물건값보다 비쌌지만, 손자 응원하는 데 이 정도는 해야 한다고 생각했다. 한두 달에 한 번꼴로 이런 걸 보냈다. 보낼 때마다 며느리가 고맙다며, 아이들도 잘 먹는다고 카톡이 왔다. 재미도 있고, 보람도 있었다. 부디 잘 먹고 원하는 대학 합격하길 간절히 빌어본다. 이번 입시 끝나면 우리 손주들의 입시가 일단 끝난다. 외손주들은 아직 중학생, 초등학생이기 때문에 당분간은 입시문제로 애태울 일은 없다.

3월이 되니 우리 손자가 세계 1등 대학에 합격했다는 소식이 왔다. '오, 하느님, 감사합니다, 참으로 감사합니다, 찬미와 영광 받으소서'

－여보 우리 이번에 손자 등록금을 보태줍시다. 나중에 상속하는 것보다 살아생전 손자 등록금 보태주는 게 더 의미 있지 않겠어요?

－그럽시다. 미국 명문 사립대는 워낙 등록금이 비싸니 보태준다고

하면 반가워하겠지요.

어쨌든 손자의 성취는 동진과 인혜에게 최고의 선물이었다. 영수의 죽음으로 정신적인 공황상태에 빠져있던 동진과 인혜에게는 일거에 기분전환이 되는 경사였고 가문의 영광이었다. 이 집안이 제대로 선다는 확실한 느낌을 받을 수가 있어 하느님께 감사를 드리지 않을 수 없었다. 성당에 감사헌금도 했다. 그동안 인혜가 손자 위해 매일 묵주기도 수십 번씩 한 보람이 있었다. 생각할수록 기분 좋은 일이었다. 좀체로 맛보기 어려운 경사 중의 경사였다. 모든 사람들에게 자랑하고 싶었다. 세상의 모든 아름다운 빛이 우리 집을 비추어 준 것 같았다. 손자가 정말 대견하고 자랑스럽다. 매우 과묵하고, 공부보다 컴퓨터게임을 더 많이 했다는 우리 손자가 우수한 건 틀림없는 사실인 것 같다. 우수한 DNA를 물려주신 조상들에게도 감사하고 손자를 잘 관리한 며느리에게도 감사한다. 자기도 교수로서 강의하고 논문 쓰고 바쁜 가운데 아들을 제대로 잘 관리했으니 마땅히 칭찬할 만하다. 이제 이 가정의 대통을 잇는 장손이 우리 가문을 빛내주는 걸 보고 죽게 되었으니 참으로 흐뭇하다. 모두에게 감사할 뿐이다.

경사는 또 이어서 왔다. 인혜의 선친이 돌아가신 지 30년이 되었는데, 전국 한시漢詩 백일장에서 시제詩題가 선친을 추모하는 것이라고 하였다. 인혜는 너무 기뻐서 딸 서진과 함께 백일장이 열리는 예천문화원에 갔다. 하루종일 비가 오는 가운데서도 전국에서 삼백명의 응시자들이 예복(도포)과 유건을 쓰고 시험을 보았는데, 꼭 조선시대 과거장을 방불케 하였다. 두 달 후 이 행사에서 수상한 선비들의 작품과 이 백일장에서 제출된 한시와 찬조 시를 모두 묶어 책으로 펴냈다. 인혜는 이 책을 받으니 감개무량했다. 아버지는 돌아가셔서도 이런 기쁨을 주시니 너무도 감격했다. 생존해 계실 때도 너무도 좋아하고 존경하던 아버지였지만, 남들이 이렇게 추모해주니 너무나 감사했다. 인혜의 아버지는 젊어서는 정치를 하였고, 노후에는 유림의 일을 많이 하셨다. 우리나라의 3대 서원인 소수서원, 도산서원, 병산서원의 원장을 모두 지내신 분이었다. 우수한 혈통과 높은 학식, 그리고 고매한 인격을 갖추어야 하는 자리들인데, 이 세 개의 서원을 대표했다는 것은 아버지의 모든 것을 말해주는 것이다. 물론 영남의 다른 수많은 서원의 원장이나 도유사都有司를 지내셨다. 또한 청소년들의 교육에도 깊은 관심을 가져서 예천여고를 설립하는 데 중추적인 역할을 하셨으며, 한시협회를 창설하는 데도 앞장서셨다. 또한 예천군 호명면 형호리 오지에 있던 오천서당의 위상을 드러내 전국적으로 알려서 결국 오천서당 관련 자료가 경상북도문화재가 되게 하셨다.

오천서당梧川書堂은 비록 오지에 있었고 대원군 때 훼철되었지만, 그 설립과정이나 관리 면에서 타 서당들과는 크게 차별되었다. 우선 어느 한 학자의 힘이나 그 학자의 학덕을 기리기 위한 것이 아니고, 인근의 26문중門中이 힘을 합해 자손들이나 인근지역의 젊은이들에게 배움의 장을 제공하기 위해 설립되었다. 이 서당에서 공부하여 소과小科에 합격한 몇백 명의 명단, 대과大科에 급제한 몇십 명의 명단, 그리고 250여년 동안 이 서당에 와서 공부한 몇천 명의 유생들 이름을 고스란히 간직하고 있는 한국의 유일한 서당이라는 것이다.

지금은 AI가 우리의 생활에 깊숙이 들어와 있는데, 동진이 고향집에 가면 마치 19세기로 돌아간 것 같은 분위기를 맛볼 수 있다. 과거시험은 없어졌지만, 한시백일장을 열어 과거시험같은 분위기를 만드니 참으로 뜻깊게 생각되었다. 과거시험을 통해 관리를 선발하던 고려와 조선

시대에는 이 과거시험이라는 뚜렷한 기준이 있어 관리들을 공정하게 채용할 수가 있었다.

그런데 이제는 AI에게 제목을 주고 글을 쓰라고 해도 써내는 능력을 볼 수 있는 시대가 되었으니 인간은 앞으로 AI와 경쟁을 해야 할 판이다. 그러므로 앞으로는 AI가 할 수 없는 일을 생각해 내야 하는 것이 당면한 과제가 되었다. 예를 들면 인간만이 가질 수 있는 정서적 영역을 이용하는 방안을 강구해야 할 것 같다. 독창성과 정서적 공감 능력, 시적 표현, 창의력, 그림, 해학과 상징, 은유 등을 잘 활용하여 AI와 차별화를 이루어내야 할 것이었다. 아마 AI에게 한시漢詩를 쓰라고 해도 쓸 것 같다. 하지만, 분명히 한계가 있을 것이다. 번득이는 아이디어로 상징과 은유로 혹은 역사적인 고증으로 쓰는 인간의 한시를 AI가 능가하지는 못할 것이다.

동진과 인혜는 몇 달 동안에 지옥과 천당을 함께 맛본 탓에 슬픔도 줄고 기쁨도 줄고 마치 아무 일도 없었던 듯 오히려 차분한 마음이 되었다. 영수의 죽음을 생각하면 손자의 성취가 생각나고 손자의 성취를 생각하면 아들의 죽음이 생각났다. 영수의 죽음만을 슬퍼할까봐 손자의 성공을 주셨고, 손자의 성공만 생각하면 교만해질까봐 아들의 죽음을 통해 겸손을 먼저 주신 것 같다. 거기다가 인혜의 선친이 한시 백일장의 시제가 되었고, 작품집이 나온 경사까지 주셨으니 그저 감사할 따름이다.

이젠 모든 걸 하느님께 맡기고 아무런 욕심없이 오늘에 감사하고 살 수밖에 없다. 영수는 생전에 나쁜 생각, 나쁜 일 하지 않았고, 하느님을 믿었고 교회에 봉사도 많이 했으니 틀림없이 하늘나라로 가서 그곳에서 아름답고 평화롭고 영원한 복락 속에 살 것이다. 자기들도 멀지 않은 장래에 아들이 있는 곳으로 간다고 생각하니 슬픔도 많이 희석되었다.

동진과 인혜는 교수로 정년퇴임하고 집에 있으니 앞으로는 최대한 편안한 마음으로 유유자적悠悠自適하고 음풍농월吟風弄月하며 소요자재 逍遙自在하고 살려고 마음 먹었다. 신흠申欽의 인생삼락人生三樂인 독서, 친구, 여행이나 즐기면서 남은 인생 자식이나 주위사람들에게 걱정 끼치지 않고, 사람으로서의 품위와 노인으로서의 품격을 지키며 살고 싶다.

－맹자가 말한 군자의 세가지 낙은

父母俱存 兄弟無故(부모구존 형제무고)

부모가 살아계시고 형제가 무고하면 一樂,

仰不愧於天 俯不怍於人(앙불괴어천 부부작어인)

하늘과 사람에 부끄러움이 없으면 二樂,

得天下英才 而敎育之(득천하영재 이교육지)

천하의 영재를 얻어 가르치면 三樂

이라 했으니 우리는 그래도 이낙 반 二樂半은 가진 셈이네요.

－맞아요. 부모님은 돌아가셨으나 형제는 남아있고, 하늘과 사람에게 부끄러운 짓 한 적 없고, 천하의 영재를 얻어 가르쳤으니까요. 그럼 우리도 군자의 반열에 든 건가요?

－그건 아니라도 즐겁게 삽시다. 어느새 한 학기가 지나고 미국의 아이들이 온다는 6월이 되었다. 코로나로 3년간 왕래를 못 하다가 이제 풀려서 4년 만에 큰아들네 식구가 왔다. 우린 격하게 환영하고 회포를 풀었다. 주인공인 손자를 보니 키도 많이 컸고 의젓해서 너무나 대견하고 반갑고 흐뭇했다. 네 식구가 나란히 큰절을 하니 감개가 무량하였다. 큰손녀도 이젠 너무나 아름다운 처녀가 되어 있어 마음이 흡족하였

다. 미국의 일류대학을 졸업하고 취업해서 일하고 있으니 기특하고 자랑스럽다. 남매가 가지런히 잘 커서 체격도 좋고 인물도 좋고 머리도 좋으니 조상님들과 하느님께 감사를 드렸다. 어떤 행운의 총각이 우리 손녀의 짝이 될지 기대가 된다.

세상에는 사람의 노력으로 안 되는 게 많은데, 자식이 그중 하나다. 우선 건강한 것, 신체적으로 잘 자라는 것, 용모가 좋은 것, 두뇌가 좋은 것, 성격이 좋은 것 등은 부모의 바람이나 노력만으로 되는 게 아니므로 우리 손주들처럼 모든 걸 갖췄다는 건 여간 감사한 일이 아니다. 하느님이 우리 둘째를 일찍 데리고 가신 후 다른 가족에게는 특별한 은총을 내려주시는 것 같다. 아마 영수도 하늘에서 우리를 도와주고 있을 것이었다.

인혜는 갑자기 미국 유학 시절이 생각났다. 크나큰 마트에 가면 참으로 먹거리가 많았지만, 가장 싼 것으로만 사야 했던 시절이었다. 채소는 양배추와 당근, 고기류는 닭고기 이 세 가지 외에는 먹을 수가 없었다. 자기도 모르게 얼마나 질렸던지 나중에 한국에 돌아와서 몇 년간은 이 세 가지를 먹을 수 없었다.

—우리가 유학 시절 수제비로 연명하던 때 기억나요?

—기억나죠.

사실 인혜는 수제비를 매우 싫어했다. 우선 밀가루 음식이 체질에 안 맞았고, 수제비는 입에 안 맞았다. 그럼에도 수제비를 먹을 수밖에 없었던 것은 돈이 없었기 때문이다. 수제비는 한끼에 10센트면 먹을 수 있었다. 쥐꼬리만한 장학금으로 미국 올 때 빌렸던 비행기표값 매달 조금씩 갚아나가고, 유학 첫달부터 임신을 하는 바람에 할부로 중고자동차를 사고 매달 갚아야 하니 절대 생활비가 부족했다. 인혜는 아기를 낳고 산후 3주일만에 대학 기숙사 식당에서 일을 해야 했다. 인혜는 자기 머리와 남편 머리도 잘라야 했고, 유학 5년간 햄버거도 한 번 못 사 먹었다. 당시 햄버거는 95센트였는데, 그걸 사 먹을 돈이 없었다. 무조건 한 끼에 1,20센트로 살아야 했다.

―그래도 그때가 그리워요. 그때만 해도 젊었고, 희망이 있었으니까요.

―맞아요. 당신이 그런 자세로 살아주었으니 우리가 모든 어려움을 이겨내고 공부에 전념할 수 있었지요. 고마워요. 그런 가운데서도 우리 둘이 학위를 땄고 돌아와서 교수를 했으니 하느님의 축복을 받은 거지요. 이젠 우리도 아끼지말고 여유있게 삽시다.

―일부러 아끼려고 하는 건 아닌데, 실제로 돈 쓸 일이 별로 없더라고요. 이젠 많이 먹을 수도 없고, 옷도 새로 살 필요 없고, 기운 없어 여행도 못 다니니 사실 돈 쓸데라곤 마트 갈 때와 자식들과 손주들 생일 때나 설에 봉투 주는 게 다지요. 경조비도 이제 많이 줄었고요. 나이 80이 넘으니 주위에 경조사도 별로 없더라고요. 이젠 우리가 세상을 떠나기 직전이니까 모든 걸 정리할 때가 되었지요.

―필요한 곳에 기증을 많이 합시다. 우리가 베이비박스에 버려지는 아이들 키우는 카톨릭 기관과, 아프리카의 불쌍한 어린이 도와주는 기관에 조금의 후원을 하고 있지만, 충분하지 않아요. 도움이 절실한 곳에 조금이라도 더 후원을 해야겠어요. 장애자나 미혼모, 그리고 형편이 어려운 다문화 가정, 가난한 독거노인 등 우리가 정을 나누어야 할 곳이 많을 거예요.

―맞아요. 난 폐지 주우러 다니는 등 굽은 할머니들을 볼 때 마음이 안 좋더라고요.

이제 국민들이 먹고 살만 하니까 복지 문제를 좀더 체계적으로 충분히 하면 좋겠어요.

─동감이에요. 우리나라가 세금도 많이 거둔다는데, 이제 복지문제를 좀더 폭넓게 조직적으로 하면 좋겠어요. 그리고 차제에 남북 통일기금도 조금씩 모으면 좋을 것 같아요. 한꺼번에 많이 내려면 힘들지만, 평소에 세금 낼 때 통일기금 명목으로 조금씩 걷어서 저축하면 좋을 것 같아요.

─맞아요. 통일하려면 돈이 많이 필요할 테니까 5년, 10년 이런 식으로 미리 돈을 모으면 좋지요.

─당신은 언제쯤 남북이 통일될 거라 생각하세요?

─글쎄요. 우리 생전에는 안 될 수도 있지만, 2,30년 안에는 되지 않을까요?

─그렇게나 늦게요?

─그럼 당신 생각은 어때요?

─난 우리 생전에도 될 수 있다고 봐요. 나이 드신 분들이 들고 일어날 수도 있지않을까요? 평생을 속고 살았고, 아직도 쌀밥을 배부르게 못 먹으니까요. 누가 선동하지 않아도 이심전심으로 통하지 않을까요? 3대에 걸쳐 충성을 해도 달라지는 건 없으니까 자식들을 위해 희생양이 되겠다고 어느 순간 박차고 나설 수도 있지 않을까요?

─그렇게만 되면 얼마나 좋을까요? 우리 오랜만에 통일을 위하여 건배할까요?

─좋아요. 마침 와인이 있으니까 잔이랑 가져올게요.

둘은 의기투합하여 잔을 부딪치며 '손자의 성공을 위하여', '통일을 위하여' 합창을 했다.

그사이 해가 서쪽으로 기울며 장엄한 빛의 향연을 빚어냈다. 오늘의 석양은 더 특별히 아름답게 다가오며 내일의 해를 맞이할 기대로 오늘따라 갑자기 설레기까지 하였다.

평설

삶을 사랑하는 소설적 방법

우한용(소설가, 서울대 명예교수)

박영순 교수는 꽃의 이미지로 다가온다. 꽃 가운데서도 분꽃을 닮았다.

분꽃 이미지를 중심에 두고 박영순 교수의 소설집 『푸른 영혼』 전체를 휘갑하는 평설을 쓰기로 마음먹었다. 처음에는 이 소설집에 실린 글들을 하나하나 찬찬히 읽고 설명을 해볼 생각이었다. 그러나 이는 독자들의 주도적 독서에 지장을 줄 수도 있겠다는 뜻에서 방법을 달리하기로 했다. 표제작 하나를 좀 자세히 이야기하기로 생각을 바꾸었다. 다른 작품들은 표제작에 대한 언급에 유추해서 읽기를 기대하는 독자에 대한 믿음 때문이다. 이 글은 평설이라기보다는 '리뷰 에세이' 정도의 성격을 지닐 것이다.

내가 박영순 교수를 분꽃 이미지로 수용하는 데는 나 나름의 연유가 있다. 잘들 아는 것처럼 박영순 교수는 국어학과 한국어교육에 매진하다가, 정년과 함께 소설의 길로 들어서서 장편소설 4편과 단편집 3권을 낸 짱짱한 소설가다. 그 나름의 특징적인 스타일을 구축하고 있기도 하다. 특징적 스타일이란 인간에 대해 애정어린 시각으로 소설을 전개한다는 뜻이다. 한마디로, 삶을 사랑하는 방법 모색과 실천이 박영순 교수소설의 두드러진 특징이다. 이러한 특징은 소설가 박영순의 실제 삶과 분리해서 이야기할 수 없을 듯하다. 물론 생애와 작품을 일대일 대응하는 것은 무리를 수반한다. 작품에는 소재는 다양하지만 삶의 자세가 일관되게 배어들어 있다.

분꽃 이야기를 조금 더 하기로 한다. 할머니는 장독대 옆에다가 봉숭아와 함께 분꽃을 심곤 했다. 분꽃의 어린 모종은 저게 제대로 자라서 꽃을 피우기나 할까 싶을 정도로 싹이 빈약하다. 그런데 여름 끝무렵에 다가가면 가지가 무성하게 벌고 잎이 흐드러져 장독대 한 자락을 덮어버릴 정도로 세가 왕성해진다. 교수직을 마무리하고 소설에 매진하는 박영순 교수의 문학적 열정이 늦은 시각에 피어나는 분꽃나무를 생각하게 하는 것이다.

분꽃은 한 여름이 조금 지나서야 꽃이 달리기 시작한다. 그리고 하루로는 저녁 무렵에나 꽃봉오리가 열린다. 한 해로 보나 하루로 보나 후반부에 스스로 화려해진다. 해가 설핏해서 피어나는 분꽃은 환상적 아름다움을 불러온다. 그 예쁜 꽃이 밤의 어둠에 묻힐 게 안타깝기만 하다. 그래서 오히려 꽃을 자세히 바라보게 된다. 인생 후반부에 쏟아내는 작품들은 늦게 피는 꽃의 아름다움을 떠올리게 하는 것이다.

희한하게도 분꽃은 한 그루에 가지에 따라 빛깔이 다른 꽃송이가 달린다. 한 가지에서는 빨간 꽃이 다른 가지에서는 노란 꽃이 핀다. 다른 꽃에서 보기 어려운 점이다. 또 꽃 한 송이에 꽃잎에 따라 빛깔이 달리 나타나기도 한다. 다섯 장 꽃잎 가운데 넉 장은 노란데 한 장만 빛깔이 새빨간 경우도 있다. 물론 그와 반대되는 배색으로 피어나는 경우도 없지 않다. 한 사람이 학문과 창작을 겸하는 이 어려운 추구가 한 그루에서 다른 빛깔의 꽃을 피워내는 분꽃을 생각하게 한다. 한 인격이 학자와 소설가, 소설가와 학자를 동시에 보여주는 것은 놀라운 일이다. 그 놀라운 일을 박영순 교수는 지치지 않고 어기차게 해낸다.

분꽃이 왜 분꽃인가가 참으로 궁금했다. 왜 그런가 할머니에게 물었다. 할머니의 대답은 간단했다. 너무 간단해서 싱겁기까지 했다.

"씨앗 속에 하얀 분이 들어 있으니까 분꽃이란다."

새색시 시집갈 때 분단장하라고 씨앗 속에 분가루가 들어 있다는 것. 호기심 많은 나는 분꽃의 그 까만 씨를 이빨로 물어 깨트려 보곤 했다. 찹쌀가루 같은 뽀얀 분이 까맣고 오돌도돌한 껍질에 싸여 있는 모양은 신비로웠다. 분꽃 씨에 들어 있는 분가루는 실용의 영역이면서 동시에 미적 영역이기도 하다. 이는 소설의 이중성을 생각하게 한다. 소설은 실용의 영역이면서 동시에 미적 영역이라는 복합성을 지닌 장르다. 인간사에 대한 기록이라는 측면은 역사에 접근한다. 따라서 실용적이다. 그런가 하면 소설은 아무리 경험을 바탕으로 한다고 해도 허구적 상상력으로 구성해낸 창조물이다. 이는 소설이 예술성을 띨 수 있는 근거를 마련해주는 요건이다.

인간의 실용성 추구 측면과 허구적 상상의 창조적 예술 지향이 한 그루에서 두 가지 빛깔의 꽃을 피우는 분꽃의 생리와 멀지 않다. 이쯤 하면 내가 박영순 교수를 분꽃 이미지로 각인하는 까닭을 충분히 아셨으리라 짐작된다.

이 작품집의 표제작으로 되어 있는 「푸른 영혼」은 박영순 교수가 살아간 인생역정으로 상상하기는 쉽지 않다. 작중인물의 삶이 독자가 짐작할 수 있는 작가의 삶과는 거리가 있기 때문이다. 남의 이야기를 함으로서 객관성을 획득하고 있다. 소설의 진정한 묘미는 남의 이야기를 하면서 인간 보편적 감성과 삶의 자세를 드러낼 수 있다는 점이다.

「푸른 영혼」은 인고의 세월과 거기 따르는 영광을 함께 드러낸다는 점에서 어떤 시적 이미지를 환기한다. 조지훈 시인은 〈마음의 태양〉이란 시에서 이렇게 읊었다.

"가시밭길 넘어 그윽히 웃는 한 송이 꽃은/ 눈물의 이슬을 받아 핀다 하노니/ 깊고 거룩한 세상을 우러르기에/ 삼가 육신의 괴로움도 달게 받으라."

여름의 끝무렵에 피는 꽃은, 그 화려함 때문에 여린 식물이 폭양曝陽과 거센 바람을 어떻게 견뎠는지를 잊어버리게 한다. 그러나 꽃의 영광 뒤에는 눈물과 육신의 괴로움이 도사리고 있는 것이다. 이는 사실의 문제가 아니라 상상 영역에 속하는 인간의 '진실' 문제와 연관되는 점이다.

「푸른 영혼」으로 돌아가자. 이 작품의 작중인물이면서 서술자인 '나'는 고등학교 때 강진구라는 남학생을 만난다. 둘이는 절제된 사귐 속에서 장래를 약속하고 다부진 의지의 통제로 삶의 한 단계씩 발을 옮긴다. 작중인물 나는 대학에 갈 형편이 안 되어 고등학교를 졸업하고 은행에 취직한다. 남학생 강진구 역시 빈한한 집안 형편을 따라 해양대학에 입학하여 외항선 선원이 된다. 직장을 잡고 사회인이 된 두 사람은 결혼해서 아이 남매를 낳아 기르면서 생활의 재미에 폭 빠져 지낸다. 이 무렵해서 남편이 실종된다. 실종의 이유나 과정, 주변 정황 아무것도 모른 채, 세파의 험난한 벌판에 덩그러니 놓이게 된 '나'는 한 집안의 생계를 전적으로 책임져야 하는 처지가 된다. 그 고단한 삶의 길은 작품의 첫줄에 인상깊게 제시되어 있다.

"궁리 끝에 나는 아이들 돌반지를 팔아 길거리 호떡 장사를 시작했다."

생이 밑바닥으로 추락한 주인공이 삶에 용기를 내는 면모를 이 한 문장에서 읽게 된다. 그 이후의 생애는 여기서 낱낱이 설명할 필요를 느끼지 않는다. 다만 악운이 겹쳐서 닥치는 생애는 가히 눈물겹다는 점을 환기할 필요는 있다. 친정식구들이 터무니없는 죽음을 당하고… 결혼한 지 8년만에 실종된 남편. 혼자 가계를 꾸려야 하는 곤고한 형편. 이후 호떡장사도 하고 식당일을 하다가 보험세일로 경제적 안정을 기하면서 아이들을 잘 키운다. 그런 중에 큰아들은 S대 의대에 다니고 딸은 행정고시에 합격하여 사무관으로 일하게 되어 안정된 생활로 들어서게 된다. 그런데 친정에 불행한 일들이 마치 불행의 '공식처럼' 재난과 죽음이 연이어 닥친다. 그러나 이러한 불행을 극복하고 살아야 한다는 의지로, 작중인물은 역경을 헤쳐나간다.

삶의 허무감을 떨쳐낸 주인공은 자신의 생애를 다시 마름질하기로 마음먹고 다부진 의지로 실천을 해나간다. 그의 의지는 이렇게 서술되어 있다.

"지금까지 죄인처럼 살았으니, 이젠 한 사람의 아내, 두 아이의 엄마 이전에 좀더 당당하고 능동적인 삶을 살아야겠다고 생각하게 되었다. '30년을 억울하게 살았으니 앞으로의 30년은 자유롭고 즐거운 마음으로 살리라."

불행을 떨쳐버리고 능동적으로 살겠다고 마음먹은 작중인물은 대학에 진학하기로 마음을 다져먹는다. 나이 60에 이르러 찬찬한 준비 끝에 마침내 대학에 합격한 작중인물은 자신이 고난을 극복하고, 성취의 가도로 진입하는 길목에 잠시 안식을 취한다. 거기서 '푸른 영혼'과 마주한다.

> "오랜만에 사우나에 갔다. 뜨거운 물에 몸을 담그니 잠이 쏟아져서 깜빡 졸고 났더니 머리도 맑아지고, 눈도 더 밝아진 것 같았다. 한 시간 정도 사우나를 하고 집에 오니 마치 새집에 오게 된 것 같이 가슴이 설렜다. 참으로 오랜만에 입가에 웃음을 머금었다. 영혼이 푸르러지는 것 같았다. '그렇지, 푸른 영혼'"

작가 박영순이 제목으로 단 '푸른 영혼'의 의미는 이 인용문처럼 구체적으로 드러나 있다. 그러나 친정에 여러 가지 악운이 닥치는 것이다. 이는 합리적으로 논리를 세워 설명할 길이 없는 일이다. 인간의 의지로는 어쩔 도리가 없는 허무의 벼랑 끝에 서게 된다. 그 허무감을 극복하는 방법은 자신이 당하는 운명에 적극적 의미를 부여하는 데서 찾아진다.

여기서 우리는 니체를 생각하게 된다. '운명론'에 맞서서 분연히 일어난 니체는 철학의 영웅 가운데 한 사람이다. 니체는 '운명'을 개인의 의지와 역사의 변화 가능성으로 치환한다. 극복되어야 할 존재로서의 인간과 권력의지 등에 이어지는 운명애運命愛 개념이 권력의지의 최종 단계로 설정된다. '네 운명을 사랑하라' 하는 라틴어 '아모르 파티 Amor fati'가 그것이다. 니체는 라틴어로 된 이 말에 독일어로 설명을 달았다. '천명에 대한 사랑 Liebe zum Schicksal'이라는 것. 이 개념은 니체의 철학적 단상을 모은 〈즐거운 학문〉이라는 책 276장에 구체적으로 서술되어 있다. 이 장은 '새해에'라는 소제목이 붙어 있다. 지나간 과거를 청신하고 새해 새 출발을 암시하는 장치로 읽힌다. 니체는 이렇게 쓰고 있다.

> "나는 사물에 있어 필연적인 것을 아름다운 것으로 보는 법을 더 배우고자 한다. 그렇게 하여 사물을 아름답게 만드는 사람 중 하나가 될 것이다. 네 운명을 사랑하라 Amor fati : 이것이 지금부터 나의 사랑이 될 것이다! 나는 추한 것과 전쟁을 벌이지 않으련다. 나는 비난하지 않으련다. 나를 비난하는 자도 비난하지 않으련다. 눈길을 돌리는 것이 나의 유일한 부정이 될 것이다! 무엇보다 나는 언젠가 긍정하는 자가 될 것이다."(전집 12. 255쪽)

현재 시점까지 나의 의지로 최대한 추구해왔고, 더 이상 어쩔 수 없는 그것이 나를 지배하게 되었을 때, 그것이 운명이라면 그 운명은 긍정하고 수용하는 수밖에 다른 대응 방법이 없다. 주어진 게 아니라 내가 나 자신의 의지로 추구한 결과이기 때문에 거기 순명順命하겠다는 언명인 셈이다. 그 순명은 '진인사 대천명'의 동양적 삶의 자세와 상통하는 바 있다.

소설의 작중인물이 니체가 말하는 '운명애'의 인식에 도달하였는가 여부는 그리 중요하지 않다. 다만 독자가 작품을 그런 시각으로 읽을 수 있도록 작품이 구조화되어 있다는 점은 주목을 요한다.

그런데 여기서 생각을 좀 더 밀고나갈 필요가 있다. '영혼'이란 말의 초월성이 소설의 현실성과 어떻게 만나는가 하는 문제가 그것이다. 이는 소설을 쓰면서 소설을 운명과 연관지어 사유하는 이들의 공통된, 풀리지 않는 고민거리이다. 문제가 풀리지 않기 때문에, 그 화두를 풀기 위해 작가는 소설을 계속 쓸 수 있다. 풀리는 듯 다시 막히는 서사적 아이러니의 감각, 그것은 소설 내용의 세속성을 막아주는 방호벽이나 다름이 없다. 안 풀리는 걸 풀렸다 하면 현실을 속이는 게 된다.

「푸른 영혼」에서는 작중인물이 자기가 소원하던 대학 입학식에 참여하는 걸로 결말을 설정하고 있다. 결말이 출발인 형국이다.

> "나는 이런 입학식에 참석하고 있다는 사실이 감격스럽고 영광스러워 가슴이 뜨거워졌다. 실로 오랜만에 맛보는 젊음의 용틀임이었다. 적어도 이 순간만은 열아홉 살의 꿈많은 청춘이 되어 하늘을 날아다니는 새들처럼 푸른 영혼으로 하늘을 훨훨 날고 있었다."

이런 아이러니 감각이 살아 있는 한 작가는 글을 계속 쓸 수 있다. 여기서 글을 마무리할까 하다가, 분꽃이 궁금해서 뜰에 나갔다. 분꽃은 꽃잎을 닫아 오므려 까만 씨를 낳는 중이었다. 그리고 파란 꽃, 나팔꽃이 두려움에 질린 듯 여기저기 피어 있었다. 시드는 분꽃이 안타까워 보러 나왔다가, 금방 피어난 푸른 꽃을 만나는 아침이다.

가능성으로 전환되는 '운명'은 언제나 형형한 빛을 발하는 법이다. 운명이 가능성으로 전환되면 그것은 인간 삶의 가치를 고양한다. 운명을 가능성으로 전환하는 게 삶을 사랑하는 소설적 방법이 아니겠는가.

푸른 영혼

초판 1쇄인쇄 2023년 9월 25일
초판 1쇄발행 2023년 9월 27일
저 자 박영순
발행인 박지연
발행처 도서출판 도화
등 록 2013년 11월 19일 제2013 - 000124호
주 소 서울시 송파구 중대로34길 9-3
전 화 02) 3012 - 1030
팩 스 02) 3012 - 1031
전자우편 dohwa1030@daum.net
인 쇄 유진보라
ISBN ㅣ 979-11-92828-26-8 *03810

정가 13,000원

도화道化, fool는

고정적인 질서에 대한 익살맞은 비판자,
고정화된 사고의 틀을 해체한다는 뜻입니다.